城
—
남쪽에
사는 나무

우리 처음 만났을 때

城

남쪽에
사는 나무

우리 처음 만났을 때

지나온 세월과 맞이할 시간
그리고 곁에 있는 사람들에게

이기행 지음

이담북스

일러두기

1. 이 책에서 서술하는 공간적 범위는 경기도 성남시를 위주로 식생 분포에 따라 인접 시군(서울시, 광주시, 용인시, 의왕시)을 포함하였다.

2. 학명은 속명과 종소명만 간략하게 기재하였다.

3. 나무생태는 국립수목원에서 제공하는 생물종 지식정보를 참조하였으며, 식물명은 「표준국어대사전」을 우선으로 따랐다.

4. 식물명 및 상세 내역은 국립국어원에서 개방한 한국어사전 「표준국어대사전」과 「우리말샘」을 참고하였다.

지나온 세월과 함께했고

앞으로 맞이할 시간에 같이할 사람들,

그리고 동시대를 살아가는 이들에게

추천사

성남시사 50년!

반세기 전만 하더라도 성남은 남한산성 성곽 남쪽에 자리 잡은 광주시의 작은 면에 불과하였습니다. 이제는 명실상부 대한민국의 최대 지방자치단체이면서 더 나가 글로벌 리더 도시로 거듭나고 있습니다.

그 역동의 현장에서 성남시가 태동한 첫해부터 줄곧 함께하며 도시의 발전을 지켜보았고 지금은 성남시를 위한 시정에 매진하는 이기행 작가의 '성남 알리기' 두 번째 작품 출판을 진심으로 축하합니다.

작가의 첫 작품 '나는 누비길을 걷는다'는 성남을 일주하는 숲길에서 마을마다 얽힌 이야기와 사람들이 부대끼며 살아갔던 흔적을 편안하고 다정다감하게 옮겼습니다. 책에서 성남시가 서울의 한 변두리 지역이 아닌 우리 삶의 중심이라는 작가의 조용한 외침을 들을 수 있었습니다.

이번에 나오는 '城 남쪽에 사는 나무'는 성남시 탄생 50주년을 맞아 지역의 문화와 역사, 생태를 대표하는 약 57종의 나무에 관한 이야기를 흥미롭게 담았습니다. 이야기의 재미는 단순히 지역과 나무에 대한 정보를 넘어 한 마을이 어떻게 사람과 자연과 인연을 맺게 되는지 알게 됨으로써 갑절로 더 많아집니다.

이 땅은 광주대단지 조성을 시작으로 분당신도시, 판교 및 위례 신도시 조성으로 도시 외연이 커진 터라 다른 지역에서 이주해온 사람이 많습니다. 이 책을 계기로 우리가 사는 지역에 대한 폭넓은 이해를 갖고 이를 바탕으로 화합과 포용으로 이 땅을 자랑스러운 고향으로 품을 수 있기를 기대합니다.

끝으로 우리 지역에 자생하는 수목을 발견하고 여기에 스토리를 입혀 세상에 알림으로써 우리 지역의 또 다른 자랑거리를 만들어준 작가의 활동에 동료로서 그리고 선배로서 고마움을 표합니다.

성남시청공무원노동조합 위원장
정대우

글을 시작하며

나의 살던 고향은 꽃 피는 산골이 아닙니다. 한때나마 무성했을 나무는 모두 베어져, 자연이 주는 이로움을 온전히 누릴 수 없었던 논골입니다.

으레 고향이라면 마을 어귀에 아름드리 팽나무가 동네 사랑방이 되어 주고, 가까운 숲에는 아기 진달래를 시작으로 생강나무와 귀룽나무가 울긋불긋 꽃 대궐을 차려 줍니다. 하다못해 복숭아나무나 살구나무라도 마을 안에 들어 꽃을 피우고 열매 맺는 모습을 볼 수 있습니다.

하지만, 고향에서 기억하는 나무라곤 가시 가득 박힌 아까시나무나 송진이 베어 끈적끈적한 리기다소나무, 그리고 고사한 밑가지가 질척대는 스트로브잣나무 정도 떠오릅니다. 그러고 보니, 모두 황폐지 사방용으로 심는 조림수였네요.

여기도 다른 도시처럼 마을을 상징하는 나무가 있습니다. 바로 은행나무와 철쭉입니다. 거친 환경에도 꿋꿋하게 자랄 수 있다는 이유만으로 꼽힌 나무들입니다. 그러고 보니 마을을 상징하는 새도 척박한 땅에서 굳세게 살아가는 까치네요. 이 땅에서는 나무든 짐승이든 하나같이 강인하고 다부져야 살아갈 수 있나 봅니다.

그런데, 몇 달 전 영장산에 오가며 들렀던 봉국사 대광명전이 국가 문화재 보물로 지정되었다는 소식을 접했습니다. 동시에 청계산 봉오재 오를 때 보았던 천림산 봉수대도 국가 사적이 되었다는 이야기도 들었습니다. 등산로 주변에 퇴락해 보이던 절간과 길섶 돌무더기가 나라의 보물이었다니, 그동안 지척에 있어도 진가를 헤아려 보지 못한 것이 몹시도 계면쩍었습니다. 동시에 우리 마을에는 번번한 나무가 하나도 없었다는 무지함도 한 꺼풀씩 벗겨졌습니다.

어른이 되어 학창 시절 등굣길 언덕배기에 서 있던 나무를 다시 마주하게 되었습니다. 그저 굵직한 잡목으로 알았던 나무는 풍채가 멋진 느릅나무였습니다. 느릅나무는 수십 년 만에 다시 나타난 소년을 반갑게 맞이합니다. 그러면서, 나무는 네가 듣고자 할 때까지 기다렸다며 이제 이곳에 얽힌 이야기를 들려줄 거라 합니다. 네가 이 땅에 오기 전, 이미 많은 사람이 있었고 한껏 세상을 누리다가 왔던 곳으로 되돌아갔던 이야기를 말입니다.

성 남쪽 해가 가득 찬 양짓말에서 해를 닮은 쪽동백나무가 조롱조롱 달린 열매를 흔들며 말을 건넵니다. 영장산 숲속을 들어서면 요염하게 자란 앵두나무가 여기가 금은보화가 숨겨진 보물섬이라며 속삭이고, 새로 생긴 동네를 지날 때는 까만 열매 가득한 쉬나무가 원래 여기는 오래전부터 사람들이 모여 책 읽는 마을이었다고 말해줍니다. 서슬 푸른 벽오동과 험상궂은 쥐엄나무, 하늘을 덮는 상수리나무도 저마다 자랐던 마을의 역사를 들려줍니다. 그리고 태봉의 억센 서어나무 무리는 지리산 여느 심심산곡 못지않게 울창하여 극상림의 본 모습을 알려 줍니다.

또한, 기독교 성지 둔토리 동굴에는 십자가 나무로 불리는 산딸나무가 자생하고, 부처님 골짜기 불곡산 언저리에는 스님 염주로 쓰이는 모감주나무 열매가 알알이 맺습니다. 기개 높던 유학자가 폭군이 휘두르는 칼날을 피해 피눈물 흘리며 넘던 혈읍재에는 피나무가 핏자국 따라 자라났고, 도시에서 가장 높은 봉우리 망경대에는 뽕나무가 신선이 되어 상전벽해로 변해 버린 도시를 굽어봅니다.

둘러보면 볼수록 우리 곁에 나무가 있었음을 깨닫습니다. 그리고 나무는 마을에서 자랐다면, 따로 살던 사람을 함께 사는 이웃으로 맺어 주었고, 산에서 자란 나무도 사람을 자연과 더불어 살도록 인도했습니다. 이 땅은 황무지 먼지 바람만 날리던 곳이 아니라, 사람과 자연이 뒤엉켜 한판 제대로 벌여 놓은 무대이자 배경입니다.

그러던 어느 날, 지난 거친 폭우에 수백 년간 마을을 수호했던 낙락장송이 부러졌고, 산성을 치러 온 여진족이 홍이포를 쏘아 대도 의연했던 느티나무는 속앓이하다 죽고 말았습니다. 탄천을 산책할 때 항상 그늘이 되어 주던 버드나무마저 거친 물살에 뿌리째 뽑혀 떠내려갔습니다. 그리고 고고하게 하늘로 고개 내밀던 능소화. 도심 담벼락을 꽃으로 뒤덮으며 하늘까지 오를 기세였건만, 골목길 정화 사업에 꽃은 오간 데 없이 사라지고 말았습니다. 그 대가로 여름마다 꽃단장하던 담장은 삭막한 콘크리트 벽이 되었습니다.

산속에 자랐던 좀작살나무 수백 그루가 모조리 밟히고, 한겨울 자줏빛 열매를 기억하던 박새가 배고픔에 발을 동동 일 때, 더 늦기 전 이 땅에 사는 나무 이야기를 옮겨야겠다고 생각했습니다. 나무는 바위와 같이 긴 시간을 보내며 제자리를 지키고 사람은 찰나의 시간에 웃다가 울고 사랑하다가 슬퍼하며 이 땅에 오고 가는 것인 줄로만 알았지, 나무에도 허락된 시간이 있다는 것을 그제야 알았기 때문입니다.

이 책은 숲에서나 길에서 처음 만났던 나무들에 대한 기록입니다. 만약 나무를 임업론과 육종학 전공 서적에서 알았다면, 이처럼 나무와 처음 만난 때를 생생하게 기억하지 못했을 것입니다. 길을 걷다가 우연이 때로는 일부러 찾아 나서 처음 만나게 되었던 그 기쁘고 설렜던 순간들이 너무나 또렷하게 잔상으로 남았기에 글로 옮길 수 있었습니다.

마침 성남시가 생긴 지 50주년이 됩니다. 성남시는 황무지에서 시작되어 크게 일어난 고장입니다. 뒤돌아보면 단단한 뿌리가 내렸기에 번성할 수 있을 것입니다. 첨단과 혁신을 내세우며 우리는 전진하겠지만, 그 바탕에는 자연과 역사 그리고 전통문화가 있기에 가능하리라 봅니다. 이는 여기 57그루의 나무가 증거합니다.

목차

추천사 … 06
글을 시작하며 … 08

남한산 자락

제1장 쪽동백나무   … 18
 – 城 남쪽, 잃어버린 추억을 찾아

제2장 가죽나무   … 24
 – 억울해도 원망하지 않아요.

제3장 앵두나무   … 30
 – 우물가에서 요염한 듯, 수줍은 듯

제4장 팽나무   … 36
 – 우리도 정자나무가 있었으면…

제5장 자귀나무   … 43
 – 무서움이 설렘으로 바뀐다면

제6장 잣나무   … 49
 – 아이들이 돌아오지 않는 숲에서

제7장 쉬나무   … 55
 – 신흥은 책 읽는 마을입니다.

제8장 느릅나무   … 61
 – 나의 살던 고향, 늠름한 나무

제9장 쥐엄나무   … 67
 – 철조망보다 더 험상궂은 나무

검단산 자락

제10장 느티나무　… 74
－ 비극적인 역사 앞에서 운명이란

제11장 이팝나무　… 80
－ 이밥에 고깃국이 평생소원이라

제12장 물박달나무　… 86
－ 거친 듯 부드러운

제13장 상수리나무　… 92
－ 까짓거 보통이죠, 뭐!

제14장 은행나무　… 97
－ 은근히 행복한 동네에서

제15장 호두나무　… 103
－ 여기서는 만나지 않길 바라

제16장 자작나무　… 108
－ 사랑하는 이와 이배재고개를 넘으면

제17장 벽오동　… 114
－ 봉황이 고르고 고른 둥지

제18장 복자기　… 120
－ 핏빛 붉게 물든 언덕

제19장 누리장나무　… 126
－ 우리 처음 만났을 때

영장산 자락

제20장 칡　… 134
－ 갈마치는 칡과 아무 관련 없어요

제21장 노간주나무　… 140
－ 소를 울상짓게 한 코뚜레

제22장 매화나무　… 146
－ 크게 보면 매화가 보인다

제23장 밤나무　… 152
－ 밥 대신 먹은 밤

제24장 함박꽃나무　… 157
－ 하늘에서 내려온 선녀의 옷섶

제25장 때죽나무　… 163
－ 이름을 잘 좀 짓지

제26장 영춘화　… 170
－ 누가 먼저 봄을 맞이하나!

불곡산 자락

제27장 모감주나무   ··· 178
– 씨앗에서 깨달은 참다운 자유

제28장 떡갈나무   ··· 184
– 반보기에서 떡을 싸주던

제29장 산수유나무   ··· 190
– 꺼지지 않는 사랑의 불빛

제30장 신갈나무   ··· 195
– 보부상의 신이 해지거든

제31장 무궁화   ··· 201
– 썬더볼트 작전, 알라 아크바흐!

제32장 물오리나무   ··· 206
– 뼈가 드러난 골짜기

제33장 중국굴피나무   ··· 212
– 이 땅에서 한 뼘씩 만만디

태봉산 자락

제34장 버드나무   ··· 220
– 버들치가 숨는 곳

제35장 서어나무   ··· 227
– 서쪽 으슥한 숲에서

제36장 향나무   ··· 233
– 우리 학교는 바늘잎? 비늘잎?

제37장 회화나무   ··· 238
– 비나이다 비나이다

제38장 좀작살나무   ··· 245
– 진주를 던지지 마라

발화산 자락

제39장 생강나무   ··· 254
– 반딧불이와 함께 불 밝히는

제40장 팥배나무   ··· 260
– 겨울새를 위한 만찬

청계산 자락

제41장 철쭉 ··· 268
- 벼랑에서 부르는 헌화가

제42장 산딸나무 ··· 274
- 기독교 성지 십자가 나무

제43장 피나무 ··· 280
- 핏자국 따라 자란 게 아니에요.

제44장 뽕나무 ··· 286
- 산신과 함께한 해맞이

제45장 박쥐나무 ··· 292
- 모든 존재는 살아가는 이유가 있고

제46장 노린재나무 ··· 298
- 거센 눈보라에도 의연하게

제47장 물푸레나무 ··· 304
- 검은 숯내에 푸른 물을 더하면

제48장 구상나무 ··· 310
- 정말 매바위에 있다니까요!

제49장 옻나무 ··· 316
- 옻샘약수터에서 옻나무 찾기

인릉산 자락

제50장 흰말채나무 ··· 326
- 너희들을 지켜줄게

제51장 귀룽나무 ··· 333
- 용보다는 구름이 더 낫지

제52장 아까시나무 ··· 339
- 고마워! 가시나무야!

제53장 굴참나무 ··· 345
- 역경에도 굴하지 않는

제54장 수수꽃다리 ··· 350
- 죽은 땅에서 키워낸 향기

제55장 소나무 ··· 357
- 이제 너의 손을 놓아줄게

제56장 회양목 ··· 364
- 나는 난쟁이가 아니에요

제57장 능소화 ··· 371
- 어느 담장 아래서

글을 마치며 ··· 378

남
한
산

제1장
쪽동백나무
城 남쪽, 잃어버린 추억을 찾아

성남이라는 지명은 삼국시대부터 불린 이름이다. 성(城)의 남(南)쪽 마을, 즉 남한산성 남쪽이라는 뜻으로 성나미로도 불렀다.

남한산성은 신라 문무왕이 쌓은 주장성이라는 설과 백제 온조왕이 쌓은 위례성이라는 말이 있다. 산성이 축조된 이후로 성 남쪽에 보금자리를 틀고 살았던 이들을 성나미 사람들이라 불렀다. 사실 이곳에 사람들이 살기 시작할 때는 수천년 전부터다. 너른 탄천을 중심으로 주변 언덕 곳곳에는 고인돌 유적이 발견되기도 했다.

남쪽! 사람들 저마다 마음속에 품은 그리움은 언제나 남쪽을 향해 있었다. 선사시대부터 겨우내 뼈가 시리고 살을 에는 추위 속에서 사람들은 해가 뜨는 남쪽만 바라보았다. 그런 지난한 시절을 오랫동안 겪었던 터라 몸속 유전자에는 남쪽은 희망이라고 깊게 각인되었다.

그리고 남쪽은 차가운 된바람이 불 때 북쪽을 등지고 마주 보는 쪽이라고 하여 마쪽이라 불렀다. 산 너머 남쪽에서 불어오는 바람 이름도 마파람이다. 따뜻한 마파람이 불기 시작하면, 드디어 봄이다. 그렇게 남쪽은 희망의 상징이었다.

성문을 지을 때도 남쪽 문은 더 크고 멋지게 지었다. 그래서 남한산성 동·서·남·북 사대문과 16개 암문 중 남문이 가장 크고 웅장하다. 임금이 남한산성에 행차할 때는 항상 남문으로 드나들었으며, 그때마다 문루의 깃발은 위용 있게 나부꼈다. 임금이 남문으로 나서지 못하였을 때는 오직 한 번, 병자호란에서 항복한 인조가 청나라 홍타이지에게 무릎 꿇으러 나갔을 때뿐이다.

전통적으로 좋은 집은 풍수지리 사상을 반영하여 남쪽을 향해 배산임수로 지었다. 만약 남한산성을 등지고 있다면 남문 아래 단대천을 마주 보는 땅이 풍수지리적으로 명당일 게다. 그래서 산성 바로 아랫마을은 겨울에 내린 눈이 제일 먼저 녹았을 정도로 해가 가장 잘 비추고 따뜻해 해찬들이라 불렀다. 그래서 그런지 초등학교 시절 양지동에서 자란 아이들 표정은 항상 밝았다.

성남에서 줄곧 살았던 터라 가끔 어릴 적 기억을 떠올리며 남한산성을 종종 오른다. 출발은 사람들로 북적대는 유원지를 피해 한적한 양지공원이다. 햇볕

[그림 1] 성 남쪽 양지공원

이 강하게 내리쬐던 어느 한낮, 데크로드에서 벗어나 나뭇잎이 우거진 오솔길로 들어섰다. 눈이 부신 햇살을 피해 잎사귀가 넓은 쪽동백나무 그늘을 찾다 보니 그리로 걷게 되었다. 머리 위로 아지랑이 피어오르듯 동글동글한 쪽동백나무 잎사귀가 햇살에 눈부시다. 한참을 바라보니 눈이 아른거리며 잎사귀는 비눗방울처럼 뽀글뽀글 떠오른다. 하늘을 올려다보니 둥근 초록빛 이파리가 헤아릴 수 없이 많이 둥둥 떠다닌다.

다른 숲에서 한두 주 보게 되는 쪽동백나무가 여기에서는 무리 지어 자랐다. 어쩌면 해가 따스하게 비추는 양지바른 마을에 해를 닮은 둥근 잎의 나무가 군락지를 이룬 것도 우연은 아니겠다.

[그림 2] 잎이 둥근 쪽동백나무는 넙죽이나무로도 불린다. (양지동)

나무를 구분할 때 제일 먼저 잎 생김새를 본다. 잎 모양은 타원꼴, 달걀꼴, 손바닥꼴, 바늘꼴, 심장꼴, 마름모꼴, 둥근꼴 등 다양하다. 그중 쪽동백나무 잎은 둥근꼴이다. 줄기에 어긋나기로 돋아난 잎은 보기에도 시원시원하고 널따랗다. 그래서 다른 지방에서 쪽동백나무를 잎이 동그라니 넓죽하다고 해서 넙죽이나무라 부른다.

이웃 나라 일본에서도 쪽동백나무는 둥근 잎이 층층이 있는 모습이 마치 하얀 구름을 닮았다 하여 백운목이라 부른다. 그러고 보니 산속에서 햇살에 반짝이는 쪽동백나무 둥근 나뭇잎들이 마치 초록 구름처럼 몽글몽글 피어오른다.

잎이 둥근 쪽동백나무는 열매도 동글동글하다. 양지동 산기슭 한쪽을 쪽동백나무가 가득 채웠다면, 틀림없이 어디 산비탈 높은 곳에 큰 쪽동백나무가 있을 것으로 생각했다. 열매가 동그라니 구르기 쉬워 어디 높은 곳에서 데굴데굴 굴러 여기저기 뿌리를 내렸다. 호기심에 산 위쪽을 찾아보니, 과연 따로 자란 두 쪽동백나무를 찾을 수 있었다. 두 나무는 서로를 애틋하게 생각하는 듯 보듬어 안으며 자랐다. 필시 저 두 나무가 여기를 쪽동백나무 군락지로 만든 최초의 아담과 이브였겠다!

하지만, 이런 얄팍한 감상은 곧 산산이 깨쳐졌다. 쪽동백나무는 하나의 나무에 암꽃과 수꽃이 모두 피는 암수한그루 나무다. 서로 끌어안으며 사랑을 나눌 필요가 애초부터 없었다.

[쪽동백나무] 학명 Styrax obassia

때죽나뭇과의 낙엽 활엽 교목. 높이는 6~15m이며, 잎은 어긋나고 둥글넓적하다. 6월에 흰 꽃이 총상 꽃차례로 늘어져 피고 열매는 핵과로 9월에 익는다. 나무는 가구재로, 씨는 머릿기름이나 초의 원료로 쓴다. 산지의 숲속에서 자라는데 한국, 일본, 중국 등지에 분포한다.

쪽동백나무를 보면 제일 먼저 둥근 잎이 떠오르지만, 나무 이름은 열매에서 비롯되었다. 옛사람들은 쪽동백나무 열매로 기름을 짜서 일상생활에 매우 요긴하게 사용했다. 원래는 동백나무 씨에서 기름을 짜지만, 너무 귀하다 보니 일반 백성은 쉽게 구할 수 없었다. 대신 산속 흔히 자라는 쪽동백나무 열매로 기름을 짜서 동백기름처럼 사용했다. 그래서 아낙네 머리를 쪽질 때 머릿기름으로 사용했다고 하여 쪽동백, 또는 동백나무보다 작고 다소 떨어진다고 해서 쪽동백이라고 한다. 쪽이란 접두어는 작다는 뜻이 있으며, 파보다 작으면 쪽파, 박보다 작으면 쪽박처럼 동백보다 작으니 쪽동백이다.

다행이다 싶다. 자칫 개살구나 개복숭아처럼 개동백이 될 뻔했다. 개보다는 쪽이란 단어 어감이 더 다정다감하다. 쪽배도 그렇고.

[그림 3] 쪽동백나무 열매와 꽃송이

쪽동백나무는 그 자체로 아름답다. 중국에서는 쪽동백나무 열매가 푸르스름한 옥 빛깔을 띠고 있다고 하여 옥령(玉鈴)이라 부른다. 9월에 쪽동백나무는 나뭇가지마다 옥구슬이 가지런히 모여 달린다. 손으로 훑으면 서로 부딪혀 종소리가 은은하게 퍼져나갈 것 같다. 그런데 사실 아름다운 종소리는 열매가 아닌 꽃에서 울린다.

하얀 쪽동백나무꽃은 새 가지 끝이나 잎겨드랑이에서 꽃대가 나와 종 모양으로 핀다. 향기도 좋아 5~6월이면 꿀벌이 조롱조롱 달린 꽃에 드나들면 가느다란 꽃대가 출렁인다. 그때 꽃대에 달린 수십 송이 하얀 종이 댕댕 울리기 시작한다. 눈처럼 하얀 꽃에 향기도 같이 퍼지니 쪽동백나무 이름은 'Fragrant Snow bell'이다.

쪽동백나무 꽃말은 '잃어버린 추억을 찾아서'.

나무를 바라볼수록 지난 잃어버렸던 추억들을 새록새록 떠올린다. 왜 그때는 매시간이 가장 풍요롭고 소중하다는 것을 미처 느끼지 못했을까! 쪽동백나무를 보면서 어쩌면 꽃말이 'Carpe diem(현재를 즐겨라)'이 아닐까도 생각해 본다.

지금이 다시 잃어버린 추억이 되지 않기 위해서라도 이 순간에 충실히 하라는 뜻으로 말이다.

제2장
가죽나무
억울해도 원망하지 않아요.

태평동은 성남시가 서울 위성도시로 태동하게 되었을 때 생겨난 마을이다. 이름 그대로 사람들이 태평하게 살라고 붙였다. 마을을 얼마나 잘 닦아 놨기에 사람들이 태평성대를 이루었을까 생각하겠지만, 천만의 말씀이다. 당시 대단지로 조성했다는 마을은 영장산 기슭 나무를 모두 벌목하여 만들어 놓은 민둥산 그 자체였다.

일례로 당시 성남시 개발에 참여한 고건 전 총리는 당시 개발상을 '선 입주, 후 투자란 명목 아래 실어다가 들이붓는 비인간적인 이주 대책으로 도시를 개발했다'라고 신문사와 인터뷰하기도 했다.

열악한 환경에 놓여도 사람들은 급한 대로 가파른 경사지에 천막집이라도 지어 놓고 밤이슬을 피해야 했다. 하지만, 시간이 지날수록 사회기반시설이 전혀 없고 생활 대책 수단이 전무한 상황에서 사람들이 더는 참지 못하고 일어섰다. 당시 살벌한 군사독재 시대였음에도 불구하고 사람들 분노가 얼마나 드셌는지, 국가는 시민 요구를 바로 수용했다. 광주군 성남출장소를 경기도 성남출장소로 승격하고 공업단지도 조성했다. 그리고 마침내 1973년 7월 1일, 성남출

장소를 성남시로 승격했다.

그때 생겨난 동네가 태평동이고, 태평동에는 시 청사가 들어섰다. 동네 이름은 주민들이 태평하게 살기를 소망해서 지었다지만, 아무래도 나라님이 태평하게 계시게끔 걱정 끼치지 말고 좀 조용히 살라는 뜻 같다.

[그림 4] 1973년 성남시 개청 (태평동) (출처 성남시)

도시민이 된 사람들은 비로소 자신들의 터전을 부지런히 일구었다. 도로는 넓어지고 상하수도도 깔리고 천막집도 벽돌집이 되었다. 하지만, 마을에 공원이나 녹지는 들어서지 못했다. 워낙 갖춘 것이 없어서 다른 도시 기반 시설을 놓는 것에 더 급했기에 나무에 한 뼘의 땅조차 돌아갈 기회는 없었다.

지금도 태평동 도심에서 제대로 된 나무 한 그루 볼 수 없다. 푸르른 나무를 품지 않은 마을은 삭막하다. 나무는 사람을 불러 모으는 그늘이 되고, 때로는 새들이 가지에 앉아가는 쉼터가 된다. 그런데도 사람이 사는 동네에 나무가 살지 않는다는 것은 여기 동네를 지나다닐 때마다 내내 커다란 아쉬움이었다.

그러다가 우연히 소규모 주차장 정비사업 중 지평식 주차장 비탈진 곳에서 나무를 발견했다. 그것도 나란히 자란 세 그루. 그런데, 암만 보아도 누가 심어서 가꾼 것 같지는 않았다. 알고 보니 가죽나무였다. 사실 가죽나무는 사람이 돌보는 나무가 아니다. 잎이나 열매를 먹거나 목재로 쓸 만한 나무가 아니다 보니, 딱히 심거나 가꾸지 않는다. 그냥 제멋대로 자라나 살아가는 나무다. 무관심 속에 내버려 두어도 여느 들고양이처럼 길가 귀퉁이에서 잘 자랐다. 대기오염에도 강하니 요즘 미세먼지가 많고 자동차 매연이 짙은 도심지에서 다른 나무는 살지 못해도 가죽나무는 잘 자랐다.

도로나 공원시설을 관리할 때 난데없이 쑥 자라난 가죽나무를 보면 여간 당혹스러운 게 아니다. 심지어 방음벽 콘크리트 더미에서도 자라났다. 그런데 굳이 베어 낼 필요조차 못 느껴 그냥 놔둔다.

가죽나무는 예전부터 그런 취급을 받았다. 어쩌면 태평동 빽빽한 주택가에서 만난 나무가 가죽나무인 것도 당연했다. 천덕꾸러기 신세인 가죽나무는 이런 곳에서라도 비집고 살아가야 한다. 그래서 용하다.

비단 우리나라만 그런 취급을 한 것이 아니다. 중국에서는 가죽나무를 취춘이라 하여 냄새나는 참죽나무라고 부른다. 가죽나무를 쓸모없는 나무라고 한 데는 중국 성인 장자의 고사에서 유래한다.

장자는 가죽나무를 옹이투성이에 꾸불꾸불 자라나 목수가 거들떠보지 않는 쓸모가 없는 나무라고 했다. 조선시대 선비들은 자기를 낮출 때 쓸모없는 사람이라는 뜻으로 가죽나무 재목을 칭하는 저력이라고 자신을 겸손하게 표현했다.

[그림 5] 도심 속 멋대로 자라난 가죽나무

　조선 실학자 서호수가 지은 '해동농서'에도 죽나무를 분류하면서 나무가 실하고 잎이 향기로운 것을 참죽나무, 나무가 엉성하고 잎에서 냄새가 나는 것을 가죽나무라고 했다. 참죽나무 새순과 어린잎은 향도 좋고 무기질과 비타민이 풍부하여 나물로 만들어 먹었다. 특히 채식하는 스님들이 즐겨 먹었다. 반면 가죽나무는 참죽나무와 이름만 비슷할 뿐 냄새가 좋지 않고 먹지도 못해서 스님조차 먹지 않으니 사람들이 가짜 중나무란 뜻으로 가중나무라 불렀다.

　가죽나무와 참죽나무는 이름은 비슷하지만, 서로 한참 다른 나무다. 식물 분류상 가죽나무는 소태나무과이고, 참죽나무는 멀구슬나무과다. 생김새도 가죽나무는 나무껍질이 갈라짐 없이 밋밋하지만, 참죽나무는 겉껍질이 짙은 흑갈색에 세로로 갈라져 일어났다.

　참죽나무를 보면 가죽나무가 왜 가짜 죽나무인지 알 수 있다. 신구대학교 교정에서 여러 그루의 참죽나무를 보고 났더니 다시는 잊을 수 없었다. 그만큼 참죽나무는 늠름하고 멋진 위용을 갖췄다. 목재도 광택이 나고 나뭇결무늬가 아름다워 최고급 자재로 여긴다. 새순 또한 향긋하고 영양가가 높으니 사람들에게서 인기가 높다.

그에 비해 가죽나무는 나무로써 주목받지 못하다 보니 훌쩍 커버려도 눈길조차 가지 않는다. 사실 태평동 주택가에서 다른 나무가 전혀 없었기에 그나마 가죽나무 몇 그루라도 어엿이 자라니 무척 인상적이었을 뿐이었다. 하지만, 참죽나무를 본 이후로 가죽나무를 보면 그 처지가 참 딱하고 궁박하다고만 생각했다.

> **[가죽나무]** 학명 Ailanthus altissima
>
> 소태나뭇과의 낙엽 활엽 교목. 높이는 27m 정도이며, 잎은 깃모양겹잎이다. 여름에 연두색 꽃이 원추 꽃차례로 피고, 열매는 시과로 9월에 익는다. 정원수, 가로수로 재배하고, 뿌리껍질은 약용한다. 중국이 원산지로 한국, 중국, 몽골 등지에 분포한다.

더구나 가죽나무는 꽃매미가 유독 좋아하여 나무에 진드기처럼 달라붙어 수액을 빨아먹는다. 생태계교란생물인 꽃매미가 가죽나무를 숙주로 삼아 대량 번식하기 때문에 가죽나무를 베어내기도 한다. 사실 꽃매미에게 양분을 공급하는 것이 아니라 빼앗기고 있는데도 말이다. 이래저래 가죽나무는 참으로 억울하다. 그래도 억울함을 밝히지 않는다. 행여 원망하는 마음이 생길까 묵묵히 자란다.

그런데, 과연 나무가 주는 이로움은 무엇인가! 나무란 그 자체로 땅과 하늘을 이어 주는 참된 존재가 아닌가. 마을에서 자라난 나무를 가지고 목재 재질이 고운지, 순이나 열매는 먹을 수 있는지 따지지 않는다. 굳이 생태계에서 나무가 차지하는 지위를 언급하지 않더라도 나무는 그 자체 녹색 생명이다. 하늘을 향해 뻗어 있는 존재 자체로 사람들과 다른 움직이는 생물에게 위안을 준다.

[그림 6] 소나무보다 더 높이 자라난 가죽나무 (남한산성 북문)

가죽나무를 우리는 가짜중나무, 가중나무로 낮춰 부르지만, 영어 이름은 Tree of Heaven이다. 쑥쑥 잘 자라나 하늘까지 다다를 수 있다고 하여 붙여진 이름이다. 얼마나 아름다운 이름인가!

그리고 실제로 남한산성 북문 근처 다른 식생들이 우수하게 분포한 가운데 다른 나무보다 더 높이 자라난 가죽나무를 보았다.

사람이 거들떠보지 않아도 우리 곁에서 무럭무럭 자라나 초록 그늘로 휴식을 선물하는 가죽나무. 가죽나무 꽃말도 '누명'인데, 가짜 나무라는 오명을 쓰고도 그 자리를 지키는 가죽나무야말로 우리에게 진짜 나무다.

제3장

앵두나무

우물가에서 요염한 듯, 수줍은 듯

서울시 송파구와 성남시 수정구 시 경계에는 우물을 소재로 한 마을이 나란히 붙어있다. 바로 문정동과 복정동이다.

1636년 병자호란이 발발하고 인조 임금은 남한산성으로 급히 피난을 떠났다. 너무 서둘러 가던 터라 목이 말랐던 임금은 한 우물에서 마른 목을 축이게 되었다. 그때 물맛이 좋았기에 임금은 마을에 문 씨 사람들이 많이 살고 있으니, 그 우물을 문정(文井)이라 부르게 했다. 바로 문정동 유래다.

복정동은 옛날 큰 기와집 안마당에 가뭄이 들어도 마르지 않았던 우물에서 유래한다. 우물이 있던 집 가문은 대대로 번창하였고, 물맛 또한 참 좋았기에 사람들이 그 집 우물을 복이 있는 우물(福井)이라고 불렀다. 훗날 복정동에 맑은 물을 생산하는 복정정수장이 들어서게 되니 옛 선조의 혜안처럼 이 도시에 물맛이 좋은 더 큰 복 우물을 갖게 되었다.

복정동에 있는 영장산 기슭에는 복 우물처럼 맑은 물을 뜰 수 있는 약수터가 곳곳에 있다. 이른 아침 약수터에 가 보면 바지런한 동네 주민들이 근처에서 운동하고 있다. 오래 알고 지낸 사이인지라 사람들은 약수터에서 목을 축이고 안

부를 묻곤 한다.

옛날부터 우물은 단순히 물을 긷는 곳뿐만 아니라 만남의 장소였다. 우물가에는 아침마다 물을 길으러 오는 사람들로 북적거렸다. 두레박에 물을 가득 채워도 우물 곁을 떠나지 않았다. 만나는 사람마다 간밤 별일 없는지를 묻고 이야기를 나눴다. 외출이 쉽지 않았던 동네 처녀들도 물을 길어 온다는 핑계로 우물가에 나가곤 했다. 그때는 이야기꽃이 지지 않고 길게 피어났다.

처녀는 친구들과 수다도 떨다가도 간혹 동네 총각이 물을 길어 오면 쑥스러워하면서도 몰래 눈길을 보내기도 했다. 더벅머리 총각은 그런 눈빛에 머쓱하

[그림 7] 복정동 유래가 되는 복 우물을 복원한 우물 (복정동)

[그림 8] 영장산 숲길에서 만난 앵두나무 (복정동)

며 딴짓하면 처녀는 앵두 같은 붉은 입술을 실룩이며 눈을 흘겼다. 그런 우물가
에는 앵두나무가 한두 그루 자라기 마련이다. 오죽하면 '앵도나무 우물가에 동
네 처녀 바람났네.'라는 노래 가사도 있을까.

　그러다가 복정동 영장산 기슭에서 오래된 앵두나무와 우연히 마주쳤다. 그때
가 4월이라 앵두나무 가지마다 꽃이 치렁치렁 피어났다. 잎과 함께 피어난 고
운 연분홍색 꽃마다 벌과 나비가 바쁘게 움직였다. 얼마나 많은 앵두가 맺히려
는지 벌 나비가 이리 부산을 떠는지 모르겠다. 그때 퍼뜩 드는 생각이 혹시 이
근처가 옛날 복 우물 자리가 아니었을까 하는 생각이었다. 그리고 산중에 집터
가 맞는지 주변을 유심히 둘러봤다. 왜냐하면 복 우물에는 맛 좋은 물뿐만 아니
라 금덩어리도 함께 있기 때문이다.

　옛날 병자년 청나라가 쳐들어왔을 때, 복 우물 주인은 피난 가면서 집안 대대
로 내려온 금으로 만든 베틀을 우물에 숨겨 뒀다. 하지만, 전쟁 통에 집주인은
소식이 끊기고 금 베틀은 우물과 함께 땅속에 묻히고 말았다는 이야기다. 풍문

이 아니다. 정확히 1636년 12월, 연일 정(鄭)씨 가문의 정립이라는 선비의 부인 홍 씨가 금 베틀을 우물 안에 넣고 피난을 갔다는 기록이 있다. 이런 이유로 이 오래된 앵두나무를 보면 혹시 금 베틀을 묻어 둔 우물의 향방을 알려 주는 보물 지도가 아닐까도 하며 헛꿈을 꾼다.

앵두나무란 이름은 꾀꼬리(鶯)가 이 나무 열매를 먹고, 열매는 복숭아(桃)와 모양이 비슷하여 앵도라고 부른 것에서 유래한다. 앵도는 차츰 부르기 쉬운 앵두로 음운이 변하고 이제 앵두나무가 표준어로 자리 잡았다. 국립수목원에서는 여전히 앵도나무를 국가표준식물이름으로 관리하지만, 우리 국어 맞춤법에는 앵두나무가 맞다. 마찬가지로 호도는 호두가 자도는 자두가 양성모음 형태에 맞다.

새콤한 맛이 나는 앵두는 꾀꼬리뿐만 아니라 사람들도 좋아하여, 마당이 있는 집에서는 앵두나무를 심어 봄철에 앵두를 따 먹곤 했다. 과일이 귀하던 시절에도 누구나 맛볼 수 있는 과일이 앵두였다. 번식도 잘되어 지난해 자란 가지를 잘라 꽂거나 가지를 흙에 덮어 두면 잘 자라 생울타리가 된다. 속설에는 앵두나무는 뱀이 싫어하여 금사화(禁蛇花)로도 불리는 봉선화와 같이 심으면 뱀이 집 근처에 얼씬도 못 한다고 한다.

[앵두나무] 학명 Prunus tomentosa Thunb.

장미과의 낙엽 활엽 관목. 높이는 3m 정도이며, 잎은 어긋나고 표면에 잔털이 있는 도란형이다. 4월에 흰색 또는 연분홍색 꽃이 잎보다 먼저 피고, 열매는 핵과로 작고 둥글게 열린다. 열매는 식용하고 정원수로 기른다. 한국, 일본, 만주 등지에 분포한다.

[그림 9] 6월 빨갛게 익은 앵두 (영장산)

　6월 다시 찾은 영장산 앵두나무에 봉숭아 물든 손톱처럼 빨간 앵두가 가지마다 알알이 열렸다. 붉은 색깔이 얼마나 예쁜지 미인의 입술을 왜 앵두에 비유하는지 알겠다. 옛날에 춘향처럼 아름다운 여인은 앵두 닮은 입술로 꾀꼬리처럼 고운 목소리를 가졌다.

　산에는 앵두나무와 비슷한 이스라지도 있다. 이스라지는 열매가 작은 이슬을 닮았다고 해서 작다는 뜻의 아지를 이슬에 붙인 이슬아지가 어원이다. 이스라지처럼 예쁜 이름으로 히어리도 있다. 히어리는 꽃잎이 얇아서 햇빛을 받으면 하얗게 보여 하야리로 부르다가 히어리가 되었다. 이름을 지은 뜻도 소리도 참 예쁘다. 우리말이 이렇게 곱다.

　옛날에는 이스라지나 앵두나무 모두 같은 나무로 취급했지만, 지금은 서로 다른 종으로 나눈다. 앵두나무는 잎 표면에 솜 같은 잔털이 있어서 Downy cherry로 부르기도 하고, 우리나라가 원산지라 Korean Cherry로도 부른다. 역시 우리 땅 전역에서 볼 수 있는 이스라지는 덤불로 볼 수 있다 하여 Korean bush cherry로 부른다. 꽃은 서로 비슷하지만, 이스라지 수술이 앵두보다 좀 길다. 그래서 열매도 이스라지 끝이 앵두보다 더 뾰족하다.

앵두나무 꽃말은 수줍음. 흔히들 요염하게 붉은 입술을 앵두 같은 입술이라고 하건만, 어째 꽃말과 어울리지 않는다. 어쩌면 열정을 수줍게 감추고 있는 모습이 더 매력적일 수도 있겠다.

[그림 10] 앵두나무꽃(左)과 아스라지꽃(右)

제4장
팽나무
우리도 정자나무가 있었으면…

    수진동 커뮤니티센터 건립공사 중 옥상 조경식재에 대한 실정검토 보고가 감리단으로부터 접수됐다. 당초 공영주차장 옥상층에 자작나무 5그루와 다종의 화초를 심어 어린이 학습장으로 이용하고자 했다. 실정 보고에는 화초류 관리가 어렵고, 옥상층의 인공지반 토심을 고려할 때 자작나무 생존이 어렵다는 진단을 내놨다. 그러면서 지역 인구 분포나 이용도를 고려할 때 식물 학습장보다 휴게 공간이 적합하다고 하였다.

    커뮤니티센터는 주차장과 문화집회시설을 복합화하여 인프라가 부족한 본 도심 내 지하 1층, 지상 7층으로 짓는 공공건축물이다. 현장 실사 겸 신축공사장에 들렀다. 옥상에 오르니 감리단이 안내해 준 현장보다 주변 동네가 눈에 먼저 들어온다. 나무 한 그루 없이 주택만 다닥다닥 붙어있었다. 답답함과 안타까움이 밀려왔다.

    한때 이곳은 영장산 남쪽 산기슭으로 숲이 우거진 동네였다. 수진동이라는 이름도 세종대왕 아들 평원대군 묘지와 관리실인 수진궁이 이곳에 있다고 해서 붙여졌다. 영장산 기슭부터 단대천까지 울창했던 수목들은 이곳이 서울 위성도

[그림 11] 수정커뮤니티센터 옥상에서 본 마을 전경 (수진동)

시로 조성되면서 모두 벌채되고 말았다. 예전과 달리 도시가 많이 발전했어도 나무 한 그루 품지 못했던 초창기 싸늘한 풍경은 여전히 그대로 남았다.

정든 고향을 떠나 이곳 성남에 정착한 사람들 기억 속에 고향은 과연 어떤 이미지로 남아있을까? 아마 논밭이 펼쳐진 마을 어귀에 커다란 나무가 있고, 그 나무를 정자로 삼아 사람들이 옹기종기 모여 이야기를 나누던 모습이다. 어릴 때는 낮에 소꿉친구들과 나무를 빙빙 돌며 뛰어놀고, 나이가 들면 해 질 무렵 하루 노동의 시름을 벗들과 술잔을 나누며 달랬을 것이다.

정자나무는커녕 번듯한 나무 한 그루 볼 수 없는 이 마을에도 고향에서 마을 사랑방이 돼주는 커다란 나무가 있었으면 좋겠다고 생각했다. 큰 나무가 드리운 그늘이 널찍하여 사람도 때로는 새들도 쉬어갈 수 있는 그런 넉넉한 나무.

문득 일전 거제도에 들렀던 기억이 떠올랐다. 시간을 쪼개서 들른 곳이 청마 유치환 시인의 기념관이었다. 덩달아 집 옆 팽나무까지 보게 되었다. 수백 년 묵은 팽나무는 시인이 태어난 방하마을을 지키는 수호목이었고 마을을 상징하는 이정표였다. 바람이 불 때마다 팽나무 나뭇잎이 소리 없이 나풀거리는 모습은 시인이 노래하는 영원한 노스탤지어의 손수건이었다. 처음 마주한 팽나무 인상이 너무도 강렬하여 나무 곁에서 두고두고 머물렀다. 고향이라면 이런 나무 한 그루쯤 마을을 지키고 있어야 하지 않을까 싶었다.

거제도 방하마을뿐만 아니라 팽나무는 여러 마을 입구에 오랜 세월을 지키고 있다. 아이들은 팽나무 굵은 가지 위를 원숭이처럼 오르내리며 놀았다. 초여름 팽나무에 열매가 열리면 아이들은 열매를 따다가 팽총을 만들었고, 가을이 되면 달콤한 팽나무 열매를 따 먹을 생각에 입맛을 다시기도 하였다.

[그림 12] 팽나무 잎과 팽총을 만들던 열매

어둑어둑 날이 저물고 아이들이 떠나고 나면, 팽나무 아래는 동네 어른들이 자주 들르는 실비집이 된다. 시원한 막걸리 한 잔 들이켤 때 나무에 걸터앉아 마시면 목로주점이고 서서 마시면 선술집이다. 팽나무야말로 마을의 커뮤니티 공간의 중심점으로서 이정표다.

사람만 모이지 않는다. 팽나무 열매는 달콤하여 새들도 즐겨 찾는다. 학명에

celtis는 단맛이 나는 열매가 열리는 나무라는 뜻이다. 팽나무가 새들을 불러들이면 삭막한 도심에서 새들이 우는 소리도 들을 수 있다.

수정커뮤니티센터 옥상 조경 랜드마크는 기존 자작나무 대신 팽나무로 변경했다. 팽나무 뿌리가 잘 뻗고 생장에 유리하도록 흙 깊이를 깊게 하는 마운딩 플랜트를 도입했다. 주변에 조팝나무와 화살나무 같은 관목도 심고 돌단풍과 애기기린초, 수호초 같은 지피초화도 심어 교목-관목-초본의 다층구조 식재지로 조성하였다. 길도 시멘트 블럭 대신 화강석 판석으로 포장하여 자연미도 고려했다. 명실상부 이 마을에 작은 도시 숲이 만들어졌다.

[그림 13] 수진동 커뮤니티센터 건축 현장과 팽나무 식재

팽나무 이름의 유래는 다양하다. 팽나무 열매가 '팽' 하고 소리 내며 날아가서 팽나무라는 이야기도 있지만, 어째 작명이 어설프다. 팽이버섯이 자라는 나무라고 해서 팽나무라는 말도 있지만, 누구는 팽이버섯이 팽나무에서 나는 버섯이라서 팽이버섯이라 한다. 또, 팽이란 말의 어원이 '패다'에서 온 것으로 이삭이 패고 꽃이 피는 나무라는 뜻에서 팽나무라고 한다. 그럼 당최 꽃도 피지 않고 이삭도 패지 않는 나무가 있단 말인가? 그런데 정작 팽나무는 한자로 팽목이다. 한자에서 음가를 따왔다는 설명이 가장 그럴듯하다.

　오래 사는 팽나무는 하늘과 땅을 이어 준다고 생각하여 사람들에게 신앙의 대상이었다. 남자 무당을 박수무당이라고 부르는 이유는 팽나무가 한자로 박수(朴樹)라고도 하여 팽나무 아래에서 굿을 하기 때문이다. 팽나무는 오랫동안 사람들에게 신성한 신목으로 있었다.

　팽나무는 땅을 하늘과 이어 주지만, 바다와도 이어 준다. 팽나무를 포구나무라고 부르는 이유가 바닷배가 들락거리는 포구에 팽나무가 많이 자라기 때문이다. 예전부터 바다에서 불어오는 갯바람을 막아 주는 방풍림으로 많이 심었다. 어부들은 포구에 아름드리로 자라난 팽나무 앞까지 바닷물이 들어오면 배를 나무에 묶어 두곤 했다. 세월호가 가라앉은 팽목항도 항구에 팽나무가 많아 생긴 이름이다.

[그림 14] 녹음이 진 팽나무

[팽나무] 학명 Celtis sinensis

느릅나뭇과의 낙엽 활엽 교목. 높이는 20m 정도이며, 잎은 어긋나고 달걀 모양, 타원형 또는 긴 타원형인데 톱니가 있다. 봄에 연한 노란색의 작은 꽃이 잎과 함께 피고 열매는 핵과로 9월에 익는다. 목재는 건축, 기구재로 쓰고 정자나무로 재배한다. 산기슭이나 골짜기, 개울가에서 자라는데 한국, 일본, 중국 등지에 분포한다.

드라마 〈이상한 변호사 우영우〉에서 창원시의 팽나무가 화제였다. 거기도 팽나무는 바닷가 근처 바다와 땅이 맞닿는 지점에 자랐다. 드라마가 인기를 끄니 문화재청에서 드라마에서 설정상 천연기념물로 설정된 팽나무를 진짜 천연기념물로 지정했다. 수령이 약 500년이 넘고, 오랫동안 마을을 지켜온 노거수인 만큼 진작되고도 남았다. 우영우 변호사가 극 중 대사를 빗대어 팽나무를 평가 하자면,

"팽나무는 볼 때마다 느낀 것이지만, 너무 멋진 나무다."

뒷이야기. 팽나무를 심은 수정커뮤니티센터는 성남시 제3회 하늘정원상 옥
상녹화 우수건축물로 선정되었다. 도시 품격을 높이고, 미세먼지 저감과 열섬
현상 완화효과를 볼 수 있는 녹색공간으로 만들었다는 평가를 받았다.

제5장
자귀나무
무서움이 설렘으로 바뀐다면

수정구 헌릉로로 말미암아 끊긴 등산로를 잇기 위해 육교를 놓을 때다. 거대한 크레인으로 교량 거더를 들어 올리고 양쪽 교벽 위로 조심스럽게 걸쳐놓는 작업이 한창이다. 차가 다니는 도로 위에서 차량통제 없이 하는 공사라 준비작업에 시간이 많이 소요되었다. 하릴없이 기다릴 겸 교벽 위쪽 공원에 올랐다. 마침 정자가 있었다.

공원에는 인공폭포가 2단으로 있었다. 시원하게 떨어지는 물줄기가 장관이다. 눈을 감으니 직박구리 우는 소리까지 더하여 어느 깊은 숲에 와 있는 듯했다. 눈을 떠보니 폭포 앞에 화려한 꽃나무가 눈에 들어왔다. 이렇게 아름다운 꽃이 나무에도 피는가 싶었다.

분홍빛 수술이 촘촘한 꽃송이는 다분

[그림 15] 등산 육교와 인공폭포 (영장근린공원)

히 이국적이었다. 마치 나뭇잎에 숨어든 공작새 머리 깃이 보인 것 같았다. 바람이 부니 공작새가 저마다 화려한 꽁지깃을 펼쳐 보인다. 이제 군무를 막 펼치려는 듯하였다. 마침 현장에서 작업 개시를 알려 왔다. 아쉬움 속에 자리를 뜨면서도 몇 번이고 뒤돌아봤다. 가지에 앉은 공작새는 도도한 척 눈길도 주지 않고 그저 바람에 제 핑크빛 솔이 일렁이는 것만 보았다. 비록 꽃향기를 맡아보지 않았어도 분명 향기도 좋을 것이다. 벌들은 꽃에서 종일 떠나질 않았다. 그것이 못내 부러웠다.

자귀나무는 멀리서도 잎사귀를 보면 금세 알아챌 수 있다. 나뭇잎은 작은 잎들이 깃털처럼 모여 하나의 큰 가지를 만든다.

문득 어린 시절, 자귀나무에 대한 기억이 떠오른다. 집 근처 야산에서 아까시나무꽃을 따먹고 그랬을 적이다. 아까시나무를 닮은, 하지만 가시는 없는 잎사

[그림 16] Pink silk tree 자귀나무꽃 (영장근린공원 폭포 앞)

귀를 따서 잎줄기를 잡고 빙글빙글 돌리곤 했다. 그리고 주문을 외우듯이 "수박 맛이 나라! 수박 맛이 나라!" 외치면 처진 나뭇잎이 원심력에 활짝 펼쳐진다. 그러다 회전을 딱 멈추면 구심력에 잎사귀가 오므라들며 수박 냄새가 났다. 이상하게 그 기억만큼은 또렷이 남는다. 옛 생각에 잎줄기를 잡고 돌려 봤지만, 수박 맛 비슷한 냄새는 맡지 못했다.

어릴 때는 그저 가시 없는 아까시나무로 알았다가 자귀나무 이름을 들었을 때 그게 뭔 뜻인지 몰라 고개를 갸우뚱했다. 영어 이름을 들었을 때는 꽃 핀 나무를 보고 단박에 고개를 끄덕였다.

Pink Silk tree.

자귀나무 꽃술이 마치 비단처럼 아름답다고 하여 붙여진 이름이다. 들을수록 이름을 참 잘 지었다. 학명 Albizia julibrissin 또한 페르시아어로 비단꽃이란 뜻이다.

자귀나무꽃은 가늘고 긴 수술이 여럿 모여 부채꼴 모양이다. 수술 꽃받침은 흰색이고 수술머리 쪽으로 갈수록 분홍색이 진하다. 향기가 은은하고 달콤하여 벌들이 멀리서도 찾아온다. 벌들은 신난다. 꽃의 아름다움에 취하고 꿀의 달콤함에 취하고.

벌들이 수정을 마치면 자귀나무꽃은 떨어지고 씨방이 부풀며 열매가 맺는다. 콩과 식물이니만큼 아까시나무처럼 열매는 긴 꼬투리 안에 열린다. 겨울에 보면 아까시나무와 헷갈린다. 다만 가시가 있고 없고를 가지고 구분한다. 바람이 불면 자귀나무 꼬투리가 서로 부딪치며 요란한 소리가 난다. 마치 여자들이 수다를 떠는 것 같다고 여인들 혓바닥이란 뜻의 여설수(女舌樹)란 이름도 있다.

콩과의 낙엽 활엽 소교목. 높이는 3~5m이며 잎은 어긋나고 우상복엽이다. 6~7월에 가지 끝에 연분홍색의 꽃이 피고 열매는 협과로 9~10월에 열린다. 나무는 가구와 수공 재료로, 나무껍질은 약재로 쓴다. 한국 황해도 이남과 일본, 중국, 인도, 이란 등지에 분포한다.

등산 육교가 놓인 후, 야간경관 조명을 설치하는 작업을 감독하기 위해 한밤중에 영장공원을 다시 찾았다. 뭣 때문인지 전기배선 작업에 시간이 걸려 밤은 더욱 컴컴해지고 달까지 휘영청 밝았다. 자귀나무를 찾아 다시 가 보았더니, 희한하게 낮에 활짝 펼쳐졌던 잎은 모두 한데 모여 마치 가느다란 줄기마냥 보였다. 자귀나무 잎도 사람처럼 잠을 잔다더니 이렇게 자는구나 재미있어했다.

자귀나무는 밤이 되면 잎이 모인다. 과학적으로 식물의 수면운동으로 부른다. 잎자루에 불룩하게 튀어나온 잎바늘 중 위에는 잎을 펴는 세포가, 아랫부분에는 잎을 굽게 하는 세포가 빛의 자극에 따라 팽압 작용을 한다. 이때 잎바늘 세포에 수분이 빠지면 팽압이 감소하여 수축하면서 잎이 닫히고 반대로 수분이 공급되면 팽압이 증가하여 잎이 열린다. 마치 자귀나무 잎이 밤에는 잠자는 것처럼 보이는 원리다. 자귀나무가 이처럼 수면 운동하는 이유가 있다.

첫째는 더위를 좋아하는 나무이기 때문에 밤에 잎 표면적을 작게 하여 열을 적게 발산하기 위함이다. 둘째는 잎을 모아서 바람에 피해를 받지 않을 수 있고 셋째로 잎을 모으면 나방이나 벌레의 침입을 막을 수 있기 때문이다.

이런 특징 때문에 자귀나무는 불리는 이름이 많다. 잎사귀가 밤에 붙는 것이 마치 남녀가 안고 자는 모습을 연상하게 한다고 하여 야합수란 이름이 있다. 합혼수 역시 같은 뜻이다. 또 다른 어원으로는 시집가는 나무라는 뜻의 좌귀목이 점차 음운이 변해서 좌귀나무, 자괴나무를 거쳐 자귀나무로 변했다고 한다. 밤에 꽃이 오므라들어 합쳐지는 것이 신혼 첫날밤 한 이불을 덮고 자는 모양이란다. 그래서 부부의 화목을 위해서 자귀나무를 집안에 심기도 했다.

[그림 17] 자귀나무 잎의 수면운동 (낮과 밤)

흔히 서양 문화는 해를 쫓고 동양 문화는 달을 따른다고 한다. 그래서 서양권은 낮에 자귀나무의 비단실 같은 꽃술을 보고 이름을 지었고, 동양권은 밤에 보는 자귀나무의 잎이 오므린 모습을 보고 이름을 지은 게 아닌가 싶다.

그런데 우리나라는 나무를 바라본 시각이 좀 색다르다. 우리가 자귀나무를 예부터 부른 이름은 다름 아닌 소쌀밥나무다. 자귀나무 잎은 줄기에 하나씩 달리지 않고 작은 잎들이 모여서 하나의 가지를 만들고 다시 줄기에 풍성하게 달린다. 이 잎을 소가 그렇게 좋아한다. 소가 자귀나무를 발견하면 꼭 멈춰서 잎을 다 훑고 지나갈 정도라서 소쌀밥나무라고 부른다. 지방에 따라서는 소가 짜고 나도록 잎을 먹어대서 짜구대나무라고도 부른다.

물론 우리 조상도 나무의 꽃을 보고 인상 깊어 했다. 그런데 그게 한밤중이라서 탈이다. 밤에 보는 자귀나무 비단실 같은 고운 꽃은 머리를 풀어헤친 처녀 귀신 잠자는 모습과 똑 닮았다. 그래서 잠자는 귀신나무라고 하여 자귀나무라고 부른다. 하기야 낮에는 고단한 노동에 시달릴 터이니 꽃을 보고 그럴 여유는 없을 것이다. 게다가 자귀나무꽃이 필 시기는 한창 바쁜 농사철이 아닌가.

자귀나무의 꽃말은 가슴의 두근거림.

자귀나무꽃은 낮에 보면 아름다운 비단이 되고, 밤에 보면 처녀 귀신 머리카락이 된다. 고운 비단이든 귀신 머리카락이든 의미하는 바가 사뭇 달라도 보는 사람은 떨리는 가슴을 진정키 어렵다.

그렇구나! 무서워도, 겁에 질려도 이 떨림이 설레는 마음과 같은 것이라 생각하면 이 세상엔 정말 두려울 게 하나도 없다!

오라! 거친 운명아!

제6장
잣나무
아이들이 돌아오지 않는 숲에서

중학교는 산성동에 있는 창곡중학교에 다녔다. 당시 창곡중학교에 인접하여 영성여중과 창곡여중이 있었고, 폴리텍대학교도 있었다. 그런데 네 개 학교 정문으로 가는 길목은 하나였다. 당연히 아침 등교 시간마다 도로는 학생들로 혼잡했다. 간혹 지각했다고 설레발치는 아이가 틈바구니를 헤집고 뛰어가면 금세 북새통이 되었다. 이런 부산스러움과 달리 건너편 도로는 매우 한산했다. 도로 뒤편 야산은 대낮에도 항상 어둑어둑하여 음산한 기운이 도사리곤 했다.

세월이 흘러 낮에도 어두웠던 그 숲을 업무차 찾게 되었다. 학교 건너편 야산은 잣나무가 마치 병사들이 열을 맞추어 도열하듯 줄 맞춰 자란 조림지였다. 심을 때는 묘목이라 촘촘하게 심었을지 모르지만, 나무가 크게 자란 후엔 가지를 제대로 뻗지도 못할 정도로 비좁았다. 빼곡하게 자라난 잣나무 중 햇빛을 못 받은 밑가지는 모두 말라 죽었다. 죽은 가지는 떨어지지 않고 그대로 나무에 다닥다닥 붙어있으니 숲은 더 어둡고 음침했다.

바닥에 수북하게 쌓인 잣나무 잎도 주변 소리를 흡수하니 숲을 적막하게 했다. 그 음습함에 몸이 잠시 움츠러들었다. 예전 학교 옆 숲길은 인적 드물고 위

[그림 18] 잣나무 조림지 (영장근린공원)

험한 곳이었다. 간혹 길을 잃은 청소년들이 모여 담배를 피우거나 심지어 본드
나 부탄가스를 흡입하곤 했다.

　학교 주변에 잣나무숲이 있는 것이 의외였다. 잣나무는 한대성 수종이라 북
쪽 고산지대에서 잘 자라기 때문이다. 간혹 산성 주변에는 일부러 전쟁 시 비상
식량을 확보하기 위해 잣나무를 심기도 했다. 하지만, 아무리 여기가 아무리 남
한산성 주변이라 하여도 전쟁을 대비하여 잣나무를 심었을 리는 만무하다. 여
기는 다만 산비탈 황무지를 조림하기 위해 심었다.

　당시 우리나라에는 푸른 산보다 황폐한 붉은빛 민둥산이 많았다. 그때 지금
의 대한민국이 있게 한 한강의 기적과 더불어 치산녹화의 기적이 일어났다. 바
로 나무 심기 운동이다.

　일제로부터 해방된 이듬해 1946년, 조선 임금이 선농단에서 직접 논을 경작
한 4월 5일에 맞춰 헐벗은 산에 나무를 심기 시작했다. 특히 잣나무를 많이 심
었다. 잣나무는 내한성이 강하고 건조한 곳이나 척박한 곳에서도 잘 자라 산지
조림 용수로 적합했다. 생장도 빠르고 병충해에도 강했고 한겨울에도 울창한

산림을 만들었다.

그리고 잣나무는 오들오들하고 고소한 맛이 나는 잣이 열린다. 워낙 귀하고 값비싸서 대추차나 계피차에 겨우 한두 알 동동 띄워 먹을 수 있다. 그래서 가평도 화전민들이 숲을 태워 밭을 일구는 대신 잣나무를 심어 잣을 팔게 했더니 금세 부자가 되었다는 이야기가 있다. 숲은 잣나무로 더욱 울창해지고 지금은 가평의 유명한 자연휴양림이 되었다.

불현듯 이곳을 아무도 돌보지 않아 음습한 잣나무 조림지를 가평 잣나무 휴양림처럼 가꾸고 싶다고 생각했다. 비록 이곳이 예전에는 버림받은 아이들이 탈선을 저질렀던 장소였지만, 다음 아이들에게는 밝고 건강한 숲으로 탈바꿈했으면 하는 바람이었다.

잣나무 조림지를 휴양림으로 바꾸려는 생각을 바로 행동으로 옮겼다. 죽은 나뭇가지나 나무 생장에 방해되는 가지는 가지치기를 했다. 비로소 하늘에서 햇살이 숲으로 들어올 수 있었다. 바람도 덩달아 나무 사이를 헤집고 들어왔다. 그러자 숲에서 어둡고 음습한 기운이 빠져나갔다. 바람이 통하고 햇볕이 들어오는 숲이 상쾌하고 환하게 밝아졌다. 옛 예비군 훈련하던 참호 자리도 흙으로 메꿔 정자를 세웠다. 사람들이 들어와 쉴 수 있도록 벤치와 평상도 놓았다.

[그림 19] 잣나무 조림지 휴양림 조성공사 전·후

잣나무 잎이 쌓인 길은 걷기에 푹신하고 주변 소음도 흡수하여 한적하다. 빼곡한 잣나무 숲에서 홀로 있으려니, 바람 소리가 흔들리는 잎으로 보인다. 햇빛은 잎이 떨어지는 소리로 듣는다.

잣나무가 많은 숲은 머물수록 마음이 편안해지고 상쾌해진다. 잣나무에서 피톤치드가 많이 나오기 때문이다. 나무는 해충이나 곰팡이로부터 자신을 보호하기 위하여 피톤치드를 뿜는다. 이것이 사람에게는 아토피 치료나 우울증 등의 병에도 효과가 있다.

잣나무 숲의 이름을 힐링 숲 산책길로 정하고 안내판을 설치했다. 이제 이곳은 사방사업용 조림지가 아니라, 숲의 공익적 가치가 더 높아져 숲과 사람과 자연이 공존하는 힐링 숲이다.

잣나무는 소나무와 더불어 추운 겨울에도 늘 푸르러 충성과 절개의 상징으로 송백이라 불렀다. 우리나라는 소나무를 더 친숙하게 생각하지만, 잣나무야말로 원산지가 우리나라인 진짜 우리 나무다. 영문 이름도 아예 Korean Pine이

[그림 20] 잣나무 힐링숲 산책길 (창곡동)

다. 게다가 최상급 품질의 나무 홍송은 소나무가 아니라 바로 잣나무를 부르는 말이다. 대신 붉은 소나무는 적송으로 부른다.

잣나무와 소나무는 언뜻 비슷해 보이지만, 멀리서 보면 잣나무 잎이 은빛으로 은은하게 빛나고 소나무는 온통 초록색이다. 요즘 많이 심는 스트로브잣나무도 밝은 은빛이 난다고 해서 영어로 White Pine으로 부른다. 침엽 수도 다르다. 소나무는 바늘잎이 2개가 한 묶음이고, 잣나무는 5개가 한 묶음이다. 그래서 소나무를 이엽송이라 부르고 잣나무를 오엽송이라 부른 이유다. 덧붙여 리기다소나무는 잎이 3개씩 난다. 줄기는 소나무 껍질이 잣나무보다 더 갈라지고 우툴두툴 거칠다. 스트로브잣나무 껍질은 더욱 매끈하다. 요즘 도심지 조경수로 많이 심는데, 수형이 멋진 원뿔꼴로 곧게 자라난다. 탄소 흡수능력도 뛰어나고 피톤치드는 더 많이 내뿜는다.

> **[잣나무]** 학명 Pinus koraiensis
>
> 소나뭇과의 상록 교목. 높이는 10~30m이고 나무껍질은 잿빛을 띤 갈색이며 얇은 조각이 떨어진다. 잎은 다섯 개씩 뭉쳐나고 바늘 모양이다. 암수한그루로 5월에 연두색의 단성화가 피고 열매는 긴 타원형으로 10월에 열리며 씨는 '잣'이라고 하여 식용한다. 재목은 건축, 가구재 따위에 쓰고 정원수로 재배한다. 한국, 일본, 중국, 시베리아 등지에 분포한다.

학교 주변에 힐링 숲이 생기면 갈 곳 없어 방황하던 아이들이 많이 올 줄 알았다. 숲을 두려운 마음으로 바라보던 학창 시절을 떠올리며 아이들이 건강하게 뛰어놀 수 있는 숲을 기대했건만, 정작 아이들 모습은 보이지 않았다. 아이들이 사라졌기 때문이다.

창곡중, 창곡여중, 영성중 이렇게 세 중학교가 창성중학교 하나로 합쳐졌다. 그래도 예전 한 학교 학생 수도 안 된다. 말로만 듣던 우리나라 출산율 최하위란 말이 새삼스럽다.

아침 등교 시간에 가 봐도 과거 복잡했던 길이 지금은 한갓지다.

같은 장소에서 기다렸건만, 이제 아무도 오지 않는구나. 같은 공간이라도 시간이 다르면 만날 수 없고, 시간이 같아도 공간이 다르면 만날 수 없다. 모든 만남은 다 때가 있는 것을….

[그림 21] 잣나무 그늘 아래

제7장
쉬나무
신흥은 책 읽는 마을입니다

딴죽을 거는 것은 아니지만, 태평동과 신흥동 이름이 참 유감스럽다. 동네 이름은 1973년 성남시가 생겼을 때 지어졌다. 그래도 옆 동네는 옛날부터 불리던 이름 그대로다. 수진동은 세종대왕 아들 평원대군이 어린 나이에 죽자 인간 수명을 관장하는 북두칠성의 영산 영장산에 장사지내고, 그 묘소를 관리하는 수진궁을 지었으므로 수진리라 불린 역사가 있다. 단대동은 탄천에서 남한산성으로 가려면 고개 하나를 넘어야 했는데, 그 고개의 흙이 붉었으므로 단대골이라 불렸던 내력이 있다. 위쪽 동네 복정동은 예로부터 물맛이 좋고 복을 불러오는 우물이 있었다고 해서 복 우물에서 이름이 유래했다. 한결같이 그 지역의 문화와 옛사람들이 어떻게 살았는지 그 이름에서 흔적을 찾을 수 있다.

새로 지었으면 좀 멋지게라도 짓지, 관공서에서 급조한 티가 너무 난다. 태평하게 살라고 태평동, 새로 부흥하라고 신흥동이라니!

근심 걱정 없이 태평하게 살라는 뜻인 태평동은 원래 산성 밑에 참나무가 우거져 있어 숯을 굽던 골짜기라는 뜻에서 숯골이라 불렸다. 그 주변을 흐르는 탄천 옛 이름이 숯내다. 신흥동도 새로 생긴 마을이 아니다. 옛날부터 선비들이 이곳에 정자를 짓고 모여 앉아 글 읽는 소리가 끊이지 않았다고 하여 독정(讀亭)이라 불렀다.

이 땅은 새로 생긴 마을이 아니라 오래전부터 역사와 문화가 존재하는 땅이었다. 한때 이곳에는 남이흥 장군 묘역이 있었다. 장군은 정묘호란 때 안주성 싸움에서 3천 군사를 이끌고 3만 청나라군과 싸우다 장렬하게 산화한 영웅이었다. 하지만, 새로운 마을을 만든다고 하여 묘소를 충남 당진으로 강제 이장했다. 그 덕에 당진시는 해마다 남이흥 장군 문화제를 개최하여 문화와 역사의 고장으로 널리 알리고 있다. 역사를 가진 도시로 거듭날 기회를 제 발로 차버린 일은 두고두고 한탄스럽고 이제는 사람이 살았던 흔적이 있던가 의심할 지경이다.

그런 아쉬움에 여러 해를 보내다가 어느 날 여기에 사람이 살았었다는 징표를 찾게 되었다. 바로 신흥동 옆 숲에 쉬나무 백 그루를 심었다는 녹슨 팻말이다.

쉬나무가 어떤 나무인가? 글을 읽는 선비라면 회화나무와 함께 서당이나 집 뒤뜰에 심었던 나무였다. 밤에 호롱등을 밝히기 위해서라도 쉬나무는 집 근처에 있어야 했다. 신흥동, 아니 독정에는 옛적부터 글 읽는 소리가 쉬나무 가득

[그림 22] 쉬나무 조림지 (영장근린공원)

[그림 23] 한여름 쉬나무 수형 (독정천과 탄천 합류 지점)

한 숲에 한밤중까지 울렸었다.

쉬나무란 이름은 수유나무에서 변한 것이다. 다른 지방에서는 여전히 쉬나무를 수유나무로 부른다. 수유란 말 그대로 기름을 얻는다는 뜻이다. 경상도에서는 쉬나무를 아예 횃불이란 뜻으로 소등이라 불렀다.

쉬나무는 우리나라 산에서 흔히 자라며 가을에 무수히 많이 열리는 열매로 기름을 얻을 수 있다. 한밤중 호롱불을 밝힐 수 있는 그 귀한 기름을 손쉽게 얻을 수 있으니 얼마나 고마운 나무일까! 만약 쉬나무가 없다면 비싼 들깨로 기름을 짜서 등불을 켜야 했다. 그러니 쉬나무는 책 읽는 마을 독정리에 반드시 있어야 하는 나무였다.

가을이 깊어가는 때, 쉬나무를 보러 독정리를 찾아갔다. 옛사람들이 터를 잡았던 유서 깊은 마을이라 신흥동으로 이름이 바뀌어도 독정이란 흔적은 남았다. 신흥동에서 탄천으로 흘러가는 하천이 독정천이다. 이제는 독정천을 복개해서 하수도가 돼버려 독정이란 자취는 사라졌다. 다만 쉬나무를 보고서 이곳 어디쯤 글 읽는 선비들이 살았겠거니 추측할 따름이다.

쉬나무는 숲에서 찾기가 쉽다. 키가 10여 미터에 이르고 오래 묵어도 나무껍질이 갈라지지 않고 회갈색으로 매끈하다. 한여름에는 나뭇가지 위로 하얀 꽃이 뒤덮는다. 쉬나무를 모르더라도 저리 꽃을 한 무더기로 지고 있는 나무를 사람들이 못 알아볼 리 없다. 꽃이 많으니 꿀도 가득하고 꿀벌도 그냥 지나칠 수 없다.

산림청에서는 아까시나무 대신 꿀을 딸 수 있는 밀원수로 쉬나무나 피나무를 장려한다. 피나무도 밀원수로 벌을 많이 불러 모아 영어로 Bee tree로 불린다. 쉬나무는 Bee Bee tree로 부른다.

[그림 24] 쉬나무꽃과 열매

쉬나무 잎은 새 날개 모양으로 달걀 크기만 한 잎으로 마주나기로 난다. 그리고 잎이 떨어지기 시작할 때 꽃이 진 자리마다 붉은색 열매가 주렁주렁 열린다.

꽃이 많이 핀 만큼 열매도 새카맣게 달린다. 쉬나무 꽃말이 번식이라더니 나뭇가지에 그리 다닥다닥 붙은 열매를 보고서 꽃말의 의미를 알겠다.

같은 수유나무 중 산수유나무는 붉은 열매가 낱낱으로 가지에 매달려 열매를 하나씩 딴다. 쉬나무는 까만 열매가 작은 데다가 너무 많이 열려 숫제 가지를 꺾어 채취한다. 열매가 얼마나 많이 열리는지 쉬나무 한 그루에 기름을 30L 정도 짜고도 남는다.

쉬나무 기름으로 불을 밝히면 그을음이 적다고 한다. 그래서 작은 방에 들어앉아 글공부할 때 좋았다고 한다.

[쉬나무] 학명 Euodia daniellii

운향과의 낙엽 교목. 높이는 7m 정도이며 잎은 마주나고 깃모양겹잎이다. 8월에 흰 꽃이 빽빽이 피고 열매는 둥근 모양의 삭과이다. 종자는 제유용, 해충 구제용 또는 새의 먹이로 쓴다. 인가 부근에 심는다.

쉬나무는 우리나라에서 자생하고 중부 이남 어느 뒷산이라도 볼 수 있다. 영어로 Korean Evodia로 불린다. 중국이 원산지인 오수유도 있다. 오수유는 오나라에서 나는 수유나무라는 뜻이다. 옛날 초나라 왕이 오나라에서 가져온 약재를 먹고 배탈이 사라지면서 오수유라고 부른 데서 비롯되었다. 복통에 효과가 좋아 약재로 쓰기 위하여 중국에서 오수유를 가져와 재배했다.

그런데 오수유와 비슷한 나무가 이미 우리나라에서 자라고 있었다. 사람들은 두 나무를 구분하기 위해 중국에서 가져온 것은 오수유라고 하고, 우리 산에 자생하는 것은 조선수유라 불렀다. 조선수유는 시간이 지나면서 조선이란 글자가 빠지고 다시 부르기 쉬운 쉬나무가 되었다.

오수유나 쉬나무를 구분하는 방법은 오수유는 잎이 작고 많지만, 쉬나무는 잎이 크고 적다. 잎줄기는 쉬나무가 연녹색을 띠고 오수유는 적색을 띤다.

신흥동 산기슭에서 굳이 쉬나무를 찾으려 숲을 돌아다녔던 이유는 이곳이 예전에도 사람들이 살았던 터전임을 증거로 삼기 위함이었다. 그것도 책을 좋아하던 사람이 말이다. 이곳은 황무지도 불모지도 아니었다. 애초 새로 부흥할 일도 없었고, 옛것을 허물어 새로운 것을 지을 것도 없었다. 옛 소중한 것을 이어받아 든든한 뿌리로 삼아 무럭무럭 자라면 된다.

쉬나무가 있어서 이런 말을 하게 되어 정말 다행이다.

[그림 25] 쉬나무 열매

제8장
느릅나무
나의 살던 고향, 늠름한 나무

단대동에서 태어나 그곳에 살았을 적, 창곡중학교로 등교하려면 단대공원 높은 언덕을 올라야 했다. 산책로라지만 그냥 가파른 산길로 비탈면 따라 수많은 계단이 있었다. 당시 기억으로는 매일 아침 등교가 등산하는 느낌이었다. 길을 다 오르면 공원 정상에서 키 큰 나무에 등을 기대고 가쁜 숨을 고르곤 했다. 이 나무를 기점으로 줄곧 내리막길이라 그 나무에 기대고 있으면 마음이 편했다.

야산에는 다른 나무들도 있었지만, 가시 돋친 아까시나무거나 아니면 송진이 밖으로 새어 나온 리기다소나무였다. 그 나무만 가시나 나뭇진 없이 늠름하게 서 있었다.

평소 전혀 떠오르지도 않았던 어린 시절 기억은 수십 년 후 다시 그 나무를 마주치고서야 떠올랐다. 그리고 그 나무가 느릅나무임을 뒤늦게 알았다. 느릅나무 아래에 새로 정자도 생겼다. 나무가 높고 수형이 아름다우며 가지마다 잎사귀도 풍성하니 마을의 정자나무로 삼을 만도 하다.

나의 살던 고향은 꽃피는 산골이 아닌 주택만 들어찬 논골이었다. 복숭아꽃이나 살구꽃, 아기 진달래는 볼 수 없었던 그저 주택들로 닥지닥지 붙은 동네였다. 살면서 누구에게나 고향에 대한 향수는 아련하게 남아있게 마련이다. 시골집에 대한 노스탤지어는 항상 어느 아름드리나무 밑에서 동무들 웃음소리와 함께 들린다.

하지만, 내가 살던 고향은 나무가 울긋불긋 꽃 대궐을 차려 준다거나 하지 않았다. 숲에서 박새와 곤줄박이, 딱따구리가 우짖는 소리가 울려 퍼지지도 않았다. 단지 성북동 메마른 골짜기를 배회하던 비둘기가 메마른 동네를 한 바퀴 휘돌 뿐이었다.

나무에 대한 기억이 별로 없다는 말은 고향이란 정서에 대한 커다란 결핍이다. 내게도 고향이 있다는 그런 절박한 심정으로 유년의 기억을 쥐어짜듯 더듬어 찾은 나무가 바로 이 느릅나무다.

[그림 26] 공원 정상의 느릅나무 [단대동]

느릅나무라는 이름은 밤중에 침대에 아이들을 눕히고 재우기 전 읽어 주던 전래동화에서 먼저 알았다. 바로 바보온달과 평강공주다. 바보온달이 산속으로 지게를 지고 가고, 평강공주가 온달을 찾아 집에 왔을 때 온달의 어머니는 평강공주에게 말했다.

**"내 자식은 굶주림을 참지 못해 뒷산으로 느릅나무 껍질을 벗기러 갔습니다.
이미 오래됐지만, 언제 돌아올지 알 수 없습니다."**

가난한 온달이 늙은 어머니의 굶주림을 해결하기 위해 산에 오른 이유는 바로 느릅나무 껍질을 벗겨 내기 위해서였다. 느릅나무 껍질은 예로부터 가난한 백성에게는 배고픔을 달래 주던 구황식물이었다.

느릅나무 껍질은 벗겨 내면 부드러운 속껍질이 나오는데 찧으면 콧물처럼 끈적끈적하고 말랑말랑해진다. 이것을 먹으면 제법 요깃거리가 되어 백성들은 흉년에 대비하여 평소 느릅나무 껍질을 보관해 두었다. 느릅나무는 껍질뿐만 아니라 어린잎도 먹을 수 있어 봄철에 나물로 먹거나 곡식 가루와 섞어 떡을 쪄 먹기도 했다.

느릅나무가 비단 배고픔만 채워 주는 것만은 아니다. 말린 나무껍질은 비염과 천식을 치료하는 한약재로도 쓰였다. 그래서 종종 느릅나무를 코나무로 부른다. 염증에도 약효가 있어서 느릅나무 껍질로 염증이나 고름이 날 때 상처를 치료하는 약으로 사용했다. 게다가 느릅나무는 빠르게 생장하면서도 재질이 견고해 사람들은 집을 지을 때도 목재로 사용했다.

[느릅나무] 학명 Ulmus davidiana Planch

느릅나뭇과의 낙엽 활엽 교목. 높이는 15m 정도이며, 잎은 어긋나고, 긴 타원형으로 톱니
가 있다. 3월에 종 모양의 푸른 자주색 꽃이 피고 열매는 날개가 있는 시과로 5~6월에 익
으며 전혀 털이 없다. 어린잎은 식용하거나 사료로 쓰고 나무는 기구재나 땔감으로 쓰며,
나무껍질은 약용 또는 식용한다. 한국, 만주, 사할린, 일본 등지에 분포한다.

　이렇듯 여러모로 쓰임새가 많아 사람들이 느릅나무 껍질을 벗겨내고 뿌리를 캐
가니 나무를 점차 산에서 보기 힘들어졌다. 이런 느릅나무를 한눈에 알아보려면 나
뭇잎이 잎맥을 중심으로 좌우대칭이 아니라 한쪽으로 일그러져 있는 것을 보면 된
다. 가을에 열리는 열매도 특이하게 작고 동그란데 가운데 씨가 있어 불룩하다.

[그림 27] 엽전 모양의 참느릅나무 열매 (탄천)

요즘은 느릅나무를 탄천에서 자주 본다. 엄밀히 말하면 참느릅나무다. 느릅나무는 온대지방에 많이 분포하는데, 우리나라에는 느릅나무, 비술나무, 당느릅나무, 중느릅나무, 왕느릅나무, 난티나무, 참느릅나무 등 7종이 서식한다. 이중 느릅나무가 제일 커서 늠름하다. 그에 비하여 참느릅나무는 잎도 작고 아담하다.

느릅나무가 봄에 꽃 피고 열매를 맺는다고 하면, 참느릅나무는 가을에 꽃을 피우고 열매를 맺는다. 그래서 참느릅나무 열매는 작지만, 추운 겨울에도 살아남을 만큼 튼실하다. 그 덕에 겨울을 나는 박새와 곤줄박이 텃새들이 참느릅나무를 자주 찾아든다.

나뭇가지를 뒤덮을 정도로 잔뜩 열린 종자는 바람이 불면 사방으로 흩어져 싹을 틔운다. 그래서 참느릅나무를 느릅나무보다 더 많이 볼 수 있다. 그리고 밖에서는 느릅나무를 Japanese elm이라 하고, 야무진 참느릅나무는 Korean autumn elm이라 부른다.

느릅나무와 참느릅나무의 구분은 줄기에서도 확연히 두드러진다. 느릅나무 껍질은 암갈색으로 세로로 갈라졌고, 참느릅나무 껍질은 사방 갈라지며 너덜너덜하다.

[그림 28] (左) 느릅나무 줄기, (右) 참느릅나무 줄기

[그림 29] 느릅나무 단풍

느릅나무의 어원은 늠름한 수형을 볼 때 늠름나무에서 올 법하다. 더구나 느릅나무 꽃말은 늠름과 비슷한 위엄이다. 하지만, 나무 이름은 나무껍질을 물에 담그면 흐물흐물하여 늘어지는 모습을 표현하는 '느름하다'에서 왔다.

어느 날, 다시 느릅나무 그늘을 찾아 정자에서 앉았다. 책 한 권도 갖고 왔다. 그동안 고향의 추억이 없었다는 설움을 한 번에 달래려고 작심했다. 내 어린 시절 함께하던 나무와 상봉하게 되니, 이게 진짜 사람(人)과 나무(木)가 만나 휴(休)를 이루었다.

이제 네가 있었음을 알아보는구나!

제9장
쥐엄나무
철조망보다 더 험상궂은 나무

　성남은 군사도시다. 군사도시라면 최전방에 있는 파주, 연천이나 미군기지가 있는 동두천, 평택, 또는 육군사령부가 있는 계룡을 생각하기 쉬운데, 성남도 군사도시로서의 위상이 만만치 않다.

　역사적으로 삼국시대까지 거슬러 올라가면 한강에서 탄천 따라 이어지는 드

[그림 30] 전쟁의 상흔이 남은 남한산성

넓은 평야는 백제 군사들의 오랜 훈련터였다. 신라가 삼국을 통일한 후에는 주장성을 쌓고 당나라와의 전쟁을 대비했다.

고려에 이르러 몽골군 말발굽이 한반도를 향했을 때도 이곳은 격렬한 전쟁의 한가운데 있었다. 고려 조정이 강화도로 피난하고 내륙에 변변한 군대가 없었던 시기, 성안 사람들은 관군과 합심하여 남한산성을 수십 겹 포위하던 몽골군을 기어이 물리치기도 했다.

조선 중엽 병자호란이 반발할 때는 인조 임금이 남한산성에 머물며 청나라에 대적하였다. 대한제국 시대에도 남한산성은 일본 제국주의에 맞서 전국에서 봉기한 의병들의 전초기지이기도 했다.

성남이 군사도시로서 갖는 위상은 현대까지 이어졌다. 위례신도시 개발 이전까지 육군행정본부 및 특전사 사령부가 있었고, 육군교도소도 이천시로 이전할 때까지 남한산성에 있었다. 지금도 도시 주변 산속에는 여러 군부대가 소재하고 있고 능선에는 참호가 파여 있다.

가끔 숲길을 걷다 보면 사격 훈련 중 총소리에 깜짝 놀란다. 더 소스라친 것은 무성한 덤불 속에 감춰진 녹슨 철조망을 볼 때다. 숲길 경계는 군부대 영내로 진입하지 못하게 쇠가시 촘촘한 철조망이 둘러쳐 있다. 멋모르고 콧노래 부르며 덤불 잎사귀를 손으로 훑고 지나갔다가는 녹슨 철조망에 긁혀 파상풍 걸리기에 십상이다.

철조망 울타리 반대편 길섶도 가시 돋친 찔레꽃이 한창 예쁘게 피어 조심스럽기는 매한가지다. 들장미로 불리는 찔레나무는 흔히 가시나무로 더 불린다. 가시 돋친 나무로는 아까시나무도 빠질 수 없다. 아까시나무 가시는 새 줄기에서 돋아난 잎 바로 아래 턱잎이 변한 것이다. 나무껍질이 가시가 된 나무도 있다. 개두릅나무라고 부르는 음나무다. 가시가 줄기마다 빼곡히 돋아나 보기에도 험상궂다. 엄해 보여 엄나무라고도 부르며 마을 입구나 집 앞에 심어 잡귀가 들어오지 못하게 했다. 그런데 옛 남한산성 교도소 자리에 자라는 쥐엄나무 가시를 본 이후로 음나무나 아까시나무 모두 귀여운 턱잎일 뿐이다.

쥐엄나무 원산지가 우리나라라고 하지만, 나무를 처음 보았을 때 너무 기괴하고 낯설었다. 줄기에 돋아난 가시는 그냥 평범한 가시가 아니었다. 날카로운 칼날이 줄기에 다닥다닥 꽂아 놓은 것처럼 보였다. 다른 나무 가시는 대부분 턱잎이나 껍질이 변한 것인데, 쥐엄나무는 숫제 나뭇가지가 가시가 되었다.

[그림 31] 음나무 가시(左)와 쥐엄나무 가시(右)

땅바닥에 떨어진 열매도 희한했다. 콩과 식물이라 아까시나무 꼬투리와 비슷하지만 크기가 한 뼘이 넘었다. 워낙 크다 보니 잘못 보면 뱀이 몸을 비비 꼬다가 말라 비틀어 죽은 모습 같아 징그럽다. 외국에서는 쥐엄나무의 비틀린 열매 모습을 보고 숫양의 뿔과 같다고 하여 뿔을 의미하는 그리스어 keras에서 착안해 Carob tree라 한다. 중국에서는 열매를 저아(猪牙)라고 해서 멧돼지 어금니로 표현했다.

보기와 달리 열매 안에는 꿀처럼 달콤한 즙이 가득하다. 만약 창날처럼 날카로운 가시가 없다면 쥐엄나무 열매만 보면 환장하고 달려드는 짐승들에게 모두 뜯어 먹히고 말 것이다.

처음 쥐엄나무를 주엽나무로 알았다. 지금도 산림청은 쥐엄나무 대신 주엽나무를 표준이름이라며 고집한다. 예전에는 나무줄기에 돋아난 굵고 기다란 가시가 뿔과 같다고 하여 조각나무라 불렸다. 동시에 나무에 꼬투리가 주렁주렁 열린 것을 보고 조협나무로도 불렸다. 이후 발음하기 편한 주엽나무로 바뀌고, 음운 변화는 계속 일어나 주염나무가 되더니 후대에 쥐엄나무로 정착되었다. 옛 속담에 인색한 사람이 너무 심하게 굴 때 '쥐엄나무 도깨비 꼬이듯'이란 말이 있듯이 쥐엄나무로 부르게 된 시기는 꽤 오래됐다. 그럼에도 일제 강점기 부르던 주엽나무를 다시 고집하는 것은 일제에 의해 산림과학 근대화가 이루어졌다는 것을 은연중에 드러내는 것이 아닐까 싶다. 가뜩이나 쥐엄나무 영문 표기를 Japanese honey locust로 한동안 표기하다가 Korean honey locust라 뒤늦게 고친 이력이 있고, 올해 산림과학 100주년 운운하는 것도 논란거리다.

> **[쥐엄나무]** 학명 Gleditsia japonica var. koraiensis
>
> 콩과의 낙엽 활엽 교목. 높이는 20m 정도이며 잎은 우상 복엽이다. 6월에 노란색을 띤 녹색 꽃이 총상 화서로 피고, 열매는 협과로 10월에 익는다. 열매는 가시와 함께 약용하며 한국, 일본, 중국 등지에 분포한다.

쥐엄나무는 성경에도 실렸다. 어느 가출한 자식이 객지에서 고생할 때 주린 배를 돼지들이 먹는 쥐엄나무 열매로 채운다는 구절이다. 하지만, 이스라엘로 성지 순례 다녀왔던 사람들 이야기를 들어 보면 쥐엄나무 주스가 그렇게 달콤하고 맛있을 수가 없다고 한다. 돼지들에게나 주기에는 너무나 아깝더라고 말한다.

[그림 32] 쥐엄나무 가시 (남한산성 기슭)

사실 쥐엄나무는 동아시아가 원산지고, 성경에서 나오는 쥐엄나무는 생김새가 비슷한 캐럿나무(Carob tree)다. 열매가 메뚜기랑 비슷하다고 하여 Locust tree로 부르는 캐럿나무는 가시가 없다. 재미있는 것은 캐럿나무 꼬투리에 들어있는 씨 앗 무게가 모두 0.2g으로 똑같다. 여기서 캐럿의 씨앗이 보석의 무게를 재는 기준 이 되었으며 다이아몬드 1캐럿의 무게가 바로 캐럿나무 1개의 씨앗 무게와 같다.

한동안은 쥐엄나무 씨앗을 주머니에 넣고 다녔다. 그리고 숲길을 걷다가 샛 길이 나는 곳에 쥐엄나무 씨앗을 1캐럿씩 흙에 파묻었다. 당시 숲을 보호하기 위하여 무분별하게 생기는 샛길을 막을 때였다.

사람들이 다니는 길에다가 철조망을 칠 수 없고, 그렇다고 그냥 내버려 두자 니 숲이 더 훼손될 것 같다. 남한산성에서 검단산 넘어가는 길처럼 지뢰유실 지 역이라며 아예 입산금지 팻말을 박을까도 생각했다. 물론 안전줄을 설치하는 것으로 대신했지만, 그래도 안심할 수 없어 쥐엄나무 씨앗을 곳곳에 심었다.

언젠가 샛길 가운데 쥐엄나무가 험상궂은 가시를 세우며 길을 막거든, 여기 필자가 심은 것이 자란 것으로 생각해도 무방하다.

검단산

제10장

느티나무

비극적인 역사 앞에서 운명이란

남한산성은 조선시대 북한산성과 함께 도성을 지키던 남쪽의 방어 산성으로 성곽 전체 길이는 약 12.4km이다. 옛날부터 천혜의 요새로 여겨졌다. 명나라와 청나라 전환기에는 장차 전운이 조선에도 드리울 것을 예측한 인조가 신라 주장성 옛터에 성을 다시 튼튼하게 쌓았다. 앞으로 닥쳐올 전쟁에 대비하여 성안 각종 시설도 정비했다. 임금이 머물 행궁을 비롯하여 군 지휘소 역할을 하는 수어장대를 짓고, 동서남북 사대문을 설치했다. 동문과 서문은 남쪽을 바라보는 임금을 기준으로 좌익문, 우익문으로 부르고 남문은 지극히 평화롭다는 지화문으로, 북문은 싸움에 지지 않고 모두 이긴다는 전승문으로 부른다. 특히 웅장한 지화문 성문 위 장대에 오르면 한강과 서울을 모두 내려다볼 수 있다.

이런 군사적인 요충지에 성문을 만들면서 느티나무를 네 그루 심었다. 성곽 사면 흙이 유실되는 것을 막고 성문을 적으로부터 숨기기 위함이다. 느티나무가 자랄 때는 곧바르고 우람한 덩치로 높이 자라므로 남한산성 남문 앞 수호목으로 제격이다.

병자호란 당시 인조가 일만 사천의 군사와 함께 사대문 중 가장 큰 남문을 통하여 남한산성에 들어왔다. 그때 느티나무가 임금의 용렬한 군대를 친히 맞이하였다. 곧이어 용골대를 선두로 청나라 대군이 남한산성을 포위하고 전투를 시작했다. 조선군은 한겨울 추위와 굶주림 속에서 처절하게 싸웠고, 남문 앞 느티나무도 청군이 쏘아 대는 홍이포 앞에서 성문을 굳건히 지켜 냈다. 하지만, 조신군 시체가 성 밖으로 차곡차곡 쌓이는 것을 속절없이 바라봐야 했다.

[그림 33] 남한산성 남문과 느티나무 보호수 4그루

산성에 갇혀 고립무원 신세에서 45일간 항전 끝에 조선 조정은 끝내 항복하고 성문을 열고 만다. 청 태종은 조선의 임금이 남문으로 나오지 못하게 하였다. 전쟁에서 패배한 죄인은 서문으로 나오라고 말했다. 남문 앞 느티나무는 임금을 지키지 못하고 떠나가는 모습도 배웅하지 못했다는 생각에, 죄인의 심정으로 차가운 북풍을 온몸으로 맞아가며 떨어야 했다.

　병자호란 이후 수백 년이 지난 지금, 그 느티나무는 성남의 보호수로 지정되어 보호받고 있다. 수백 년 나이를 먹은 노거수로 자라났지만, 남문 바로 앞에 있던 느티나무는 그 육중한 몸이 쇠잔해졌는지 나무의사 진찰을 받아 줄기 절반이 도려지고 시멘트로 충전됐다. 지난 태풍 때는 나무줄기가 쪼개지는 수모를 당하기도 했다. 언 듯 멀리서 보면 잔가지 별로 없는 콘크리트 전봇대 같다. 그나마 굵은 나뭇가지 하나 갈라져 나온 것도 나무 스스로 버틸 재간이 없었는지 지팡이 짚은 마냥 파이프에 의지했다. 그래도 봄이 오면 아름드리나무 우듬지에 초록 잎사귀가 돋아 봄바람에 흔들리곤 했다.

[그림 34] 성남 보호수 제23호 느티나무 (남한산성 남문)

사실 수백 년 세월이 흘렀다고 하여 느티나무가 이처럼 쇠잔해지지 않는다. 느티나무는 우리나라에서 주목과 은행나무와 더불어 수명이 가장 긴 나무로 손꼽힌다. 우리나라에 고목은 대략 1만 3천여 그루가 되는데, 그중에서 7천여 그루가 느티나무다. 천년 이상 오래된 나무도 25그루 정도 있다. 오랜 세월 마을을 지키는 수호목으로써 느티나무는 대대로 사람들과 희로애락을 나누었다.

고을마다 얽힌 오랜 이야기는 으레 마을 어귀에 큰 그늘이 있는 정자나무 밑 평상에서 들을 수 있다. 그 정자나무로 대표적인 나무가 바로 느티나무와 팽나무다. 두 나무 모두 가지가 사방으로 넓게 뻗어 한여름에는 시원한 그늘을 만들어 준다. 정자나무가 만든 커다란 그늘에서 어르신들이 장기를 두거나 탁주를 마시며 정담을 나눈다.

다만, 정자나무 중 느티나무는 멀리서 보면 수형이 위로 좀 더 키가 크고 팽나무는 옆으로 더 자라는 본새다. 가까이서 보면 느티나무 줄기는 가로로 점박이 줄이 있고 잎은 길쭉한 타원형 잎이지만, 팽나무는 무늬가 없는 껍질에 둥그런 타원형 잎이다.

우리나라 사람들이 가장 좋아하는 나무인 소나무는 거친 눈보라에도 의연하며 강인하다. 소나무가 비장감마저 들 정도인 데 비하여 느티나무는 늘 우리 곁에 있어 그늘이 되고 목재가 되어 엄마 품처럼 친근하고 푸근하다.

[느티나무] 학명 Zelkova serrata

느릅나뭇과의 낙엽 활엽 교목. 줄기가 곧으며 작고 둥근 잎이 무성하게 자란다. 산기슭이나 골짜기에서 많이 볼 수 있다. 나무는 결이 좋아서 건축재, 가구재, 선박용으로 쓰이며, 어린잎은 식용된다.

느티나무는 한자로 괴목(槐木)이라고 쓴다. 괴(槐)는 木 자와 鬼 자가 합쳐져 글자를 이룬다. 풀이하면 나무와 귀신이 함께 있다는 뜻이 된다. 그래서 예부터 느티나무는 신목(神木)으로 신성시하여 마을 앞에 수호목으로 심었다. 나무가 주는 신령스러움 때문에 부처님 목상을 만들거나 임금의 시신을 담은 관으로 사용했다. 조선시대 이전까지만 해도 느티나무는 소나무보다 궁궐에 더 많이 썼다.

회화나무도 괴목으로 부른다. 사실, 괴목 원조는 회화나무다. 성리학을 중시하는 조선시대에 들어서 회화나무는 은행나무와 함께 향교와 서원을 중심으로 많이 심었다. 중국이 원산지인 회화나무는 구하기 어려워 대신 수형이 비슷한 느티나무를 회화나무 대신하여 서원에 심게 되었다.

느티나무는 신분을 가리지 않고 어디서 누구든 팔 벌리고 맞이하는 친숙한 나무였다. 우리 땅에서 자생하는 느티나무는 회화나무보다 더 잘 자라고 더 오래 살고 늘 우리 곁에 있었다. 그래서 느티나무는 회화나무와 비슷하지만, 늘 우리 곁에 있는 늘회화나무로 불렀다. 늘회화나무는 늘회나무로 바뀌고 다시 느티나무가 되었다.

다른 뜻도 있다. 느티나무가 노랗게 물든 것을 보고 노란 회화나무로 불리어 한자로 누렇다 '눌' 자와 회화나무 '회' 자가 합쳐져 '눌회나무'에서 유래했다고도 한다. 또는 어릴 때는 그저 그런 나무였다가 다 자라 나무가 울창해지면 비로소 느티나무의 멋스러움이 늦게 티가 나타난다고 하여 늦틔나무였다는 말과, 멀리서나 가까이서나 늘 멋스러운 티를 내는 나무라 하여 늘티나무였다는 말도 있다. 괴목도 사실 사랑한다는 순우리말 '괴다'에서 와서 우리가 사랑하는 나무라는 뜻으로 괴목이라 불렀다고도 한다.

어느 날 초가을 남한산성 남문에 올랐더니 뭔가 허전했다. 아닌 게 아니라 그동안 근근이 목숨을 이어가던 아름드리 느티나무가 베어지고 없어졌다. 병자호란 당시 처절한 전투 속에서 용케도 살아남았던 나무. 그 후에도 나라의 숱한 비극적인 운명과 마주 대해야 했던 느티나무. 천년도 넘게 살 나무지만, 참혹한 역사 앞에 나무는 그동안 시름시름 앓았다. 그리고 어느 날, 느티나무는 밑동만 바짝 남겨진 채 베어졌다. 그동안 속절없이 바라본 세월에 얼마나 속앓이했는지, 나무 심재는 곪아서 속이 텅 비어 있었다. 애끓게도 그 자리에 보랏빛 꽃을 피운 맥문동은 느티나무가 죽어 흘린 핏자국 같다.

[그림 35] 잘려 나간 느티나무 그루터기와 보랏빛 맥문동

느티나무 꽃말은 운명. 병자호란 역사에서 떳떳한 죽음을 맞으라는 비장함과 부디 치욕을 견뎌달라는 절절함 사이에서 느티나무만 속절없이 애간장만 태우고 말았다.

그게 병이 되어 수백 년 앓았던 느티나무가 자신의 꽃말처럼 그 운명을 다하고 말았다.

제11장

이팝나무

이밥에 고깃국이 평생소원이라

길가 가로수로 가장 흔한 나무가 느티나무와 은행나무다. 서울의 가로수는 은행나무가 37%를 차지하고 다음으로 플라타너스, 느티나무, 벚나무, 이팝나무 순이다. 성남에서는 느티나무가 37%로 가장 많고, 다음으로 은행나무, 플라타너스, 메타세쿼이아, 벚나무, 이팝나무 순이다. 가로수로 심는 품종이 한정되어 길을 걷다 보면 잎사귀 모양으로 대강 무슨 나무인지 짐작한다. 다만 느티나무와 벚나무는 꽃 피는 시절이 아니면 잎이 모두 톱니가 있는 타원형이고, 줄기 또한 가로줄 무늬라 엇비슷해 헷갈린다. 자세히 봐야 느티나무 나뭇잎 톱니가 벚나무보다 훨씬 크고, 가로줄 무늬도 느티나무 껍질눈이 더 길고 규칙적인 것을 알 수 있다.

요즘은 가로수로 이팝나무를 많이 심는다. 처음에는 그냥 그런 가로수인가 보다 했는데, 한여름 나무 전체가 꽃으로 하얗게 뒤덮을 때 비로소 이팝나무임을 알아본다. 도시마다 너도나도 이팝나무를 가로수로 심어 흔해졌지만, 사실 이팝나무는 우리나라와 일본, 중국 일부에서만 자라는 희귀한 나무다. 외국인들은 이팝나무가 하얀 꽃나무로 서 있는 것을 보고, 마치 하얀 눈이 나뭇가지에

[그림 36] 초여름 이팝나무를 뒤덮은 새하얀 꽃송이

얹혀 있는 것 같다고 하여 Snow flower tree라고 부른다. 원래 영어로 이팝나무
는 하얀 술이 달린 나무라고 Fringe tree라 한다.

중국도 이팝나무를 사월에 하얀 꽃이 눈처럼 핀다고 하여 사월설(四月雪)이
라고 부르며, 학명도 희다는 뜻의 Chio가 들어가 있다. 이팝나무꽃은 암수딴그
루로 4장의 꽃잎이 새 가지에 차례로 달리며, 6월 초여름 나무를 온통 하얗게
뒤덮는다.

처음 이팝나무를 녹지대에 심었을 때 난리가 났었다. 마치 솔이 뭉텅이로 빠
져나간 빗자루처럼 나무가 풍성하지 않고 볼품없었기 때문이었다. 애꿎게 조경
업자에게 어디서 하자 있는 나무를 가져다 심었냐며 달달 볶기만 했었다. 하지
만, 가로수로 선정된 나무가 다 그렇듯 이팝나무 또한 생명력이 강하고 빠르게
자란다. 한 해를 못 넘길 것 같은 이팝나무는 어느새 크게 자라나 여름에 햇볕
에서 인도 전체를 가릴 만한 녹음을 선사한다. 이팝나무는 속성수이면서 차량
이 내뿜는 매연에도 잘 죽지 않고 병해충에도 강하다. 더구나 매서운 추위에도
잘 얼어 죽지 않을 정도로 내한성이 강하다. 그리고 여름마다 하얀 눈이 내린

[그림 37] Snow flower tree로 불리는 이팝나무에 흰 눈이 내린 정경 (남한산성 성곽 밖)

듯 아름다운 꽃으로 치장하니 이팝나무를 가로수로 많이 심을 만도 하다.

많은 이팝나무 가로수길 중 남한산성로가 특히 인상 깊다. 그 길에서 이팝나무는 성곽 따라 열을 맞추며 산성 남문까지 배웅하듯 서 있다. 나무 뒤편으로 성곽 지붕에 성가퀴와 그 사이로 화포 구멍도 비스듬하게 보인다. 마치 성곽 주변 산책로에 조경수로 심은 것 같다. 하지만, 예전 이곳은 남문을 통해 버스가 다니던 도로였다. 산성터널이 개통된 후 사도가 돼버려 공원으로 조성했으니, 따지고 보면 여기 이팝나무는 엄연히 가로수로 심은 것이다.

이팝나무를 처음 보았을 때 무더기로 핀 하얀 꽃과 이름 때문에 조팝나무를 떠올렸다. 두 나무 모두 여름이 시작될 때 가지에 꽃이 하얗게 핀다. 다만, 조팝나무가 조금 더 일찍 꽃이 핀다. 그리고 키가 작은 장미과 관목이다. 줄기가 쉽게 휘어지고 유연하여 외국에서는 신부 결혼식 때 꽃이 달린 줄기째 화환을 만들어 사용했다. 그래서 영문도 Bridal wreath(신부 화환)라 한다. 일본도 나무줄기가 버드나무처럼 한들거리고 꽃이 피면 눈이 내린 듯 줄기를 하얗게 감싸고 있어 눈버들이라고 부른다. 참 미학적이다.

반면 우리가 조팝나무라고 부르는 이유는 눈처럼 하얗게 핀 꽃이 좁쌀 모양을 닮았다고 하여 좁밥나무라 부르다가 조팝나무로 변했다. 이팝나무 또한 하얀 꽃이 나무를 덮으면 마치 밥그릇에 흰쌀밥을 퍼 담은 것과 같다고 하여 입밥나무로 부르다가 이팝나무가 되었다. 옛날 벼에서 나온 쌀로 지은 밥은 입쌀밥이라고 했고 이것이 입밥을 거쳐 이밥, 이팝으로 변했다. 박태기나무는 또 어떤가!

진보라색 꽃봉오리가 불그스름한 밥알과 같다고 해서 밥티기나무로 부르다가 박태기나무가 된 이력이 있다.

정녕 서글프다. 아무리 어렵고 힘들게 살았다고 하지만, 어찌 새하얀 꽃송이를 보고 밥풀로 생각했는가 싶다. 다른 나라 사람들이 나무에 꽃이 피면 하얀 눈이 내렸다고 좋아하며 집안을 꽃나무로 꾸밀 때, 우리네는 작은 나무에 하얗게 피면 좁쌀나무, 키 큰 나무에 피면 쌀밥나무로 부르며 굶주린 배를 움켜쥐었는지 말이다.

옆 나라 대마도에서는 이팝나무가 꽃 피기 시작하면 섬 전체가 축제로 떠들

[그림 38] 벌도 탐내는 하얀 이팝나무꽃

썩하다. 축제 후에도 그네들은 이팝나무를 곁에서 오랫동안 보기 위해 집 마당에 심고 아예 분재로 만들어 방에서도 감상한다. 그런데 우리 선조들은 나무 이름조차 아이들에게 알려 주지 말라고 했다. 굶주린 아이들이 탐내어 밥 냄새를 숲속에서 찾으러 떠날까 걱정했기 때문이다. 현대에도 이런 서글픔은 이어진다. 조세희 작가가 지은《난장이가 쏘아올린 작은 공》에서도 배고픈 애들이 고기 냄새를 맡았다며 엄마에게 이르는 장면도 나온다.

[이팝나무] 학명 Chionanthus retusus Lindl. & Paxton

물푸레나뭇과에 속한 낙엽 활엽 교목. 높이는 20m 정도이며, 잎은 마주나고 잎자루가 길다. 봄에 흰 꽃이 피며 가을에는 열매가 까맣게 익는다. 정원수나 풍치목으로 심는다. 우리나라, 중국, 일본 등지에 분포한다.

하기야 우리에게 밥만큼 각별한 의미가 또 어디 있으랴. 인사말조차 "밥 먹었니?"다. 먼 길을 떠나는 사람에게는 꼭 밥은 챙겨 먹으라 한다. 비단 사람뿐만 아니라 짐승 밥도 챙길 만큼 오지랖 넓다. 들꿩이 좋아하는 밥이 열린다고 하여 덜꿩나무라 하고, 까마귀가 먹는 쌀이라는 뜻의 가막살나무란 이름도 지었다.

이팝나무에는 얽힌 전설도 밥과 관련된 구슬픈 이야기다. 제사상을 차리다가 쌀밥에 한이 맺힌 며느리가 죽어서 자란 나무라 한다. 흉년 때 아이가 굶어 죽으면 무덤 옆에 이팝나무를 심기도 했었다. 죽어서라도 불쌍한 아이들이 쌀밥을 실컷 먹을 수 있기를 바라는 마음에서였다. 그래서일까! 성곽 바깥 이팝나무가 더욱 쓸쓸하다.

이팝나무는 우리나라 자생종으로 농사를 짓던 우리 조상들과 오랜 세월을 함께했다. 그러다 보니 이팝나무의 꽃 피는 시기가 24절기 중 입하 때 핀다는 의미로 입하나무로 불리다가 이팝나무로 변했다는 말도 있다. 이팝나무꽃이 만

[그림 39] 이팝나무 열매, 여름 그리고 가을

발하면 그 해 풍년이 들고 적게 피면 흉년이 든다며 한해 절기와 날씨를 알려

주는 천기목으로 생각했다. 그래서 나무에 지극히 치성을 드리면 꽃을 많이 피

워 풍년이 들 수 있다고 생각하여 신성한 나무로 여겼다.

　가을 이팝나무 길을 찾아갔다. 나무마다 직박구리가 페차고 날갯짓하며 우짖

는다. 가지마다 꽃 진 자리에 굵은 콩알만 한 열매는 가득하다. 색깔은 곱고 짙

푸르다. 열매는 예부터 기력이 떨어진 사람에게 자양강장제로 쓰였다. 겨울 늦

게까지 달려 있어 배고픈 새들을 구제해 준다. 그리고 보면 새에게는 콩밥나무

가 될 수도 있겠다. 물론 작은 몸집의 곤줄박이는 큰 텃새 눈치를 보느라 언감

생심이지만.

제12장
물박달나무
거친 듯 부드러운

해발 534m의 검단산과 500m 망덕산 두 정상을 잇는 산길은 높은 봉우리나 깊은 골짜기가 없어도 걷다 보면 은근히 사람 힘을 빼놓는다. 산길은 완만한 것 같으면서도 굽이굽이 굽고 오르락내리락한다. 어쩌면 그런 수고로움이라도 있어야 망덕산 정상에서 시가지가 활짝 펼쳐진 걸 시원하게 볼 수 있는지 모르겠다.

하늘 아래 산 위 풍경을 찬찬히 훑어보니, 사람들이 산에 오르는 이유를 알 만도 하다. 아마 정상에서 세상살이를 관조하듯 내려다보기 위함이 아닐까? 높은 곳에서는 작은 골목마다 이익을 구하며 아웅다웅하는 모습이 보이지 않는다. 오로지 웅장하게 솟은 산이 하늘과 땅을 이어 주고 그사이 인간이 서 있다. 그저 시원한 바람만 불어 구름과 사람의 마음만 움직여 주면 될 뿐이다.

망덕산을 기점으로 동쪽으로 가면 광주 두리봉이 나오고 그 산을 거쳐 군두레봉, 장작산, 희망봉, 용마산을 지나 마지막 검단산까지 이르러 한강과 맞닿는다. 이 숲길이 바로 한남정맥에서 갈라져 나온 검단 지맥이다. 서쪽으로 가면 안성 칠장산에서 김포 문수산까지 이어진 한남정맥이라는 산줄기에 이르고, 계

속 나아가면 백두대간의 속리산과 만날 수 있다. 그 산길을 타고 가면 태백산을 거쳐 우리 민족의 영산 백두산으로 갈 수 있다. 동네 뒷산이라도 언젠가 이 길을 걸어 백두산까지 당도하겠다는 뜻을 품을 수도 있겠다.

망덕산에서 검단산으로 가는 숲길 식생 대부분 참나무류 낙엽활엽수다. 신갈나무, 떡갈나무가 우점종으로 키 큰 나무들이 쑥쑥 잘 자라 숲이 무척 우거졌다. 하늘을 볼 수 없을 정도로 나뭇가지와 잎사귀가 무성하다. 더운 여름, 산에 오를 수 있는 이유다.

그중 물박달나무는 키가 참나무 갈잎보다 더 높이 자랐다. 망덕산 기슭은 용케 물박달나무가 참나무를 제치고 군락을 이룬다.

사실 박달나무는 이름만 알지 산에서 만나지 못했다. 대신 물박달나무는 자주 만났고, 한번 보면 멀리서도 알아본다. 물박달나무 껍질은 얇은 종잇조각처럼 겹겹이 붙어있다. 다른 나무는 산길을 걷다가 종종 쓰다듬기도 하는데, 물박달나무는 껍질이 하도 지저분하게 붙어서 손이 더러워질까 건들지도 않는다.

물박달나무는 박달나무와 개박달나무와 같이 자작나무 무리에 속한다. 자작나무 껍질이 얇은 종이처럼 벗겨진다면, 물박달나무는 두꺼운 비늘 조각이 너덜너덜해 툭툭 떨어진다. 그리고 자작나무 표피가 하얗고 윤도 나서 예쁘게도 보이는데, 반면 물박달나무는 그냥 짙고 어두운 껍질이 물에 퉁퉁 불은 종잇조각처럼 나무에 덕지덕지 붙은 모양새다. 영어로 물박달나무를 black birch로 부르거나 paper birch로 불리는 이유를 알 것 같다.

[그림 41] 물박달나무 특이한 수피

물박달나무는 박달나무 중 나무에 물이 많은 박달나무란 뜻이다. 그래서 고로쇠나무처럼 봄에 수액을 뽑아낼 수 있다. 참고로 고로쇠나무 이름은 뼈를 이롭게 한다는 의미로 골리수(骨利樹)가 어원이다. 가끔 망덕산을 넘나들 때 무릎

뼈가 시큰둥하고 성치 못하다고 느끼면 물박달나무가 달리 보여 입맛을 다시기도 한다.

수액은 뿌연 색을 띠면서 달짝지근하고 시원하여 추운 곳에 사는 사람들에게 식수로 유용하다. 더구나 칼슘과 미네랄 성분이 풍부하고 몸속 노폐물도 제거해 체력 회복에 좋다. 나무에 수액이 만들어지는 원리는 밤에 온도가 떨어지면 나무가 땅속에서 물을 흡수하여 나무에 물을 채우고 낮에 기온이 오르면 물이 팽창하는데, 이때 나무에 상처를 내면 물의 압력 때문에 수액이 분출된다.

[물박달나무] 학명 Betula davurica Pall

> 자작나뭇과의 낙엽 활엽 교목. 높이는 20m 정도이며, 잎은 어긋나고 달걀 모양이며 털과 지점이 있다. 암수한그루로 꽃은 5월에 유제 꽃차례로 피는데 웅화수는 처지고 자화수는 곧게 서며, 열매는 견과로 날개가 있다. 도구재, 땔감으로 쓴다.

박달나무는 물박달나무와 달리 껍질이 흑회색으로 윤이 나고 벗겨지지 않고 매끄럽다. 원통형 열매도 박달나무는 위로 향하지만, 물박달나무는 아래로 향해 있다.

박달나무는 우리나라에서 가장 단단하고 튼튼한 나무로 물속에 가라앉을 정도며, 옛적부터 방망이나 홍두깨로 쓰였다. 주변에 흔하게 자랐지만, 지금은 산에서 쉽게 볼 수 없다. 박달나무는 단군신화에서 환웅이 하늘에서 태백산(백두산) 신단수 아래에 내려왔다고 알려진 나무다. 단수는 박달나무란 뜻으로 우리 민족의 시조 단군 역시 박달나무에서 유래했다. 나무는 고대사회에서 그 자체로 인간을 이롭게 하는 또 다른 신이었다. 그중 박달나무는 단군이 나라를 만들며 밝은 땅을 보여 주었다고 하여 밝달나무라는 이야기가 있는 것처럼 하늘과 땅을 이어 주는 신수(神樹)였다.

물박달나무는 우리 민족의 영산 백두산에서 자작나무와 함께 잘 자란다. 물박달나무가 추운 고산지대에서도 잘 자라는 이유는 바로 그 지저분하고 덕지덕지 붙은 나무껍질 덕분이다. 여러 겹으로 둘러싸는 나무껍질에는 기름 성분이 많아 나무 수분이 추위에 얼어붙지 않도록 보호한다. 또한 한낮 강한 햇볕에도 나무가 수분을 잃고 마르지 않게 도와준다.

[그림 42] 물박달나무 군락지 (망덕산)

우리 산에는 까치박달나무도 볼 수 있다. 키도 작고 낮은 산 중턱에 살아 까치가 살 정도라서 까치박달나무다. 암꽃이 제법 크고 주렁주렁 매달려 있고, 잎 또한 결각이 뚜렷하고 선명하며 하트 모양이다. 영어로 Heart-leaf hornbeam 으로 부른다. 대신 물박달나무는 키가 워낙 커서 꽃이나 잎을 관찰하기 힘들다.

개박달나무도 종종 보는데, 좀박달나무라고 부르는 것처럼 열매가 박달나무에 비하여 짧은 타원형이다. 같은 자작나뭇과 나무 중 거제수나무도 껍질이 종잇장처럼 잘 벗겨진다. 물박달나무가 조각조각 벗겨진다면 거제수나무는 큼직 큼직하게 벗겨지고 색도 분홍빛이 살짝 돈다. 중국에서는 한자로 황단목이라고 부른다.

[그림 43] 순서대로 거제수나무, 개박달나무, 까치박달나무

물박달나무 껍질은 지저분하지만, 간혹 껍질이 벗겨질 때 나무의 보드라운 속살이 드러날 때가 있다. 세상에 어느 나무가 이리 부드럽고 고운 빛을 띨 수 있을까? 옛 속담에 '반드럽기는 삼 년 묵은 물박달나무 방망이'란 말처럼 물박 달나무는 보기와 달리 매끈하고, 반들반들하다.

어쩌면 지저분한 겉껍질에 부드럽고 매끈한 속살을 일부러 누추하게 감추었 구나 싶기도 했다. 단단한 목재로도, 나무껍질로도 그리고 수액으로 사람에게 베풀 줄 아는 나무라지만, 사실 나무에 전혀 이롭지 못하다. 때론 아름다움이 축복이 아닌 비극이 될 수도 있다.

지저분한 나무껍질 물박달나무를 볼 때마다 드는 단상이다.

제13장
상수리나무
까짓거 보통이죠, 뭐!

망덕산 정상을 중심으로 서쪽 산세 지형은 두 깊은 골짜기가 있으며 각각 사기막골과 보통골로 부른다. 사기막골은 예전 사기그릇과 도자기를 굽던 가마터가 있었다고 하여 사기막골이다. 남한산성 아래 기와를 구웠던 기와말처럼 여기 사기막골도 상수리나무나 신갈나무 등 참나무 무리가 숲에 자리 잡고 있다. 도자기를 굽는 가마터에는 태워도 그을음이 나지 않고 화력도 뛰어난 참나무가 꼭 필요하다. 또한 참나무를 태워서 얻을 수 있는 재는 천연유약으로 사용되며, 이런 그릇은 최고급 식기로 취급한다.

보통골은 사기막골에서 벌렁고개를 넘어야 나온다. 벌렁고개는 논에서 농사를 짓고 벼를 나르던 고개로 힘들게 헐레벌떡 오르기 때문에 붙여졌다. 보통골 이름도 재미있다. 보통골은 말 그대로 특별하지 않고 평범하다는 뜻의 보통에서 나왔다. 유래는 옛날 이 골짜기엔 옛날에 한 힘센 장사가 살았는데 주변 사람들이 "어떻게 그렇게 힘이 셉니까?" 하면 항상 "보통이죠." 했다고 하여 보통골이라 한 데서 비롯되었다. 그래서 보통골에는 힘센 사람들이 사는 마을로 알려졌다.

[그림 44] 성남 보호수 제1호 상수리나무 (상대원동 보통골)

이곳 보통골 마을에는 높이가 20m에 이르고 수령이 500년 넘은 상수리나무가 지키고 있다. 성남시 보호수 제1호로 지정된 나무다. 예부터 매년 10월에 보통골 사람들은 상수리나무에 모여 마을 사람들의 무병장수를 빌며 제사를 지냈다.

옛날 사람들은 하늘에서 나무를 통하여 신령스러움이 내려온다고 생각했다. 오래 묵은 나무일수록 영험하다고 믿어 그 나무 아래에서 하늘을 향해 제사를 지냈다. 이렇게 굿을 하는 나무는 성황당목이라고 하여 오래 사는 느티나무나 팽나무가 대부분이지만, 보통골은 상수리나무가 산신목으로서 마을을 지켜 준다.

주변 야산에서 흔하게 보는 게 상수리나무라 종종 잡목으로 취급하지만, 상수리나무를 신목으로 삼는 것에 전혀 흠잡을 데가 없다. 중국 고전《장자》에서 상수리나무는 목수의 꿈에 나타나 사람들이 자신을 거들떠보지 않아도 자신은 사당을 지키는 거대한 나무로 자랐다며 하찮은 인간의 잣대로 사물을 재지 말라고 훈계했다.

성경에도 아브라함이 상수리나무 아래 거주하며 여호와를 위하여 제단을 쌓았다는 이야기가 실린 것처럼 유대인들은 상수리나무를 신성시했다. 상수리나무 이름 '알론'이 하나님이라는 단어 '엘'에서 파생되었을 정도로 상수리나무를 거룩한 나무로 여겼다.

여기 상수리나무에는 더 재미있는 이야기가 있다. 바로 상수리나무 아래에 다래 덩굴이 있고, 이곳이 한때 임꺽정의 소굴이었다는 전설이다. 지금은 다래 덩굴은 찾을 수 없고 단지 나뭇가지 위로 여러 겨우살이만 겨우겨우 살아가고 있다.

임꺽정은 백정의 신분으로 천시당하다가 뜻을 같이하는 사람들과 함께 의적단을 만들었다. 그리고 탐관오리들을 응징하며 양곡창고를 모두 털어서 가난한 백성에게 고루 나누어 주었다. 그러다가 관군을 피해 보통골 다래 덩굴을 떠나 황해도 구월산으로 도망가고 거기서 포졸에 잡혀 죽고 말았다.

임꺽정이 활약하던 시대뿐만 아니라, 일반 백성의 삶에는 항상 가난이 떠나지 않았다. 가뭄이나 홍수가 나면 농사를 망쳐 굶주림이 일상이었고, 게다가 벼슬아치들은 백성을 구휼하기는커녕 잦은 노역과 가혹한 세금으로 수탈하였다.

사람들이 용케 죽지 않고 살 수 있었던 것은 산속에 자라는 나무가 베푼 은덕 때문이다. 특히 참나무는 가뭄이 들고 흉년이 들 때면 도토리가 더욱 풍성하게 열린다. 그런 고마움 때문에 사람들은 나무 중에 정말 착한 나무라고 하여 참나무가 되었다. 참나무는 선사시대부터 인간에게 중요한 식량이었다. 외국에서 참나무를 부르는 Quercus는 라틴어를 어원으로 진짜라는 뜻이고, 한자로도 진짜라는 뜻의 참 진(眞)을 써 참나무는 진목(眞木)이라 쓴다.

참나뭇과의 낙엽 교목. 높이는 20~25m이며, 잎은 어긋나고 긴 타원형으로 가장자리에 톱니가 있다. 5월 무렵에 누런 갈색 꽃이 피고, 열매는 다음 해 10월에 견과를 맺는다. 열매는 묵을 만드는 데 쓰고 목재는 가구 재료로 쓴다. 한국, 중국, 대만, 일본, 미얀마, 네팔 등지에 분포한다.

탄수화물과 지방이 많은 도토리는 멧돼지가 좋아하여 멧돼지가 먹는 밤이라서 (돼지)돝밤이라고 한다. 도토리는 떫은맛이 나는 타닌 성분이 있어 물에 담가 쓴맛을 없애고 먹어야 한다. 조선 숙종 임금이 도성 근처 민가에서 잠행 중 꿀밤을 얻어먹고 궁으로 돌아와 다시 먹었더니 떫은맛이 나서 도로 떫다고 하여 도터리로 부르다가 도토리가 됐다는 말도 있다. 하지만, 제대로 요리하면 도토리는 단연 산속에서 구할 수 있는 음식 재료로 으뜸이다. 특히 상수리는 임진왜란 때 피난 간 선조가 도토리묵을 맛보고 궁으로 돌아온 뒤에도 수라상에 올렸기에 상수리가 되었던 이름이다. 얼마나 맛이 좋으면 임금님의 수라상에 올라 상수리라는 이름이 붙었을까!

[그림 45] 상수리나무 열매 상수와 잎사귀 모양

상수리나무는 우리나라 숲에서 자주 볼 수 있는 향토수종이다. 상수리나무를 다른 참나무와 구분할 수 있는 특징은 잎이다. 다른 참나무가 달걀형으로 넓다면 상수리나무 잎은 긴 타원형이다. 밤나무나 굴참나무 잎도 긴 타원형이지만, 상수리나무 잎이 더 길고 가장자리에 엽록체가 없어 다소 밝게 보인다. 특히 잎에 예리한 톱니 모양이 있어 외국에서는 톱니라는 뜻의 Sawtooth oak로 부른다.

상수리나무가 오래 사는 나무라는 생각은 동서양 공통이다. 외국 문학 작품 《상수리나무와 함께한 시간》에 나오는 상수리나무수령은 800년이고, 《천년을 산 상수리나무》라는 책은 상수리나무가 오랫동안 마을과 숲을 지켜온다고 생각했다.

이런 상수리나무가 성남에서 가장 오래 산 나무였고, 오랫동안 마을을 굽어보며 사람들이 이루어 낸 역사를 지켜보고 있다는 것은 어쩌면 당연할지도 모르겠다.

[그림 46] 상대원공단 기공식. 멀리 상수리나무가 보인다.

城 남쪽에 사는 나무

제14장
은행나무
은근히 행복한 동네에서

남한산성 옹성 아랫동네 은행동 이름은 은행정에서 유래한다. 오래전 이 마을에 들어서면, 어느 곳에서든 하늘 높이 자라난 은행나무를 볼 수 있었다. 종종 사람들이 약속 장소를 정하며 은행나무 아래라 말하면 다들 긴말할 것도 없이 그 은행나무로 나왔다. 마을의 이정표였던 은행나무는 한여름 느티나무나 팽나무처럼 정자나무 역할도 했다. 그래서 사람들은 이곳을 은행정이라 불렀다.

은행동 유래가 되는 은행나무는 은행2동 행정복지센터 뒤편에 있다. 높이 30m, 둘레 6m인 은행나무는 수령이 300년은 훨씬 넘었다. 하지만, 고층아파트와 키 큰 메타세쿼이아가 겹겹이 에워싸고 있어 사람들은 마을에 그리 오래된 은행나무가 있는 줄 모른다. 그저 은행동이란 이름이 옛날 어느 커다란 은행나무 때문이라는 것만 알고, 지금은 그저 은근히 행복한 동네의 줄임말로 알고 있다.

은행나무는 오래 사는 나무로 여러 지방에서 노거수로 지정되어 보호받는다. 우리나라에서 보호수로 지정된 은행나무만 800그루 넘는다. 천연기념물로 지정된 나무도 19그루다. 그중 천연기념물 제30호 양평 용문사 은행나무는 동양 제일 노거수로 신라 마의태자가 심고, 조선시대 세종대왕께서 정3품의 벼슬을

[그림 47] 은행동 유래가 되는 은행나무 보호수 (은행2동 행정복지센터)

城 남쪽에 사는 나무

하사했다. 은행동 은행나무도 성남시 노거수로 보호받는다. 비록 천연기념물로 지정되지 못했다고 하여도, 3만 3천여 명이 사는 동네 이름을 은행나무를 보고 지었으니, 이름만은 후세에 두고두고 남길 수 있다.

은행나무는 성남시를 상징하는 나무다. 척박한 토질에서 적응을 잘하고 병충해에도 강하다고 하여 성남 시민을 상징하는 나무라고 한다. 시를 상징하는 꽃 철쭉도 거친 토양에서도 예쁘게 잘 자란다고 하여 뽑혔다. 성남을 상징하는 새 까치도 적응력이 강해서 추운 겨울도 잘 나는 새로 자기보다 몸집이 큰 맹금류에도 덤빌 정도로 강단이 크다. 그러고 보니 성남을 상징하는 것들은 죄다 척박한 환경에서도 씩씩하게 살 수 있는 것뿐이다.

도대체 도시가 어떻게 생겨났기에 하나같이 군세고 다부져야 이 도시에 발을 붙일 수 있단 말인가! 민둥산에 사람들을 몰아넣고 망연자실했을 그들에게 앞으로 펼쳐질 삶은 고단할 거라며, 대신 거친 환경에서도 잘 자라는 은행나무처럼 살라고 위로했는가 싶다.

결국, 은행나무의 강인함처럼 삶의 터전을 마련하고, 열매를 풍성하게 맺듯 자식도 제 삶의 터전을 마련할 수 있게 하였다. 의도야 어떻든 은행나무를 가까이 두니, 그 품성을 닮게 되었나 보다.

[은행나무] 학명 Ginkgo biloba L.

은행나뭇과의 낙엽 교목. 높이는 40m 정도이며, 잎은 부채 모양으로 한군데서 여러 개가 난다. 암수딴그루로 5월에 꽃이 피는데, 암꽃은 녹색이고 수꽃은 연한 노란색이다. 열매는 핵과로 10월에 노랗게 익는데 '은행'이라고 한다. 목재는 조각, 가구 용재 따위에 쓰고, 관상용 또는 가로수로 재배한다. 동아시아에 한 종만이 분포한다.

은행나무의 생존력은 알면 알수록 신기한 나무다. 공해에도 강한 은행나무는 3억 년 전 공룡이 뛰어다니던 고생대 주요 식물이었다. 지구가 운석과 충돌하고, 빙하기와 화산폭발 등 험난한 시기를 버티며 다른 수많은 생물이 멸종할 때도 은행나무는 생존했다. 살아있는 화석으로 불리는 은행나무가 유구한 지구의 시간에서 오직 은행나무 한 종만 살아남았다는 것이 놀라울 뿐이다.

은행나무 꽃말은 장수. 오래전부터 지구에 살기 시작했고, 오래 사는 나무 때문인지 몰라도 꽃말로 정말 적절하다.

재미있게도 은행나무는 암수딴그루 나무다. 생김새도 달라 수나무 나뭇가지는 꽃가루를 최대한 멀리 보낼 수 있게 위로 뻗어 있고, 암나무는 꽃가루를 많이 받기 위해 나뭇가지가 치마처럼 넓게 퍼져 있다. 당연히 은행은 암나무에서만 열린다.

그런데, 가을철 은행이 떨어진 거리는 열매가 자동차 바퀴나 사람들 구둣발에 짓밟히면 고약한 냄새가 난다. 열매에 함유된 빌로볼과 은행산 성분 때문에 악취가 난다. 독성도 있어 손으로 만지면 피부염에 걸릴 수 있다. 도토리나 밤 같은 견과류를 좋아하는 다람쥐나 청설모도 악취를 풍기는 은행은 거들떠보지도 않는다. 새들이 냄새를 맡을 수 있는지 없는지는 요즘도 논란거리지만, 새조차 은행나무의 열매를 쪼아 먹지 않는다. 벌레나 심지어 세균, 곰팡이조차 은행나무의 독성을 잘 알고 전혀 건드리지 않는다.

노란 단풍잎이라면 샛노란 은행잎을 빼놓을 수 없다. 예전에 책갈피로 종종 사용했다. 은행잎은 천연방부제 역할을 하여 책이 좀먹지 않도록 보호하여 준다. 물론 그런 뜻을 알고 있어서 책갈피로 쓸 리 없다. 단지 노란 색깔이 예뻐서 빨간 색깔의 단풍잎과 같이 책갈피로 썼다. 은행나무를 영어로 번역하면 금발을 가진 나무란 뜻의 Maidenhair tree다. 은행나무 금빛 넘실대는 잎사귀 모습

[그림 48] 은행나무 숲 (은행동 남한산성)

[그림 49] 은행나무 숲 [은행동]

이 서양 여자의 금발 머리칼과 비슷하다는 비유가 단박 이해되었다.

어디서든 잘 사는 은행나무라고 해도 예전에는 길가 아무 데서나 심지 않았다. 은행나무는 공자나무라고 해서 향교나 서원에만 심었다. 일반 백성들은 집 안에 들여놓지 못하는 나무다. 이런 나무로는 회화나무가 있다. 회화나무는 양반집에서 과거에 급제하거나 큰 벼슬을 얻으면 집안에서 기념식수로 심었다. 능소화나무 또한 중국에서 사신단을 통해 들어오면서 귀한 대접을 받은 양반 나무로 불리어 백성은 감히 집에서 키울 수 없었다.

은행동에 은행나무가 옛적부터 자랐다는 것은 이 마을에 글을 읽는 선비가 살았다는 흔적이다. 누구였을까! 은행나무를 곁에 두며 마을에 고고한 기품을 서리게 했던 사람이….

은행나무가 근처에 있었다는 걸 진작 알았더라면 학교가 끝나자마자 항상 부리나케 나무로 달려갔을 것이다. 책갈피로 쓸 만한 노란 은행나무 잎을 골라 보며, 나무에 등을 기대고 파란 하늘을 바라다보았을 것이다. 은행나무 아래서 많은 책을 읽고 더 많은 시를 읽고, 그래서 어쩌면 시인이 되었는지도 모르겠다.

만약 너를 더 일찍 알았더라면 말이다.

제15장
호두나무
여기서는 만나지 않길 바라

남한산성 행궁은 전란을 대비하여 북한산성 행궁, 강화도 행궁과 같이 건립한 궁으로, 병자호란 발발 시 인조가 몽진하여 47일간 항전한 곳이다. 전란 후 정조 시기에는 광주부와 수어청을 광주유수부로 통합하여 서울 남쪽 방어기지로 삼았고, 정문에 커다란 문을 설치했다. 행궁에 들어서면 처음 맞이하는 문으로 이름은 한남루다.

한강 남쪽에 있는 문이라는 뜻으로 기둥마다 시구가 이어져 있다. 내용은 병자호란 당시 '비록 원수를 갚아 부끄러움을 씻지 못할지라도 항상 그 아픔을 참고 원통한 생각을 잊지 말자'라는 것이다.

패전 후 청나라로 끌려간 조선 백성의 수는 육십만 명에 이르렀다. 엄동설한 더 추운 북쪽으로 끌려간 조선 포로 중 많은 수가 얼어 죽거나 굶어 죽었다. 간신히 목숨을 부지하며 청나라 심양에 도착한 조선인들은 노예시장에서 중국 각지로 끌려갔다. 혹독한 노예 생활을 견디지 못해 탈출도 했지만, 낯선 이국땅에서 길을 잃고 잡히어 형벌로 발뒤꿈치가 잘리거나 이마에 문신이 새겨지기도 했다.

[그림 50] 남한산성 성곽과 암문

　간신히 청나라에서 벗어나 도망쳐도 국경 근처 압록강에 빠져 죽거나 백두산의 호랑이에게 잡아먹히는 경우가 많았다. 천만다행으로 고향 땅에 이르렀다 해도 안심할 수 없었다. 청나라에 항복하면서 조선은 도망치는 노예가 있으면 즉시 잡아서 되돌려 보내거나 그렇지 못하면 그 수에 해당하는 다른 백성을 노예로 바쳐야 했다. 고향에서조차 도망친 자기 대신 청나라에 포로로 끌려갈까 전전긍긍하는 일가친척의 냉대와 관군의 눈을 피해 숨어야 했던 사람들은 다시 붙잡혀 청나라로 끌려가기 일쑤였다.

　전쟁에서 살아남은 사람들은 청나라군에게 포로로 붙잡혀 북으로 끌려가지 않은 것만으로 요행이었다. 하지만, 참혹한 전쟁의 참상에 큰 충격을 받았는지, 청나라에는 입 뻥긋 못하고 애꿎게 간신히 살아 돌아온 사람들을 호로자식이라 업신여겼다. 호로는 오랑캐(胡)의 포로(虜)라는 뜻으로 나중에는 후레자식으로 변화되었다.

　오랑캐 어원은 15C 만주에 살던 여진족을 멸시하는 말로 몽골이 세계를 정복했던 시절, 숲에서 사는 사람들이란 뜻의 우랑카이란 말에서 비롯되었다. 그래서 물건에 '호' 자가 붙으면 대개 오랑캐와 연관이 있다. 호밀과 호떡은 북방

오랑캐로부터 가져온 밀과 떡이고, 호박 또한 만주 지방에서 가져온 박이다. 호초 역시 북쪽에서 넘어온 산초나무며, 호도는 북방에서 온 복숭아 씨앗을 닮은 나무의 열매다. 나중에 호초는 후추로, 호도는 호두로 음운이 변했다.

보통 숲길을 걸으면 그 지역의 역사와 문화를 상징하는 나무를 찾아보는 재미가 있다. 하지만, 남한산성 방면에서는 거꾸로다. 설마 호두나무는 없겠지 하며, 가을 굵은 열매가 열리는 나무를 찾곤 했다. 다행히 청량산과 검단산 일대 숲길에서는 호두나무는 볼 수 없었다. 비슷한 가래나무도 찾을 수는 없었다.

가래나무는 우리나라가 원산지로 잎자루 하나에 작은 잎 여럿이 모이는 겹잎 모양이나 커다란 열매 안의 씨앗을 먹는 거나 호두나무와 비슷하다. 호두가 전하기 전에는 가래나무 열매로 정월 대보름 밤, 잣과 함께 부럼으로 먹었다.

[그림 51] 호두나무 열매 (대원근린공원)

가래나무와 호두나무 차이점이라면 잎 모양이나 열매가 둥글둥글한 것은 호두나무고, 잎 가장자리에 톱니가 있고 크기가 작고 더 많이 달리면 가래나무다. 열매 또한 가래나무가 더 길쭉하고 끝이 뾰족하다. 그냥 쉽게 구분하자면, 숲에서 만나면 가래나무고, 마을에서 보면 호두나무다.

남한산성 인근을 샅샅이 찾은 것은 아니지만, 설마 호란을 겪은 통한의 역사가 밴 이곳 호두나무는 차마 없을 거로 생각했다. 게다가 남한산성 주변 식당이 닭죽으로 유명한 이유도 전쟁 당시 성에 갇힌 인조 임금이 마지막 닭 한 마리를 삶아 먹고 굶주렸다고 하여 그 한을 달래 주려 닭죽이 유명하다는 설도 있다.

[호두나무]　학명 Juglans regia L.

가래나뭇과에 속한 낙엽 활엽 교목. 높이는 20m에 달하고, 가지는 굵으며 사방으로 퍼진다. 나무껍질은 회백색이며 세로로 깊게 갈라진다. 꽃은 4~5월에 피고, 열매는 둥글며 10월에 익는다. 열매인 호두는 식용하고, 목재는 가구재로 이용한다.

어쩌면 여기 남한산성 주변에 병자년 북방 오랑캐로부터 당시 상흔을 기억하는 한 호두나무는 금기시되는 나무일 것이다. 그런데 호두나무처럼 사회적이나 문화적으로 터부시되는 나무가 많다.

백일 동안 아름다운 꽃이 피는 배롱나무는 글 읽는 서당 근처엔 심지 않았다. 배롱나무 줄기가 반질반질하고 색도 연한 살색을 띠고 있어 마치 옷을 벗은 여인의 흰 살결을 떠올라 글공부에 방해가 되기 때문이다. 또 껍질이 벗겨져 나무색이 변하는 모습 역시, 마치 변절을 쉽게 하는 나무처럼 여겼다. 제주도에서는 배롱나무 줄기가 껍질이 없고 꽃은 붉은색이라 마치 피 묻은 뼈다귀를 떠올리게 한다며 재수 없는 나무라고 생각하고 가까이 두지 않았다.

복숭아나무 또한 귀신을 쫓는 나무라고 하여 제사를 지낼 때, 귀신이 돼버린 조상들이 집에 들어오지 못한다고 하여 집 근처에 심지 않았다. 동백나무는 꽃이 떨어질 때 통째 뚝뚝 떨어지는 것이 마치 사람 목이 잘린 것 같다고 하여 어수선한 시국에 목이 달아날까 두려웠던 양반들은 동백나무를 심지 않았다고 한다.

[그림 52] 호두나무 열매(左) 가래나무 열매(右)

그런데 사실 호두나무가 우리나라에 전해진 시기는 병자호란 이전으로 매우 오래되었다. 통일신라 때 집마다 호두나무가 몇 그루인지 조사했던 사료가 남아 있고, 더 이전 철기시대 유적지에서는 호두가 발견되기도 했다.

원산지가 이란지역인 호두나무(Persian walnut)를 한나라 시절 중국으로 가져왔고, 이후 고려 때 원나라에 간 사신이 호두나무 묘목을 가져와 충남 천안의 광덕사에 심어 보급하였다. 지금은 그 호두나무가 천연기념물로 지정되었고, 천안은 호두나무 생산지로 유명해졌다. 휴게소 들릴 때마다 한입에 먹는 천안 호두과자의 유래다.

참고로 호빵은 오랑캐가 먹는 빵이란 뜻이 아니다. 단지 뜨거워서 호호 불어 먹는 빵이란 뜻으로 호빵이다.

제16장
자작나무
사랑하는 이와 이배재고개 넘으면

갈현동에서 이배재고개 방면으로 길을 걷다 보면 중턱에서 기이한 모양의
나무를 만난다. 반백 년 묵은 소나무 두 그루 사이에 나뭇가지 하나가 두 나무

[그림 53] 연리지 소나무 (이배재고개 가는 길)

를 연결하는 특이한 모양이다. 뿌리가 다른 두 나무에 어느 것인지 모를 나뭇가지가 서로 맞닿아 한 몸처럼 자란 것은 매우 드물다. 이런 나무를 연리지 나무라 한다.

이런 귀한 연리지 나무가 마을에 있으면 매년 축제를 개최한다. 테마는 영원한 사랑이다. 일전 평택에서도 연리지 나무 한 그루를 두고 '100년 전 사랑의 바람이 불어온다'라는 주제로 행사를 치렀다. 이배재고개 가는 길 연리지 나무를 두고 비록 축제나 행사를 치르지 않는다 해도 다른 고장 연리지보다 가장 완전체에 가깝다.

연리지는 나무 한쪽이 시름시름 앓으면 다른 나무가 맞붙은 나뭇가지로 영양을 공급하여 그 나무를 살려 준다. 그래서 연리지는 부부간의 끝없는 사랑을 의미했고, 사랑하는 남녀가 연리지 앞에서 맹세하면 그 사랑은 영원할 것이라 믿었다. 연리지 나무를 에워싼 펜스에는 연인들이 매달은 사랑의 자물쇠가 주렁주렁 달려 있다.

이런 연리지 나무처럼 남녀 간 지고지순한 사랑을 상징하는 나무가 있다. 자작나무다. 이 숲길에서 자작나무를 보려면 연리지를 지나 이배재고개로 반 시간 정도 걸어가야 한다.

가는 길은 나지막하게 오르지만 도심에서 멀찍이 떨어져 있어서 자연이 주는 기운을 오롯이 느낄 수 있다. 숲에는 하늘, 구름, 나무, 바람, 흙이라는 환경에서 나뭇잎 스치는 소리, 흙을 밟는 감촉, 지저귀는 새소리로 사람의 여러 감각을 일깨운다. 한때 숲의 일원이었던 사람이 가졌었던 감각이다. 비로소 숲의 모든 요소와 조화를 이루게 되니 인간도 숲의 한 풍경이 된다.

이배재고개 남쪽 산허리까지 다다르면, 산비탈에서 줄기가 새하얀 자작나무를 보게 된다. 한두 그루가 아니다. 예전 민둥산 흙먼지 폴폴 날던 곳에 성남시 녹지과에서 녹화사업으로 자작나무를 심은 후 수십 년 세월이 지나니 자작나무 숲이 되었다. 자작나무는 높은 산에서 자라는 큰키나무로 하늘 높이 쭉쭉 뻗어 나간다.

어떻게 헐벗은 산에 자작나무를 심을 생각을 했을까? 당시 녹화사업에 참여한 과장에게 물어보니, 자작나무는 햇빛을 좋아하여 나무가 별로 자라지 않은 빈 땅에 제일 먼저 종자를 뿌리고 빠른 속도로 자라기 때문이라고 한다. 더구나 씨앗에 날개가 달려 자기가 알아서 바람을 타고 멀리까지 날아가 뿌리를 내린다고 한다. 자작나무 숲은 사람의 정성과 나무의 힘이 반반 섞여 이루어졌다.

이배재고개 너머 무리 지어 자라난 자작나무마다 하얀 껍질이 백지처럼 얇게 감싸고 있다. 햇살을 받으면 나무가 빛을 반사하며 반짝이는 게 눈이 부시

[그림 54] 진달래와 자작나무숲 (이배재고개)

다. 특히 하얀 눈이 내린 설백의 겨울이 되면 하얀 눈과 자작나무의 하얀 껍질은 잘 어울린다. 이국을 동경하며 상상하는 그림에는 아라비아 해변의 야자나무와 시베리아 설원의 자작나무숲은 꼭 있다.

자작나무는 하얀 나무줄기 특징 때문에 한자로 백화피라 하고, 영어로도 White Birch로 부른다. 우리가 부르는 자작나무는 나무를 때울 때 자작자작 소리를 내며 탄다고 해서 이름을 지었다.

의성어로 재미있는 이름을 가진 나무는 여럿 있다. 나뭇가지를 태우면 꽝꽝 큰 소리가 나는 꽝꽝나무도 있고, 부러뜨릴 때 딱 소리 나서 닥나무도 있다. 방귀 소리와 비슷한 뽕나무가 있고, 뽕나무도 아닌데 굳이 뽕하고 방귀를 뀌어서 꾸지뽕나무란 나무도 있다.

[자작나무] 학명 Betula platyphylla var. japonica

자작나뭇과의 낙엽 활엽 교목. 높이는 20~30m이며, 나무껍질은 흰색이며 종이처럼 벗겨진다. 잎은 어긋나고 삼각형의 달걀 모양이다. 4~5월에 단성화가 수상 화서로 피고, 열매는 작은 견과로 10월에 익는다. 나무껍질은 약용·유피용으로 쓰고, 목재는 기구에 쓴다.

자작나무가 불에 탈 때 자작자작 소리를 내는 이유는 나무껍질에 기름이 타는 소리다. 껍질이 얇은 자작나무가 추운 지방에서도 잘 자라는 이유는 기름 때문에 나무가 얼지 않게 해 주기 때문이다. 기름기가 많은 나무는 불에 잘 타서 옛날에는 나무껍질에 불을 붙여 촛불로 썼다. 결혼식을 올린다는 표현을 화촉을 밝힌다고 하는데, 화촉은 자작나무 '화(樺)' 자에 촛불 '촉(燭)'을 붙여 만든 단어다.

이런 까닭에 자작나무 숲은 연인들이 들리는 코스가 되었다. 사랑하는 연인에게 자작나무 하얀 줄기 껍질로 만든 편지지에 애틋한 감정을 담아 주고받는다. 화촉을 밝히기 전 모닥불 앞에서 자작나무 껍질을 태우며 귓속말로 소곤소곤 사랑을 속삭일 수 있다. 자작나무 껍질 타는 소리는 자작 소리가 난다는데 불 앞에서 몸이 달궈진 연인은 자자 소리로 들릴 듯도 하다.

자작나무 줄기 껍질은 보기에도 매끄럽고 잘 벗겨지는데, 아닌 게 아니라 종이처럼 얇은 흰 껍질은 종이가 귀하 시절 글을 쓰거나 그림을 그리는 용도로 쓰였다. 영어 이름 중 Birch의 어원은 글을 쓰는 나무 껍데기란 뜻이다.

[그림 55] 자작나무 잎과 줄기, 열매

종이로 사용하던 자작나무가 이배재고개에 자란 깊은 뜻이 있다. 이배재는 절을 두 번 하는 고개라는 뜻으로 옛날 경상도와 충청도의 선비가 과거를 보러 한양으로 갈 때, 이 고개를 통과해야 했다. 고개에 오르면 바로 한양이 보이는데, 먼 길을 걸어온 끝에 도성이 보이니 감격하여 임금이 있는 쪽을 향하여 한번 절을 한다. 그리고 뒤돌아 자신을 키워준 부모님 계신 고향을 향하여 또 절을 한다. 이렇게 두 번 절하고 넘는 고개라서 이배재고개로 불린다.

과거시험을 준비하며 글을 쓰고 또 쓰던 선비 중 가난한 선비는 자작나무 껍질에 글을 쓰고 어두운 밤 등불이 피울 기름이 없을 때는 자작나무 껍질을 태우며 글을 읽었다. 그런 선비가 이배재고개 너머 한양을 바라볼 때 얼마나 가슴이 미어지고 비장한 각오가 생겼을까! 하지만, 평생을 글공부하던 선비라도 당시 과거시험은 조선팔도에서 수십만 명이 모여 응시했으며 합격자는 불과 몇십 명에 지나지 않았다고 한다. 낙방하고 이배재고개를 다시 넘는 선비의 마음은 또 어땠을꼬! 그때도 두 번 절하고 넘었을까? 검단산과 영장산 사이 오르기 수월한 고개였겠지만, 가는 길은 철령 높은 봉을 오르는 것처럼 발걸음이 내키지 않을 것이다.

철령과 맞닿은 개마고원과 백두산 고원지대는 우리나라 특산종인 백두산자작나무가 군락을 이룬다. 백두산의 자작나무숲은 식민지 시절 독립군이 일제와 맞서 싸웠던 항일 유적지다. 안중근 의사가 자작나무 숲에서 손가락을 끊고 독립운동의 결의를 다진 일은 너무도 유명하다.

자작나무 꽃말은 '당신을 기다립니다.'

설원의 자작나무 곁에서 님을 기다리고 있습니다. 내가 살아서든 죽어서든 님은 기어이 오실 것을 알고 있습니다. 내 동포에게 고합니다. 님은 반드시 돌아옵니다.

제17장
벽오동
봉황이 고르고 고른 둥지

아버지 존함에 봉황 봉(鳳) 자가 들어간다. 봉황은 고대 신화에 나오는 존귀한 새로 수컷(봉)과 암컷(황)을 함께 일컫는다. 새 깃털은 오색을 띠고 아름다우며, 울음소리는 매우 고왔다고 한다. 이런 봉황이 나타나면 태평성대를 이룬다고 한다.

조선도 봉황을 상서로운 길조로 여겼고, 어진 임금이 나라를 다스려 태평성세를 바라며 궁궐 곳곳에 봉황 그림으로 장식했다. 오늘날까지 청와대를 상징하는 문양에 봉황이 마주하는 그림이 있는데, 이는 부디 선정으로 나라를 다스려달라는 염원이 담겼다.

송강 정철 선생은 귀양살이할 때 임금이 다시 자신을 궁으로 부르기를 애타게 기다리며 임금을 봉황에 빗대어 시를 읊기도 했다.

> '다락 밖에 벽오동나무 있건만 / 봉황새는 어찌 아니 오는가!
> 무심한 한 조각달만이 / 한밤에 홀로 서성이누나'

사람들은 봉황을 용, 기린, 거북과 함께 신비로운 영물로 여겼다. 특히 봉황은 절개를 지키고 고고한 품성을 지녀 아무것이나 먹지 않고 함부로 둥지를 틀지 않는다고 생각했다. 그래서 봉황은 귀한 대나무 열매만 먹고, 둥지도 오직 벽오동에서만 튼다.

우리 선조들은 봉황을 실제로 존재한다고 생각했다. 나라가 어지러울 때는 태평성대를 바라며 봉황이 날아와 쉴 수 있도록 곳곳에 벽오동을 심기도 했다. 그리고 날아와 목을 축이며 쉴 수 있도록 연못도 조성했는데 봉황이 노닐 수 있도록 만든 연못을 봉지라고 한다. 또 벽오동을 심은 곳 주변으로 대나무도 심어 열매도 먹을 수 있도록 배려했다. 지극히 고고하고 귀한 봉황이 벽오동에만 둥지를 트는 이유는 올곧게 자란 나무가 마치 절개 있는 선비처럼 품위를 가졌기 때문이다.

[그림 56] 벽오동나무 넓은 잎

처음 벽오동과 마주 대한 일은 시골집 앞에서다. 시골집에는 배롱나무, 뽕나무, 벗나무, 함박꽃나무 등 온갖 나무가 심어져 사시사철 서로 다른 꽃이 피었다. 겨울에는 온 마을 사람들이 제사를 지냈다는 아름드리 전나무가 푸른빛을 잃지 않고 서 있다. 전나무 옆에도 푸른빛을 자아내는 특이한 나무 한 그루가 있었다. 한여름 나뭇잎은 마치 오동잎처럼 크고 무성하고, 늦가을이 되면 큰 잎은 툭툭 떨어진다. 대신 나무줄기는 진한 청록색으로 겨울이 와도 푸른빛을 잃지 않았다.

다른 나무처럼 세파에 시달려 겉껍질에 골이 생기지 않고 모진 풍파에도 의연하다는 듯 줄기는 매끄럽다. 오동나무 겉껍질이 암갈색으로 거친 세로줄이 있는 것과는 확연히 달랐다. 계곡에는 네 그루의 오동나무가 자랐는데, 5월 봄, 나뭇가지 끝 보라색 꽃이 원뿔 모양 꽃차례로 달린 것에 반해 벽오동은 7월 여름에 노란 꽃이 성기게 피었다. 나중에 벽오동을 알고서 과연 짙은 청록색을 뜻하는 벽(碧) 자가 붙을 만하다고 생각했다. 청단풍의 청(靑)이 다소 맑은 개울의 이미지라면 벽오동 벽(碧)은 짙푸른 바닥의 깊은 색이다. 정말 상서로운 나무다.

[벽오동] 학명 Firmiana simplex

벽오동과에 속한 낙엽 활엽 교목. 높이는 15m 정도이고, 나무껍질은 초록빛이며, 손바닥 모양의 커다란 잎이 난다. 여름에 연한 황색 꽃이 피며, 가을에 열매를 맺는다. 재목은 단단하고 결이 곧으므로 악기나 나막신 따위의 재료가 되고, 껍질에서는 외올실을 뽑아내며, 나뭇진은 종이를 만드는 풀로 쓴다. 열매는 식용하며 관상용으로 심는다.

벽오동은 오동나무와 전혀 다른 나무다. 물론 오동나무에서 앞 글자 오(梧)는 벽오동나무라는 뜻이고 뒷글자 동(桐)은 오동나무라는 뜻이라서 헛갈릴만

하다. 하지만, 벽오동은 나무 분류체계상 벽오동과이고, 오동나무는 현삼과 나무로 서로 관련 없다. 다만 잎사귀만 널찍하고 크다는 점만 비슷할 뿐이다.

그리고 우리나라에서 자주 보는 오동나무는 참오동나무다. 꽃잎이 좁고 안쪽에 보랏빛 점선이 있다. 오동나무꽃이 잎보다 먼저 피고 보랏빛이라면, 벽오동은 잎이 피고 꽃이 다음에 피며 노란색이다. 오동나무는 우리나라가 원산지라 Korean paulownia로 불리고, 벽오동은 중국이 원산지라서 Chinese Parasol Tree 다. Parasol은 잎이 커서 파라솔을 닮았다고 하여 붙었다. 가끔 Phoenix tree라고 부른다. 봉황을 불사조 phoenix로 번역하여 불사조 나무란 뜻이다. 하지만 봉황과 불사조는 엄연히 다르다. 서양에서 불사조는 500년마다 자신을 불태우고 다시 강력한 힘을 갖고 태어나지만, 봉황은 고귀하나 세상을 지배할 만한 힘이 없다. 오히려 동네 건달에게 잡새인 줄 알고 맞아 죽었다는 야사가 있을 정도다.

주변에 벽오동 타령만 늘어놨더니, 녹지공원과장이 벽오동 군락지가 마침 성

[그림 57] 벽오동 푸른 줄기 (은행동 자혜공원)

[그림 58] 벽오동 줄기와 넓은 잎 [자혜공원]

남에 있다고 했다. 드디어 벽오동을 만날 수 있다는 기대감에 만사 제치고 따라 나섰다. 자혜공원에서 검단산 방면으로 올라가니 과연 참나무 숲에서 벽오동 퍼런 줄기를 여럿 보았다. 늦가을이라 다른 나무들이 잎을 모두 떨구어 암회색으로 퇴색해도 벽오동은 푸른빛을 잃지 않았다.

대봉(大鳳)이 여기서 노닐었구나 하고 감탄하여, 그 후로 벽오동을 보러 자혜공원으로 종종 산책 나왔다. 자혜공원은 망덕공원과 연결되고, 망덕공원은 검단산 끝자락에 걸쳐있다.

어느 날은 벽오동 구경나왔다가 숲길 따라 검단산 정상까지 오르게 되었다. 검단산은 신남성이 있었던 자리로 남한산성과 마주하여 대봉(對峯)이라 불렸다. 병자호란 당시 청나라군은 남한산성보다 고도가 높은 검단산을 빼앗았다. 그리고 남한산성을 향해 대포를 쏘아 댔다. 아무리 난공불락이라 해도 산 위에서 포를 쏘아 대니 조선군은 버틸 재간이 없었다. 청 태종은 의기양양해져 남한산성을 한낱 돌담에 비유하며 조선 임금에게 말했다.

"너는 죽기를 원하느냐? 지금처럼 돌 구멍 속에 처박혀 있어라."

검단산을 내려와 남한산성 로터리를 거처 현절사까지 걸어갔다.

오랑캐에게 절대 항복할 수 없다고 주장했던 홍익한, 윤집, 오달제의 넋을 위로하기 위한 사당이다. 의리와 명분을 앞세웠던 그들은 인조 임금이 삼전도에서 굴욕스러운 항복을 한 후 청나라 수도 심양으로 끌려갔다. 거기서 회유와 갖은 고문을 당했다. 하지만 신비들은 끝까지 굴하지 않았으며 결국 목숨을 잃고 말았다. 청나라는 조선 선비들의 절개가 높다며 탄복하였으며, 조선도 그들을 삼학사라 부르며 사당을 세우고 충절을 기렸다.

삶을 초개처럼 내버렸던 조선 선비들에게 있어 아무리 굶주려도 좁쌀을 쪼아 먹지 않는 봉황이야말로 자신의 이상향을 실현하는 새였다. 봉황이 노닌다면 필시 이곳 현절사일 것 같다. 그러나 주변 숲을 아무리 살펴보아도 벽오동은 찾을 수 없고, 대신 봉황을 닮은 봉숭아꽃이 담장 밑에 여러 송이 피었다.

[그림 59] 삼학사를 모신 현절사

제18장
복자기
핏빛 붉게 물든 언덕

내가 태어난 고향은 성남시 단대동이다. 단대라는 이름은 지금은 태평동인 탄리에서 남한산성으로 가기 위해 고개를 넘어야 했는데, 그 고개의 흙이 유난히 붉다고 해서 붉을 단(丹), 고개 대(垈)라고 부른 것에서 유래한다.

처음 흙이 붉다고 해서 황토라고 생각했다. 마침 등산로를 관리하던 터라 뭔가 걷는 재미가 있는 길을 구상하고 있었다. 자연스럽게 단대동에 맨발로 걷는 황톳길을 만들면 괜찮다고 생각했다.

'여기는 단대동의 유래가 되는 붉은 흙길입니다. 황톳길 맨발로 걸으며 건강과 힐링을 찾으세요.'

이리 홍보하면, 사람들이 호기심에 많이 찾아오겠다고 생각했다.

이후로 틈날 때마다 단대동 지역 숲길을 조사했다. 그런데, 당최 붉은 흙길을 단대동에서 찾을 수가 없었다. 고민 끝에 붉은 고개는 흙이 붉은 것이 아니고, 붉은 무엇을 표현하는 메타포가 아닐까 생각했다. 김동인이 지은 단편소설 〈붉은 산)에서 삵이라는 주인공이 만주에서 악덕 지주에게 맞아 죽을 때 붉은 산이 보고 싶다고 했었다. 붉은 산은 당시 일제에 수탈당하여 황폐해진 우리 조국을 의미했다. 일제 강점기 붉은 산과 광주대단지 붉은 산이 데칼코마니처럼 겹쳤다. 광주대단지를 조성하면서 단대동 지역 모든 나무를 벌목하였고, 구릉지 민둥산은 붉은 흙먼지만 날리는 허허벌판이었다. 도시는 붉은 언덕에서 출발했다. 그런데 단대라는 지명은 태평, 신흥과 달리 광주대단지나 일제강점기 훨씬 이전부터 불렸다.

[그림 60] 성남 개발 당시 단대동 붉은 황무지 (자료 성남시)

문득, 단대 즉 붉은 고개란 말은 단풍이 곱게 물든 언덕에 붙여진 이름이 아닐까 생각했다. 마침 단대동 앞 은행동 이름은 노랗게 물든 은행나무에서 유래한다. 만약 단풍나무가 붉게 물든 고개에서 단대라는 이름이 왔다면 '은행나무 은행동, 단풍나무 단대동' 뭔가 아기자기한 스토리텔링이 만들어질 것 같았다.

이번에는 토질이 아닌 식생조사를 했다. 그런데 개똥도 약에 쓰려면 없다고, 세상에 단대동에 단풍나무를 찾아볼 수가 없었다. 단대공원에 청단풍과 홍단풍 조경수 몇 그루와 논골 중국단풍나무가 몇 주 있었고, 산성 쪽에 당단풍나무가 관목 크기로 자랐을 뿐이었다.

[그림 61] 가을 단풍 복자기

곰곰이 생각했다. 단풍이라는 말은 사실 붉게 물이 드는 나뭇잎을 말한다. 그
저 재미있게 단대동 앞 글자를 살려 단풍나무라고 한정 지을 필요가 없었다. 그
리고 예전에는 단풍이라 하면 으레 신나무의 붉은 잎을 말했다. 중국에서는 여
전히 신나무를 풍수라 한다.

이번에는 잎이 붉게 물드는 나무를 찾아다녔다. 흔히 '삼신 오고 칠단 구당'
이란 말처럼 세 갈래 잎의 신나무, 다섯 갈래 잎의 고로쇠나무, 일곱 갈래의 단
풍나무, 아홉 갈래의 당단풍나무를 찾았다. 그러다가 산성공원 입구에서 같은
단풍나무과 복자기를 보게 되었다. 늦가을 복자기가 산 아래를 붉게 물들어 쉽
게 찾을 수 있었다. 하지만, 복자기는 앞뒤 간격을 맞춰 자랐다. 사람들이 일부
러 심은 나무다. 붉게 물드는 나무 군락을 찾았다고 애써 위안 삼았지만, 단대
라는 이름은 어떻게 지어진 것인지 궁금증이 여전히 남았다.

[복자기] 학명 Acer triflorum Kom

> 단풍나뭇과의 교목. 나무껍질은 회백색이고 가지는 붉은색, 겨울눈은 검은색이다. 잎은 마주나고 세 개의 잔잎으로 되어 있다. 5월에 잡성화가 피고, 열매는 회백색의 시과로 나무처럼 딱딱하고 겉에 억센 털이 있다.

복자기는 다른 단풍나무가 잎자루 하나에 잎이 하나 있는 것과 잎 모양이 다르다. 영어로 Three flower maple로 불리는 복자기는 길쭉한 잎이 잎자루 하나에 세 잎이 붙어있다.

나무껍질 또한 종잇장처럼 얇게 갈라지며 떨어져 연한 붉은 색을 띤다. 어두운 암회색의 매끈한 껍질의 다른 단풍나무 무리와 다르다. 우리나라 산에 자생하는 복자기는 가을 단풍에서 다른 단풍나무보다 더 진하게 붉게 물든다. 얼마나 붉은지 복자기 잎으로 처용의 붉은 얼굴처럼 귀신을 내쫓을 수 있었다. 예로부터 동양에서 붉은색은 양의 기운으로 귀신을 막는다고 믿었다. 동짓날 붉은 팥죽을 먹으며 한 해 액운을 막는 것도 같은 이치다. 그래서 굿하는 무당들이 붉은 복자기 나뭇가지를 들고 복점을 쳤다고 하여 복쟁이나무라 부르다가 복자기가 되었다.

복자기는 천천히 자라는 나무라 목질이 박달나무처럼 단단해 나도박달나무로도 불린다. 소의 심줄처럼 질기고 단단하다고 하여 우근자라고도 부른다.

[그림 62] 복자기나무 씨앗, 잎, 줄기

복자기와 생김새가 비슷한 나무로 복장나무가 있다. 세 잎이 붙은 것이나 'ㅅ' 모양의 열매 모습도 모두 같다. 다만, 복장나무 잎이 작은 톱니가 있고 가지와 잎자루가 모두 붉다면, 복자기는 잎 가장자리에 커다란 톱니가 2~3개 있고 가지와 잎자루 모두 초록색이다. 복장나무도 마찬가지로 붉은 단풍으로 복쟁이들이 귀신을 내쫓을 때 사용해서 붙여진 이름이다.

어느 가을 산성공원 내 복자기 군락지에서 출발하여 산성 성곽 따라 지나가게 되었다. 단풍이 들기 시작한 때라 가을 산은 무척 고왔다. 멀리서 성곽 위로 걸쳐진 붉은 나뭇가지가 마치 핏물이 흘러내린 것처럼 보였다. 더구나 붉은 황혼이 지는 때라 복자기 잎은 처연하게 붉디붉었다. 한걸음에 달려가니 키 큰 복자기가 군락을 이루어 성 밖에서 성곽 위로 나뭇잎을 드리운 것이었다.

그때 알았다. 너무 붉으면 붉을 '홍(紅)' 대신 처연하게 붉을 '단(丹)'을 쓴다는 것

[그림 63] 남한산성 성곽 아래 복자기

을. 그리고 단(丹)이라는 글자는 단순히 붉다는 뜻뿐만 아니라 절대로 변하지 않는 마음을 뜻한다는 것을. 한 조각 붉은 마음. 일편단심의 단이 바로 단(丹)이었다.

성곽에서 복자기를 보니 단대라는 어원이 어디서 연유하는지 추측해 본다. 탄천에서 남한산성으로 이어진 고개.

병자호란 당시 한양에서 남한산성으로 급하게 피난을 떠나는 인조와 1만4천 명의 조선 군사 행렬이 보인다. 그 뒤 탄천 벌판에서 조선의 임금을 잡기 위해 달려오는 12만 청나라 기병의 말발굽 소리가 요란하다. 남한산성으로 들어간 왕은 성문을 걸어 잠그고 결사항전을 다짐한다. 조선의 왕을 잡기 위해 압록강에서 단 5일 만에 탄천까지 당도한 청나라군은 왕을 놓치자 미처 피난을 떠나지 못한 조선의 백성을 분풀이로 끔찍하게 학살한다. 병자호란에 대한 기록 '병자남한일기' 등을 살펴보면 이런 내용이 나온다.

'남한산성 아래 계곡마다 조선 사람이 쓰러져 죽고 시체가 구름처럼 쌓이면서 피가 수십 리까지 흘러 탄천까지 이어졌으며 말들은 언덕의 흙이 피 때문에 끈적거리니 앞으로 나아가지 못했다'

그 참혹했던 전쟁에 대한 기억이 사람들 머릿속에 트라우마로 오랫동안 남아 탄리에서 남한산성 넘어가는 그 고개에 피로 붉게 적셔져 붉은 고개라는 이름으로 남은 것이 아닐까!

그런 피로 적신 붉은 고개를 건강한 황톳길이라며 맨발로 밟고 걸으라고 홍보하려 했다니 생각만 해도 아찔하다. 문득 영화 〈박하사탕〉에서 광주 시민을 학살하던 설경구가 발에 총을 맞고 피를 흘리며 쩔뚝거리던 울부짖음이 떠오른다.

"(핏)물이 찔꺽거려서 못 뛰겠어요."

제19장
누리장나무
우리 처음 만났을 때

8월 초 아주 무더운 날이야. 그런데 벌써 입추래. 말이 돼? 벌써 가을이라니. 그런데 가을에 접어들었다고 생각해서 그런지 좀 선선하게도 느껴져. 무더운 날도 곧 물러나겠지. 늘 그랬듯이. 너도 고개를 끄덕인다면 흘러간 세월 속에서 겸손을 배우게 된 거겠지. 그렇게 시간이 가버렸네.

어둑해지기 전 마실 나갈 겸 잠시 사기막골 뒷산에 올라갔어. 말 그대로 도자기를 굽는 도예촌이 있었던 골짜기야. 사기막골 뒤편 산길은 가파르지 않은데, 더운 날이라서 그런지 걸을 때마다 바지가 찜찜하게 몸에 달라붙는다. 옷 원단이 얇아서 그런지 조금만 땀을 흘려도 피부에 달라붙어. 너도 더운 날은 질색이었잖아. 한여름같이 걸을 때면 가끔 걸음을 멈추곤 했지. 내가 눈치 못 채게 땀으로 몸에 붙은 옷을 떼고 살짝살짝 털었잖아. 옷 속으로 통풍시켜서 땀을 마르게 하려고 했던 거지. 그게 뭐 대수라고 몰래몰래 했니. 모른 척했지만, 나는 그때 얼마나 바람이고 싶었는지 모른단다.

아 참, 더운 여름날 산에 올랐던 이야기 꺼냈지. 요즘같이 더운 날에는 산에서 꽃을 보기 힘들어. 산에 피는 꽃들 대부분 이른 봄에 피고 햇빛이 좀 따사로

[그림 64] 누리장나무 (사기막골)

워질 때면 꽃잎은 금세 시들어버려. 참 까탈스러운 애들이지. 더운 여름이 지나고 선선한 바람이 불어야 또 다른 무리의 꽃이 늦게 피지. 그런데 이렇게 무더운 날 하얀 꽃을 피운 나무를 봤어.

처음에는 향기에 이끌렸어. 꽃향기치고는 가볍지 않은 향기였어. 마치 진한 분 냄새? 뭔가 60년대 명동에 들어서면 전차가 아직 돌아다니고 그때 체크 양장 옷을 꾸며 입은 멋쟁이 아가씨 옆을 지날 때 맡을 수 있는 향기? 꽃향기치곤 정말 범상치 않은 냄새였지.

어디서 풍겨오는 향기일까 궁금하여 숲길 길섶을 이리저리 뒤척였어. 향기가 이리 진하니 무거워 낮게 깔려 퍼지는 거로 생각했거든. 역시 떡갈나무 뒤 하얀 꽃이 핀 작은 나무를 발견했단다.

키 작은 관목인데도 잎사귀는 여느 교목 못지않게 크더라. 색도 짙고 이 더운 날에도 하얀 꽃잎이 녹지 않고 볼 수 있다니 참 반갑더라. 마지막 봄꽃은 6월에 가막살나무 하얀 꽃이었어. 숲에서 우연이 향기에 이끌려 이런 어여쁜 꽃도 다 보게 되고. 기분 좋았지.

무슨 나무일까 찾다 보니 맙소사! 바로 누리장나무였어. 누리장나무라고 들어 봤어? 누린 냄새가 난다고 해서 누리장나무잖아.

이 나무는 냄새와 연관된 다른 이름들이 많아. 누리개나무, 누린내나무, 구릿대나무, 개나무. 어때? 이름만 언뜻 들어도 좋은 냄새 같진 않지? 그중 개나무라는 이름은 나무에서 개 냄새가 난다고 해서 붙여진 이름이야. 중국은 오동나무처럼 잎사귀도 큰 것이 냄새가 지독하여 냄새나는 오동나무라는 뜻으로 취오동이라 불러. 일본도 냄새가 나는 나무라는 뜻으로 취목이라고 부르잖아. 제주도에서는 아예 개똥나무라고 부른대.

정말 민망하더라. 사람들이 구린내 나고, 누린내가 난다고 하는 그런 나무를 나는 꽃향기가 좋다고 야단법석을 떨었지 뭐야. 어떻게 그럴 수 있을까? 내 코가 삐뚜름히 달린 것도 아닌데…. 그나마 묵직한 꽃향기를 맡았다는 생각은 어쩌면 누린내가 나서 그런 것이 아닐까 하는 변명도 해 봤어. 아무리 그래도 그렇지. 설마 누린내와 꽃향기를 구분하지 못하는 걸까! 혼란스러웠어. 다시 누리장나무를 찾아 꽃향기를 맡았어.

[누리장나무] 학명 Clerodendrum trichotomum

마편초과의 낙엽 활엽 관목. 높이는 2~3m이며, 잎은 마주나고 달걀 모양이다. 8월에 연한 붉은색 꽃이 취산 화서로 가지 끝에 피고 가을에 연한 푸른색 열매가 익는다. 어린잎은 식용하고 가지와 뿌리는 약용한다. 산기슭과 골짜기의 기름진 땅에 자라는데 한국의 황해도 이남, 일본, 중국, 대만 등지에 분포한다.

그래, 분명 다른 꽃들과는 향기가 좀 특이하지만, 확실히 좋은 향기야. 나쁜 냄새는 아니라고 자세히 살펴보았지. 네 눈동자를 살펴보듯 말이야. 가지 끝에 달린 하얀 꽃은 다섯 갈래로 얇게 갈라졌고, 꽃받침도 다섯 가닥 길게 갈라졌는데 살짝 핑크빛이 돌더라. 엷은 네 입술처럼. 그리고 길게 뻗은 하얀 수술이 꼭 네 눈썹 같았어. 굳이 화장할 때 눈썹을 연장하지 않아도 될 만큼 기다란 네 눈썹을 닮은 것 같아. 누리장나무꽃은 아름답고 향기도 좋아. 확실해. 이 꽃향기가 누린 냄새일 리 없어.

혹시 나무의 다른 부위에서 악취가 나는가 해서 나뭇가지를 툭 부러뜨려 보았어. 코를 갖다 댔지만, 그리 지독한 냄새가 나는 것 같진 않았어. 커다란 잎사귀를 나뭇가지에서 뜯어내 코를 킁킁거려도 그리 나쁜 냄새는 나지 않았어.

[그림 65] 누리장나무꽃

옛날 누린내를 없애기 위해서 변소 주변에 심었다는데, 혹시 향기가 진해서 누린내를 잡는 나무라서 누리장나무라고 한 게 아닐까?

나중에 자료를 찾아보니 누리장나무에서 특유의 냄새가 나는 건 사실이래. 누린내가 나는 이유는 잎이 식감이 좋아서 곤충이나 동물이 좋아한대. 그래서

[그림 66] 브로치를 닮은 누리장나무 열매

나무는 뜯어 먹히지 않도록 잎 뒷면 샘털에서 좋지 않은 냄새를 풍긴다는 거야. 피톤치드처럼 분비물을 뿌리며 자기 잎을 지키려고 했던 것이지.

그런데 나무의 바람과는 달리 이른 봄에 사람들은 어린잎을 따서 나물로 무쳐 먹고 쌈으로도 먹거든. 잎에서 냄새가 풍기더라도 잘 데치면 맛있는 나물이 된다잖아. 하기야 매운 고추와 마늘도 식용으로 먹는데, 이깟 누린내쯤이야.

시간이 빨리 흘렀어. 이제 가을이야. 다시 그 자리 찾아가 보니 하얀 꽃은 온데간데없고 대신 붉은 열매 받침이 꽃처럼 피어났더라. 누리장나무 열매는 검은빛이 도는 푸른색이고 말이야. 언뜻 보면 붉은 꽃이 핀 줄 알겠어. 붉은 꽃에 검은 열매라. 멀리서도 보이는 강렬한 색채지. 그래서 새들이 멀리서도 찾을 수가 있나 봐. 누구는 브로치 닮았다고 하고 누구는 서커스단의 광대가 쓰던 모자와 같다고 해. 영어로 Harlequin Glorybower라고 하는 것도 할리퀸이 쓰는 우스꽝스러운 모자와 비슷하기 때문이지.

열매는 쥐똥나무 열매처럼 단단해 보이는 데 막상 만지면 물컹거려. 좀 더 힘을 주었더니 겉껍질이 터지면서 즙액이 툭 나오더라. 맛볼까 생각하다가 관두었지. 누리장나무잖아. 혹시 알아? 누린내가 열매에서 나오는 것인지? 그걸 먹는다고 생각했다니. 으~ 아찔해.

　누리장나무 학명에 관한 글도 들려줄게. 속명 Clerodendrum은 운명이라는 뜻의 Cleros와 나무라는 Dendron이 연결된 단어야. 운명이란 학명이 붙은 이유는 한 섬에서 자라던 누리장나무가 행운의 나무인 동시에 불행의 나무라서 그렇대. 같은 나무지만, 누가 고르냐에 따라 행운과 불행이 나뉜다는 거지. 그런데, 그걸 누가 알겠어! 내가 선택한 것이 행운일지 불운일지를 말이야. 시간이 지나가 보니까 그때가 행운이었다는 것을 뒤늦게 알게 되는 거지.

　그리고 종소명 trichotomum 앞 글자 tricho는 나뭇가지가 작살나무처럼 세 갈래로 나뉘어서 그렇대. 누리장나무가 속하는 마편초과 식물 대부분 세 갈래로 나뉘어 자라지. 그러고 보니 같은 마편초과 누린내풀도 여기 사기막골에 서식해. 줄기에 냄새가 나서 구렁내풀이라고 하는데 이름과 달리 보랏빛 꽃이 참 예뻐.

　나중에라도 숲속에 들어가게 될 때 주위를 잘 둘러보렴. 누리장나무는 우리나라가 원산지니까 웬만한 산속이라면 찾을 수 있어. 만약 찾기 힘들면 눈을 감고 꽃향기를 맡아 봐. 한여름 숲속에서 맡게 되는 꽃향기가 얼마나 진한지 바람이 불어오는 곳만 향해도 너의 얼굴 바로 앞으로 꽃들이 인사할 거야. 그리 크게 자라지 않는 나무니까 너와 눈맞춤 할 수 있어. 만약 향기를 맡게 된다면 내게 꽃향기가 어떤지 꼭 말해 주렴. 과연 내가 꽃향기를 맡은 것인지, 아니면 누린내를 맡은 것인지 말이야.

　사기막골 숲속에서 누리장나무를 본 김에 몇 자 적었다. 참, 누리장나무 꽃말이 깨끗한 사랑이란다. 나무는 알면 알수록 모르는 것 같아. 물론 너도 마찬가지지만.

영
장
산

제20장

칡

갈마치는 칡과 아무 관련 없어요

갈마치고개 정상 부근에는 에코브릿지가 있다. 광주와 성남을 잇는 도로 때문에 야생동물 이동로가 단절되어 동물들이 숲속을 자유롭게 다니게 할 목적으로 설치되었다. 도로는 왕복 2차선으로 넓지 않고 인적도 드무나, 고라니가 자주 로드킬을 당한다.

여기 에코브릿지가 좀 특이한 점은 동물이 다니는 길과 사람이 다니는 길이 나란히 있다는 것이다. 사람을 무서워하는 야생동물 옆에 인도를 설치한 것이 그리 바람직하진 않지만, 숲길을 걷는 사람 편의도 생각해서 사람과 동물이 나란히 다닐 수 있는 구조로 설치하였다. 다만, 동물과 사람이 다니는 길 사이로 높다란 나무 울타리를 설치하여 서로 간섭하지 않게 했다.

사람 다니는 길은 주기적으로 빗질도 하고 관리를 하는데, 울타리 너머 동물 다니는 길은 자연 상태로 놔둔다. 그러다 보니 웃자란 나뭇가지가 울타리를 넘어와 길을 막곤 한다. 특히 담장 너머 슬금슬금 넘어오는 칡은 최대 골칫거리다. 히드라의 목을 자른 것처럼 칡은 잘라 내도 더욱 맹렬하게 가지를 뻗는다.

칡은 생명력이 강한 덩굴식물이다. 햇볕을 찾아 땅 위를 더듬거리는 칡 줄기

[그림 67] 칡으로 뒤덮은 산림

가 다른 나무를 만나면, 그 나무를 꽉 옥죄 영양분을 모조리 빨아먹으며 자란다. 칡의 잎사귀는 넓고 무성하여 칡 잎 아래 다른 나뭇잎은 햇빛을 받지 못해 시들 시들하다가 결국 죽고 만다.

그래서 칡이 자라면 주변 나무들은 잘 자라지 못해 죽고 만다. 칡이라는 이름 도 칭칭 감는다는 뜻의 츩에서 왔다. 그래서 산림청에서는 칡을 유해식물로 지 정하고 나무를 휘감는 덩굴만 보아도 얼른 베어 낸다. 아마 모르긴 몰라도 갈마 치 도로 위 생태통로 너머는 칡이 굵은 덩굴로 무성하게 자라고 있을 것이다.

이곳 갈마치라는 이름도 칡이 많이 자라는 지역이라서 칡 갈(葛), 고개 현(峴) 을 붙여 갈현이라 부르면서 갈마치가 되었다고 한다. 갈(葛)을 풀이하면 물이 적은 곳(渴)에 자라는 풀(艸)이라는 뜻이 된다. 글자풀이 그대로 칡뿌리는 깊게 뻗어 건조한 곳에서도 물을 찾아낼 수 있어서 거친 환경에서도 잘 자란다.

그런데 갈마치 지명은 옛날 선비들이 한양으로 과거를 보러 가는 도중, 말에 게 물을 먹여 갈증을 풀어준 뒤 다시 길을 떠났다고 하여 갈마치라고 부른 데서 유래한다. 시간을 거슬러 위례 백제 시대, 군사들이 말을 타고 이 고개를 넘나들 때 고개가 가팔라 말들이 목말라 했다고 붙여졌다고도 한다. 아무튼 말(馬)이 고개를 넘을 때 갈(渴)증이 날 정도로 가파른 고개라는 뜻이다. 그런데 엉뚱하게 이름에 칡이 얽힌 이유는 일제 강점기 때 목마를 갈(渴) 대신 그저 칡 갈(葛)로 고쳤기 때문이다. 그래서 백제 용맹한 기마병의 말들이 거친 숨을 몰아쉬며 넘던 고개는 칡만 넝쿨째 자라나는 아무런 의미 없는 그저 그런 고개가 되었다.

일제가 훼손한 우리 땅 이름은 갈마치고개만 있는 것이 아니다. 성남 끝자락 구미동도 옛날 마을 뒷산 모습이 거북의 꼬리 부분이라서 구미(龜尾)라고 불렀다. 하지만 일제강점기 거북 대신 숫자 아홉 구(九)를 넣어 구미(九美)라고 고쳤다. 마을 이름에 거북이 있는 마을은 풍수적으로 명당자리로 여겼다. 이유는 거북이 불로장생하는 십장생 중 하나로 신성시되었기 때문이다. 사람들은 일부러 마을에 연못을 만들어 거북이 물을 마실 수 있게 했건만, 일제에 의해 마을은 꼬리 아홉 달린 여우로 둔갑했다.

이름을 잃어버린 서러움을 아는지 모르는지, 칡넝쿨은 아랑곳하지 않고 갈마치고개 곳곳을 차지한다. 고개 서쪽 비탈에는 지난 태풍 때 뿌리째 뽑힌 나무들이 많았다. 그렇게 생채기 난 숲은 어김없이 칡덩굴이 찾아서 얽혀든다.

[칡] 학명 Pueraria thunbergiana

콩과의 낙엽 활엽 덩굴성 식물. 잎은 어긋나고 세 쪽 겹잎이다. 8월에 붉은 자주색 꽃이 총상 화서로 피고 열매는 협과로 9~10월에 익는다. 뿌리의 녹말은 식용하고, 뿌리는 약용한다. 산기슭 양지에서 자라는데 한국, 일본, 대만, 중국 등지에 분포한다.

처음에는 가는 뿌리에서 연약해 보이는 줄기가 나와 조심스럽게 주위를 살핀다. 그러다가 줄기 촉수에 뭔가 닿는 순간, 닥치는 대로 붙잡고 하루에 30 cm

까지 자란다. 그리고 마치 코끼리를 삼킨 보아뱀처럼 쓰러진 나무 밑동을 삼키며 위까지 칭칭 감싸며 올라간다. 우듬지까지 올라간 칡 줄기가 더 이상 지지할 것이 없을 땐 뱀이 똬리를 틀 듯 억센 줄기를 둘둘 말고 자기 몸에 의지하여 올라간다. 이럴 때는 아예 칡넝쿨보다 칡나무가 어울린다.

갈마치고개에서 봉우리를 오르면 대지산 너머 문수산이 보인다. 그 산기슭에 정몽주 선생의 묘소가 있다. 조선 태종 이방원은 고려 충신 정몽주를 찾아가 칡을 소재로 시조를 읊는다.

> 이런들 어떠하리 저런들 어떠하리
> 만수산 드렁칡이 얽혀진들 어떠하리
> 우리도 이같이 얽혀서 백 년까지 누리리라. [하여가(何如歌)]
>
> [단심가(丹心歌)] 이 몸이 죽고 또 죽어 골백번 다시 죽어
> 백골이 진토되어 넋이야 있건 없건
> 임금님께 바치는 충성심이야 변할 리가 있으랴?

이방원과 정몽주 그들이 생각하는 대의는 서로 달라 갈등을 일으키고 끝내 드렁칡이 대쪽을 칭칭 감아 죽여버리고 말았다. 갈등이란 말도 칡과 등나무란 뜻이다. 칡이 왼쪽으로 꼬면서 자라고 등나무는 오른쪽으로 꼬면서 자라므로 칡과 등나무가 같이 있으면 서로 부딪혀 잘 자라지 못한 데서 유래한다.

칡이 식물 생태계의 무법자 같지만, 사실 칡은 산림을 훼손하는 것이 아니라 치유하는 식물이다. 햇볕을 좋아하는 칡은 산림이 훼손된 거친 땅에서 그저 꿋꿋하게 살아갈 뿐이다. 칡이 자라면 넓은 잎으로 토양이 침식되는 것을 막아주고, 다른 콩과식물처럼 토양을 비옥하게 한다. 그리고 자연 생태계가 복원되면 칡은 알아서 사라진다. 숲의 천이단계에서 키 큰 나무가 많아지면 칡은 햇볕을 받지 못해 더 이상 살 수 없기 때문이다.

[그림 68] 칡꽃과 잎, 열매

　칡은 숲을 보호할 뿐만 아니라 예부터 사람들 일상에 많이 쓰여 도움을 주었다. 굶주릴 때 녹말이 많은 칡뿌리를 캐내어 끼니를 때울 수 있었고, 열나고 몸살이 있을 때도 칡뿌리는 해열제가 되었다. 칡 줄기도 매우 질겨 삼태기나 밧줄로 사용했다. 지금도 칡즙은 사람들이 애용하는 음료다.

　그리고 한여름 개화하는 칡꽃은 관상학적으로도 매우 아름답다. 붉은색이 도는 꽃은 고고하게 곧추선 채 고상하기까지 하다. 향기 또한 진하여 벌 나비가 칡꽃에서 벗어날 줄 모른다. 산속의 진주라고 불리는 칡꽃에는 아름다운 이야기가 전해진다.

　옛날 가야시대 도공에게 딸 설희와 제자 바우쇠가 있었다. 어느 날 신라가 쳐들어와 바우쇠는 전쟁터로 끌려갔다. 가야가 패전하고 바우쇠의 소식이 끊어졌지만, 설희는 일편단심 바우쇠만 기다렸다. 몇 년 후 한쪽 팔이 불구가 된 바우쇠가 돌아왔고 설희는 그를 맞이하며 부부의 연을 맺게 되었다. 사람들은 그들을 '칡넝쿨 부부'라고 이름을 지어주고 설희는 칡꽃 아씨라고 불렀다. 그들은 심성도 고와 나라에 흉년이 들면 어려운 사람을 도와주기도 했다. 나중에 칡넝쿨 부부가 세상을 떠날 때 사람들은 해마다 칡꽃이 피면 여인들은 머리에 칡꽃을 꽂고 그들 부부를 기리기도 했다.

　가을에 익는 콩꼬투리 모양의 열매 또한 산속 굶주린 새들의 먹이가 된다. 이

[그림 69] 칡꽃

런 고마운 칡이 과연 생태계교란종으로 불러야 하는 것인지 한숨이 나오지 않

을 수 없다.

　참, 칡의 꽃말은 '사랑의 한숨'이다.

제21장

노간주나무

소를 울상짓게 한 코뚜레

율동공원에서 호수공원을 한 바퀴 둘러보고 응달평산으로 발걸음을 옮긴다. 가는 길은 국궁장 쪽 방향으로 걷다가 어느 별장 돌담 모퉁이를 돈 후, 널찍한 숲길을 따라 그대로 가면 된다. 돌담은 사람 키보다 높다. 담쟁이가 돌담을 능숙하게 타고 오르고 있어 옛 정취가 물씬 풍긴다, 어쩜 돌담을 한 바퀴 도는 것만으로도 하루 산책은 만족스럽지만, 발걸음을 계속 옮긴다. 더 많이 움직이고 더 오래 걸을수록 새로운 풍경이 다가선다.

응달평산 가는 숲길 주변은 습지다. 숲에서 습지는 생명의 보고다. 갈대와 부들, 골풀이 무성히 자라고 개구리와 맹꽁이, 도롱뇽 등 많은 양서류가 제 터전으로 삼는다.

논농사를 짓다가 몇 해 묵혀 두면 습지가 되어 금세 다양한 생명이 나타난다. 하물며 깊은 산속 오래된 습지야 말할 것도 없다. 습지는 빗물이 낮은 지대로 모여 만들어진 늘 축축한 땅이다. 여기서 시간이 더 흐르면 늪이 되든가, 아니면 메말라 마른 땅이 된다.

습지를 지나가면 놀라서 물속으로 첨벙 뛰어드는 놈이 있는데, 그게 맹꽁이

[그림 70] 영장산 기슭에서

[그림 71] 노간주나무 (응달평산)

인지 두꺼비인지 모르겠다. 다리가 짧은 맹꽁이나 두꺼비가 높이 점프할 리 만무하지만, 이런 습지에서는 그런 멸종위기 동물도 살아갈 법하다.

습지를 지나 응달평산을 넘고 영장산까지 가는 길 산비탈은 유독 노간주나무가 많다. 노간주나무는 우리나라 산속이면 항상 볼 수 있지만, 여기는 드문드문 있는 것이 아니라 군락을 이루며 자라났다. 물론 다른 나무들이 아름드리로 씩씩하게 자랐다면, 노간주나무는 양손으로 움켜쥘 정도의 굵기로 볼품없이 서 있다. 원래 노간주나무가 큰 나무들 틈바구니에서 아등바등 살아가는 나무다. 그저 햇빛을 조금이라도 더 받으려고 비쩍 마른 채 위로만 자란다. 그래서 제법 키가 큰 나무임에도 불구하고 땅을 가장 적게 차지한다. 그 자리라도 지키려고 신경이 곤두섰는지 나뭇잎은 가시 같아 자칫 스치면 눈물 핑 돌게 따끔하다. 가뜩이나 메마르고 가파른 땅뙈기에 그것도 느리게 자라는데, 다른 초식동물들이 우적우적 씹어버리기라도 하면 큰일이니까.

[노간주나무] 학명 uniperus rigida

측백나뭇과의 상록 침엽 교목. 높이는 8~10m이며, 잎은 세 개씩 돌려나고 실 모양이다. 봄에 녹색을 띤 갈색 꽃이 피고 열매는 구과로 다음 해 10월에 검은 자주색으로 익는다. 건축 재료나 기구를 만드는 데 쓴다. 한국, 몽골, 일본, 중국 등지에 분포한다.

대신 노간주나무 종자 번식은 초식동물이 아닌 새들이 한다. 노간주나무에서 10월에 검붉게 열리는 우툴두툴한 열매는 못생기고 색깔도 예쁘지 않지만, 새들이 즐겨 먹는다. 쪼아 먹다 배부르면 남는 것을 부리로 물어다 여기저기 빈 땅에 떨어뜨려 준다. 열매는 사람도 채취한다. 대신 먹지 않고 술로 빚어 마신다. 노간주나무 열매로 담근 술은 향이 좋아 인기가 많다. 바로 두송주다. 관절염에도 효과가 좋다고 하여 노간주나무를 만나면 몇 알씩 훑어 주머니에 넣곤

한다. 하산하면 소주 한 병 사서 두송주를 만들 요량이다.

열매를 술에 담가서 한 달가량 숙성하면 진이라는 술이 된다. 진이라는 이름은 노간주나무 열매를 가리키는 프랑스어 'geniévre'를 영국인들이 gin으로 부른 데서 유래한다.

산길에서 노간주나무 열매를 한두 알 따서 걷다 보니 어느새 맹사성의 묘소까지 다다랐다. 황희 정승과 더불어 청백리 재상으로 유명한 맹 묘소는 봉분과 그 주위로 상석 등이 잘 갖춰졌다.

영장산은 맹산으로도 부른다. 세종대왕이 맹 정승에게 하사해서 불리게 된 이름이다. 고불산으로도 부르는데, 고불(古佛)은 오래된 부처라는 뜻으로 평소 검소한 생활을 했던 맹 정승을 부른 이름이었다. 하지만, 맹 정승은 자신을 그저 맹꼬불이라 했다.

매지봉으로 부르는 사람도 있다. 일제강점기 산 형세가 망아지와 비슷하니 망아지 구(駒) 자를 써서 구봉으로 부르게 했는데, 구봉이 일본어로 발음하면 매이지봉이다. 광복 후에도 사람들은 무심하게도 그저 매 사냥터인 줄 알고 매지봉으로 부른다. 하지만, 여기 산은 영장산이다. 백제 온조왕이 위례성에서 나라를 세우고 이곳까지 사냥을 나왔을 때 백성들이 외쳤던 성령장천(聖靈長千)에서 유래했다.

[그림 72] 맹사성 묘소와 흑기총 (영장산)

맹사성의 묘 한쪽에서 흑기총을 본다. 맹 정승이 타던 소 무덤이다. 평소 검소하여 소를 타고 다녔던 맹 정승이 죽자, 검은 소도 슬퍼하다 따라 죽어 사람들이 소 무덤을 정승 묘소 옆에 만들었다.

무덤 주변 숲은 노간주나무가 많다. 공교롭게도 노간주나무는 코뚜레 나무라고도 부른다. 나무가 잘 구부러지고 질겨서 고리 모양으로 만들어 소의 코를 뚫어 끼워 넣는다. 그리고 벗지 못하게 머리까지 굴레로 동여맨다. 아무리 덩치 큰 황소도 코뚜레를 잡히는 순간 저항도 못 하고 꼼짝없이 따른다.

소가 온순한 동물이라서 그런 건 아니다. 어렸을 적 노간주나무 가지로 코를 꿰이는 고통이 너무 커서, 소가 컸어도 코뚜레만 잡으면 순순히 끌려간다. 무거운 멍에를 목에 얹어 온종일 일을 시켜도 도망가지 않는다. 습관이 이렇게 무섭다.

소 처지에서 노간주나무는 정말 아무짝에도 쓸모없다. 초식동물이라도 노간주나무 바늘잎은 뾰족하여 씹어먹지 못한다. 게다가 어릴 때부터 코를 피어싱하고 매달린 노간주나무 고리는 속박의 징표다. 평생을 사람의 노예로 부림을 당하고 끝에는 도살장으로 끌려간다. 시골 정서를 그린 영화에서 코뚜레를 꿰인 소가 워낭 소리를 내며 걸을 때, 음매 하고 우는 소리는 소의 처절한 울부짖음이다. 조지 오웰의 《동물농장》에서 돼지가 소에게 인간을 쫓아내고 코뚜레가 없는 그날까지 자유를 위해 싸우자고 선동한다. 과연 그렇다.

노간주나무는 성경에도 나온다. 광야로 내쫓긴 모압 백성을 척박한 땅에서 볼품없이 자라는 노간주나무라고 비유했다. 모압 민족은 여호와를 외면하고 소 머리에 인간 몸을 하는 그모스라는 신을 모셨다. 그들은 자식들을 불에 태워 그모스에게 제물로 바쳤다. 이런 악행 때문에 저주받은 모압 민족은 노간주나무와 같이 비참하게 살아갔다. 그모스와 닮은 소가 노간주나무에 꿰여 평생을 고통받는 것처럼. 어째 질긴 운명의 굴레다.

[그림 73] 노간주나무 바늘잎과 열매

재미있는 뒷이야기 하나. 일 마치고 사무실 앞 주점에서 동료와 술 한잔을 걸칠 때다. 문 앞에 노간주나무로 만든 소코뚜레가 걸려있었다. 집 안에 걸어 두면 행운이 깃든단다. 게다가 그날 마신 술은 '서울의 밤'. 노간주나무로 담근 소주다. 향이 그윽하다.

이래저래 노간주나무와 함께한 하루다.

제22장
매화나무
크게 보면 매화가 보인다

분당구 이매동은 원래 광주 이무술이라 불리던 마을로 영장산과 탄천 사이 넓은 농경지에 자리를 잡았다. 먼 옛날 이곳 마을 사람들은 탄천에서 종종 물고기를 잡았는데, 어느 날 탄천에서 엄청나게 큰 물고기를 잡아 마을잔치를 벌였다. 하지만, 사람들이 죽인 물고기는 천년 만에 하늘로 올라가려던 이무기였다. 용이 되지 못한 물고기는 마을에 저주를 걸었고, 두려움에 떨던 사람들은 이무기 넋을 달래기 위해 위령제를 지냈다. 비로소 하늘로 올라간 이무기는 마을에 내린 저주를 풀었고, 사람들이 이무기가 승천한 곳에 가 보니 아름다운 매화나무 두 그루가 솟아있었다고 한다. 사람들은 그때부터 마을을 두 매화나무가 있는 마을이란 뜻으로 이매(二梅)동이라 부르고 매년 음력 9월 3일 위령제를 지낸다.

이무기는 하늘로 올라가면서 하필 왜 매화나무를 주었을까? 아마 저주를 내렸던 마을에 희망의 메시지를 주기 위함일 것이다.

매화나무는 눈발이 흩날리는 이른 봄에 제일 먼저 꽃을 피운다. 생강나무나 진달래가 아무리 일찍 꽃을 피운다고 하여도 매화나무에 비할 바가 못 된다. 오죽하면 매화를 한겨울 눈 속에도 꽃이 핀다고 하여 설중매라고 부를까! 사람들이 매화나무를 좋아하는 이유는 추위를 무릅쓰고 제일 먼저 꽃을 피우기 때문이다. 옛날에는 겨울이 되면 아사자와 동사자가 많았다. 절망의 시간, 매화가 꽃망울을 터뜨리는 순간, 사람들은 드디어 봄이 왔다고 희망을 품었다.

[그림 74] 눈 속에도 핀 매화꽃, 설중매 (이매동)

매화나무는 부르는 이름이 많다. 이른 봄에 꽃이 일찍 핀다고 하여 조매, 꽃의 우두머리라고 하여 화괴, 추운 겨울에 핀다고 하여 동매로 부른다. 꽃 색깔에 따라 흰 꽃이 피면 흰매화, 분홍꽃이 피면 홍매화, 꽃받침이 푸른빛을 띠고 있으면 청매화로 부른다. 또 꽃잎이 많으면 만첩홍매화로 부른다. 옥같이 곱다고 해서 옥매로 부르고, 달 밝은 밤에는 월매라 부른다. 월매는 춘향이 엄마 이름인데, 봄 향기라는 춘향은 아름답고 지조 높은 매화 향기겠다.

이처럼 옛사람들은 매화를 난초, 국화, 대나무와 함께 사군자라고 하여 늘 가

까이 두었으며, 특히 매화를 사군자 중 맨 앞자리에 놓을 정도로 절개가 굳다고
생각했다.

[그림 75] 매화나무 열매 매실

매화가 한자로 매(梅)라는 것도 나무(木)와 어미(母)를 합쳐 생명의 시작, 봄
을 알려 주는 뜻이 있다. 다른 해석으로는 매화나무 열매가 시큼하므로 여자가
임신하면 매실을 먼저 찾기 때문이라고도 한다.

매화나무는 주로 꽃을 보는 사람이 부르는 말이다. 시골에서 농사짓는 사람
은 매실나무라고 부른다. 원래 매화나무는 꽃을 감상하기 위해 키운 것이 아니
라 매실을 채취하여 식초로 만들기 위해 재배했다. 지금도 매실은 피로 해소에
좋다고 하여 많이 마신다.

이른 봄 이매동 물레방아골에서 천도제가 열린다는 매화나무를 한번 보기
로 하여 산에 올랐다. 그동안 공원이나 단지 내 조경수로 심은 매화나무만 보
았지, 산속에서 고아한 자태로 꽃을 피우는 매화를 보게 된다면 몹시도 반가

울 것이다.

그런데 공원에서는 매화나무를 금세 알아봐도 숲에서는 헷갈린다. 먼저 산에 매화와 비슷한 산벚나무꽃이 눈에 들어온다. 봄에 잎보다 먼저 꽃이 피는 것은 벚꽃이나 매화 모두 같지만, 벚꽃은 꽃자루가 있고, 매화는 꽃자루 없이 나뭇가지에 바짝 붙어있다. 또, 벚꽃은 꽃에서 향기가 나지 않으나, 매화는 꽃향기가 그윽하다.

다음 살구꽃이 있다. 매화처럼 꽃자루가 없다. 하지만, 살구꽃은 진한 분홍색이고 꽃받침이 뒤로 젖혀 있다. 그리고 살구나무는 벚나무처럼 매화나무보다 크게 자라난다.

[매화나무] 학명 Prunus mume

장미과의 낙엽 소교목. 높이는 5m 정도이며, 잎은 어긋나고 달걀 모양인데 가장자리에 뾰족한 톱니가 있다. 녹색, 흰색, 붉은색 따위의 꽃이 잎보다 먼저 피는데 관상용이다. 열매는 누렇게 익는데 신맛이 나며 술을 담그는 데 쓴다. 중국이 원산지로 한국, 일본 등지에 분포한다.

두 매화나무를 보기 위해 이매동 산기슭에서 천도제를 지내는 곳에 갔다. 하지만, 천도제를 지내는 나무는 상수리나무였다. 인근을 찾아도 매화나무를 볼 수 없었다. 헛수고한 후 산39번지에 300년 된 두 매화나무가 있다는 이야기를 듣고 다시 찾아갔지만, 허탕만 치고 말았다. 이후로도 영장산 오르는 길 틈틈이 매화나무를 찾아보았지만 찾을 수 없었다.

영장산 숲은 울창하고 깊다. 호젓한 산길을 묵묵히 걷다 보니, 작은 매지봉을 넘고 큰 매지봉을 넘어 영장산 정상에 다다른다. 산 정상에서 숨을 고르며 산줄기 따라 천천히 산하를 훑어본다.

그때 무심코 깨달았다.

이매동 유래에 또 다른 이야기가 있다. 이매동은 풍수지리상 매화꽃이 떨어지는 지역이라 매화낙지형이라 부르며 명당으로 알아준다.

산줄기를 가만 보니 영장산을 중심으로 서쪽으로 산줄기가 뻗어가다가 한번 크게 솟고(큰 매지봉이다.), 다음 작게 솟은 후(작은 매지봉이다.) 가라앉았다. 산 지형이 마치 나뭇가지에 두 매화가 꽃을 피운 것처럼 두 봉우리가 산줄기 따라 솟았다.

산 정상에서 헛웃음이 나왔다. 불경에서 달을 보라고 손가락으로 가리킬 때 달은 보지 않고 엉뚱하게 손가락만 본 격이다. 사람 마음이 얼마나 커야 산봉우리를 꽃으로 볼 수 있을까!

산에 올라 매화를 밟고도 옹졸한 마음으로 매화를 보지 못했으니 그동안의 수고로움이 헛되어 허망했다.

[그림 76] 매화낙지형 산줄기 영장산

매화의 꽃말은 깨끗한 마음. 매화는 추위에 얼어 죽을지라도 결코 향기를 팔지 않는다고 하여 막연히 향기가 없는 꽃인 줄 알았는데, 매화향이 그렇게 그윽하고 깨끗하다. 매화가 피면 향기에도 취해야겠다고 생각만 했지, 정작 취한 건 매실주였다.

[그림 77] 매화낙지형 산줄기와 그림 매월(梅月)_심사정

제23장

밤나무

밥 대신 먹은 밤

분당구 율동은 영장산과 호수공원 사이에 자리 잡았다. 율동의 율(栗)은 밤을 뜻하는 말이다. 예로부터 율동은 밤알이 굵고 맛있기로 소문났다. 밤알 무게가 자그마치 서 근이나 되어 서근바미라고도 불렸다. 참고로 栗은 西와 木이 합쳐진 말로, 西는 밤의 모양이다.

밤나무가 많았던 이곳은 산세가 삼족오인 까마귀가 먹이를 뜯고 있는 형국으로 마을에 굶주린 사람이 없었다고 한다. 그리고 이 땅은 장수와 재상이 끊이지 않고 나오는 천하제일 명당이라 한다.

좋은 땅이란 모름지기 그 땅에 사는 생명들을 복되게 하는 땅이다. 율동은 밤나무가 많아 아무리 흉년이 들어도 산에 들어가면 굶주림을 면할 수 있어 명당으로 부르지 않았을까 싶다. 율동이 밤 생산지로서 유명해지기 시작한 시기는 백제로 거슬러 올라간다.

백제 시대 영장산 근방에는 많은 사찰이 있었다. 각 지방에서 가난한 사람들이 많이 몰려와 숙식을 해결하다 보니, 절의 살림도 갈수록 궁핍해졌다. 그때 주지 스님이 굶는 사람들이 없도록 산에 밤나무를 심기 시작했다. 밤나무는 금세 잘 자라서 많은 밤을 수확하게 되었고 사람들은 굶주림에서 벗어나게 되었다. 그 이후로 영장산 밤나무 숲을 일컬어 밤나무 그늘 마을이라는 뜻의 율목음촌(栗木陰村)이라 부르고 다시 율동이 되었다.

[그림 78] 청명한 가을날 알알이 열린 밤 (율동)

율동 뒷산에는 밤나무만 많은 건 아니다. 참나무도 많이 자란다. 밤나무와 참나무를 구분하는 것은 단연 열매를 보고 구분할 수 있지만, 열매 맺기 전에는 여간 까다로운 것이 아니다. 사실 참나무란 나무 이름은 없다. 다만 참나무 종류만 있을 뿐이다. 만약 상수리나무나 굴참나무 등을 참나무라고 부른다면, 밤나무도 참나무로 부를 수 있다. 모두 참나뭇과에 속하는 낙엽 교목이기 때문이다.

상수리나무, 굴참나무, 밤나무 모두 잎이 긴 타원형이고 가장자리에 톱니가 있다. 다만, 굴참나무잎은 뒷면이 밝은 흰색을 띠고, 상수리나무잎은 앞뒷면이 비슷하며 잎자루가 길고 톱니 끝이 갈색이다. 반면 밤나무잎은 톱니가 같은 녹색이고 잎자루가 짧다.

확실히 가을 산은 풍요롭다. 속담에 '가을 산은 못 사는 친정집보다 낫다.'라는 말처럼 율동 가을 산은 나무마다 밤과 도토리가 수없이 열린다.

아이들과 함께 등산하고 싶을 때 밤 따러 가자고 한다. 같이 숲길을 걸으면 밤과 도토리를 소재로 숲 이야기를 들려준다. 먼저 참나무는 도토리가 열리는 나무들을 통틀어 가리키며, 사람에게 도움을 주어 착한 나무라서 참나무라고 알려 주면 고개를 끄덕인다. 밤나무도 사람들이 산에서 밤을 밥처럼 먹었다고 하여 밥나무라고 부르다가 밤나무가 되었다고 하면 또 고개를 끄덕인다.

내친김에 도토리에 붙은 깍정이는 모자라는 뜻의 '갓'에서 '깍'이란 말이 변해 나온 것이며, 도토리나무를 갓나무라고 말하면 고개를 갸우뚱한다. 작은 졸참나무 도토리를 발견하면, 요게 맛이 떫지 않아 밤처럼 바로 먹을 수 있어서 굴밤이라 부르고, 굴참나무의 굴이란 글자는 밤을 뜻하는 율나무에서 왔다고 하면 눈만 껌뻑인다.

'여기서 질문. 다람쥐는 밤과 도토리 중 어느 것을 더 좋아할까?'

애들은 다람쥐가 자기 몸집처럼 작은 도토리를 좋아한다고 한다.

'땡! 다람쥐도 사람들처럼 고소한 밤을 더 좋아한단다. 다람쥐에게도 도토리는 쓰고 떫어. 내 입에 좋으면 다른 이에게도 좋고, 내가 싫으면 다른 이도 싫어한단다. 꼭 잊지 말렴.'

[밤나무] 학명 Castanea crenata

참나뭇과의 낙엽 활엽 교목. 높이는 10m 정도이며 암수한그루로 꽃은 5~6월에 수상 화
서로 피고 열매는 견과인 밤이 가시가 많은 밤송이에 두세 개씩 가을에 익는다. 나무는
단단하여 선재, 침목, 토목, 건축재 따위로 쓰거나 표고의 배양 원목재로 쓴다. 산기슭, 들,
자갈땅에 나는데 산이나 인가 부근에 재배한다.

결국 숲에서 밤알은 줍지 못하고, 가시가 촘촘히 박힌 밤껍질만 실컷 보았다.
그래도 아이들은 숲에서 밤보다 더욱 영양 있는 것을 얻는다. 숲에 들어선 아이
들은 바람에 나뭇잎 바스락대는 소리, 나뭇가지 부러지는 소리를 듣는다. 숲은
끊임없이 아이들 감각을 일깨우며 새로운 발견을 안겨준다. 그 덕에 스트레스
가 감소하고 생활 리듬이 안정되고 커뮤니케이션 능력이 발달한다. 또한, 숲속
에서 뛰어논 아이들은 감기나 인플루엔자 발병률이 낮다.

숲에서 아이들과 있으면 들려주고 싶은 이야기가 너무 많다. 옛날 우리 조상
님들이 밤을 기특하게 생각했다고 말한다. 밤알이 흙 속에서 싹이 틀 때까지 껍
질이 달라붙어 있는데, 이것이 자기 뿌리를 잊지 않고 효심이 깊기 때문이라고
생각했기 때문이다. 그래서 제사 지낼 때 밤을 상에 올려놓는다. 애들은 심드렁
한 표정으로 수다쟁이에게서 벗어나 집에 가고 싶은 표정이다.

아랑곳하지 않고, 율동이 밤나무 동네인 것처럼 율곡은 밤나무 골짜기란 뜻
이라며 율곡 이이 선생 이야기를 꺼낸다.

이이 선생이 어릴 때 어떤 사람이 밤나무 일천 그루를 심지 않으면, 아이가
커서 호랑이에게 물려갈 거라고 예언하였다. 이이 아버지는 그 후로 밤나무를
열심히 심었지만, 약속한 날에 마지막 한 그루를 심지 못했다. 다급한 나머지
옆에 나무 하나를 가리키며 너도 밤나무 하라고 하여 그 나무는 너도밤나무가
되었다. 또 옆에서 그 말을 듣던 다른 나무가 얼떨결에 나도 밤나무라고 해서

나도밤나무가 되었다. 애들은 못 참고 저만치 도망가듯 내달렸다.

집에 돌아와도 밤과 비슷한 열매가 아파트 단지 놀이터에 떨어져 있었다. 아이들을 불러 세워 이것이 뭐냐고 물으니 밤이라고 대답한다. 그리 말할 줄 알았다며 이건 밤이 아니고 마로니에 열매라고 말해 준다. 모양이나 색이 밤과 비슷하게 생겼지만, 밤은 한쪽 끝이 뾰족하고 마로니에는 모나지 않고 둥글둥글하다. 그러면서 마로니에 열매를 먹으며 배 아프고 토하니 조심하라고 말해 준다.

잔소리 같아 입을 다물려 해도 왜 이리 할 말이 많은지 모르겠다. 벼는 익을수록 고개를 숙인다며 나이 들수록 입을 다물고 지갑은 열라고 하지 않던가! 그런데 밤은 익을수록 열매가 갈라져 툭 터진다. 마치 할 말이 많은 듯, 그리고, 한번 터진 입이 다물지 못한다.

괜스레 노파심에 말만 늘었다가는 구박을 면치 못하겠다.

[그림 79] 왼쪽부터 마로니에와 밤

제24장
함박꽃나무
하늘에서 내려온 선녀의 옷섶

여수동 산자락을 넘나들며 출퇴근할 때다. 여수동은 처음 이곳에 정착한 선비가 마을 앞 개울이 유난히 맑고 깨끗하다 하여 천자문에 나오는 금생여수(金生麗水)라고 부른 데서 유래한다.

햇살이 따뜻해진 완연한 봄이지만, 아직 숲속 나무는 새잎만 뾰족뾰족 나왔다. 햇살은 잎이 드문 숲속을 내리꽂으며 흙에서 움트던 도토리 열매를 깨우고 있었다. 그때 정말 영화 속 한 장면처럼 커다랗고 하얀 꽃잎이 햇살에 반짝이며 머리 위로 떨어졌다.

아! 그렇게 곱디고운 순백의 꽃잎이란! 꽃잎이 하나둘씩 하늘에서 천천히 내려올 때, 마치 시간이 멈춘 줄 알았다. 고개 들어 하늘을 바라보니, 파란 하늘 밑에 하얀 연꽃이 키 큰 나무에 매달려 있었다. 산에 사는 목련이라 산목련이라고도 부르는 함박꽃이었다.

깨끗하고 아름다운 마을이라는 여수동에 함박꽃나무가 있다는 것이 어쩌면 자연스럽겠다. 하늘에서 꽃비를 맞고 산길 옆 연꽃마을 연꽃이 피던 연못으로 왔다. 연못은 진흙 구렁텅이지만, 연꽃은 그런 더러운 물에서도 순백의 고운 꽃잎을 아름답게 피운다. 그런 연꽃이 나무에서 피면 목련이 된다.

하늘에서 떨어진 연꽃잎을 맞이한 그 환희의 순간을 생각하면 지금도 두근거린 마음을 진정시키지 못하겠다.

함박꽃을 처음 보게 된 것은 주문진 신리천 계곡이었다. 개울물이 졸졸 흐르는 소리를 들으며 초록빛 잎 뒤로 하얗게 반짝이는 것을 보았다. 무언가

[그림 80] 하늘에서 떨어지는 천녀화 (여수동)

에 홀리듯 나무를 헤치고 하얗게 빛나는 게 눈에 띄었다. 하얀 연꽃을 닮은 꽃송이는 나무에 오직 한 송이가 피워 나와 눈맞춤을 했다. 내 눈높이에서 핀 꽃이 너무나 아름답고 신비로워 어쩜 이렇게 생긴 꽃이 다 있나 가슴이 무척 설렜다. 향기도 꽃만큼 신비로워 눈을 감고 맡으니, 다른 나라에서 이국적인 꽃을 음미하는 것 같았다. 굳이 떠올린다면, 라오스에서 참파꽃 정도?

그리고 그 꽃이 함박꽃임을 알았을 때 나는 함박웃음을 지었다. 타인에게 돈 들지 않고도 값진 선물을 줄 수 있는 건 바로 웃음이다. 크게 웃어 주면 더 큰 선물이다. 함박웃음을 지어 준다면, 기뻐 날뛰듯이 커다란 선물을 주는 것이다. 꽃이 준 선물에 그저 웃음으로 화답한다.

산에서 자라는 목련이라는 뜻으로 산목련이라 부르는 함박꽃나무는 천녀화로 불린다. 이름만큼 천상에서나 볼법한 꽃이다. 나무 위에서 쏟아지는 햇살에 빙그르르 돌며 떨어지는 널따란 하얀 꽃잎은 천녀가 내려올 때 흩날리는 꽃송이였다. 눈 부신 햇살에 영롱하게 반짝이는 꽃잎을 보며 떠오른 단어는 순결, 우아. 청초, 고혹 등의 미려한 단어뿐이었다.

그 감동이 있고 난 후, 매년 봄이 오면 함박꽃 자라난 숲을 습관처럼 기웃거렸다. 하지만, 각주구검이라고 했던가! 바다에 칼을 떨어뜨린 사람이 칼을 찾기 위해 배에 위치를 표시한 어리석음이? 천녀가 내려오는 나무를 기억하였지만, 산속 수많은 나무 중 그 나무가 그 나무라 어느 것이 함박꽃인지 찾지 못했다. 매번 봄이 끝나고 나서야 '아! 함박꽃!' 그렇게 탄식하며 아쉬워하곤 했다.

그리고 내년에는 꼭 함박꽃을 보리라 다짐한다. 하지만, 여름이 다 돼서 그 산에 함박꽃이 있었다는 것을 기억한다. 그리고 실망감에 젖어 들고 다시 내년

[그림 81] 산목련이라 부르는 함박꽃나무

을 기다리며 또 한 해를 넘긴다.

슬프게도 지금까지 그때처럼 함박꽃이 하늘에서 내리는 것을 보지 못했다. 매번 그렇게 봄이 끝나고 나서야 함박꽃을 생각해 내고, 씁쓸하게 드라마 〈선덕여왕〉의 한 대사만 거창하게 읊조린다.

'여리고 여린 사람의 마음으로 너무도 푸른 꿈을 꾸는구나.'

[함박꽃나무] 학명 Magnolia sieboldii

목련과에 속한 낙엽 활엽 소교목. 높이 7m 정도, 잎은 어긋나고 달걀을 거꾸로 세운 모양이며 뒷면의 맥 위에 털이 있다. 5~6월에 향기 있는 흰 꽃이 피며, 열매는 타원형이고 익으면 실에 매달린 붉은 씨가 나온다.

함박꽃을 보지 못했지만, 대신 다른 목련을 보며 마음을 달랜다.

봄에 잎이 피기 전 목련, 백목련, 자목련이 피고, 잎이 돋아난 후에는 일본목련, 함박꽃나무 순서로 꽃 피운다. 먼저, 목련은 꽃잎이 6장이고 폭이 좁고 길며 바깥 꽃잎 아래쪽에 연한 붉은색을 띤다. 꽃이 필 때는 활짝 젖혀진 모습이고 우리나라가 원산지다. 영어로 Kobus magnolia라 부르는데, Kobus는 꽃봉오리가 주먹을 닮았다고 하여 주먹의 일본 발음 코부시에서 유래한다.

공원에서 흔히 보는 목련은 백목련으로 꽃봉오리가 크고 9장 꽃잎은 모두 순백색이다. 중국에서는 옥과 같다고 하여 옥란으로 부르고 외국에서는 백합같다고 하여 Lily tree로 부른다. 겨울 꽃눈이 마치 붓처럼 생겼다고 하여 목필화라고 부른다.

사실 백목련 원산지가 중국이라 영어 이름도 옥란을 그대로 발음한 Yulan이지만, 삼국시대 이전부터 이 땅에 정착했다. 그래서 꽃봉오리가 단정하고 기품 있는 백목련이 제주도 산기슭에나 볼 수 있는 목련보다 우리 정서에 더 가깝다.

지금도 교정이나 공원에서 자란 백목련 아래에서 베르테르 작품을 읽고 하얀 목련이 필 때면 떠나간 사람을 생각하니까 말이다.

자목련은 꽃잎이 자색, 즉 보라색인 목련을 말하며, 자목련과 백목련을 교배하여 꽃 안쪽은 하얗고 바깥쪽은 보라색인 것은 자주목련이라고 부른다. 일본목련은 키도 크고 잎도 가장 크다. 다 자라면 햇빛을 독차지해 다른 식물들이 자라지 못하게 한다. 하지만, 그런 모습이 오히려 보기에 시원시원하고 이국적인 느낌이다. 일본목련은 향기도 좋아 있어 향목련으로도 부른다.

[그림 82] 왼쪽부터 백목련, 목련, 자주목련

함박꽃나무는 우리나라 산골짜기 숲속에 비교적 흔하게 자라고 물을 좋아하여 계곡 주변에 많이 발견된다. 우리나라가 원산지라 Korean mountain magnolia라고도 부르며, 산에서 자라는 목련이라는 뜻으로 산목련이라고 부른다. 북녘에서도 우리처럼 함박꽃을 사랑하여 아예 국화로 지정하기도 했다.

사실 함박꽃나무는 나무에 피는 연꽃 모양의 꽃이라는 뜻보다는 함지박처럼 큰 꽃이 핀다고 하여 함박꽃나무라고 했다. 함지박처럼 크고 탐스럽게 피는 꽃은 원래 작약을 이르는 말로, 나무에 작약(함박꽃)이 피었다고 해서 함박꽃나무라 부른다. 작약처럼 화사하게 피는 꽃으로 모란이 있는데, 꽃 중에 가장 아름다운 꽃이라 하여 화중왕(花中王)이라 부른다. 신라 설총이 지은 '화왕계'에서 모란은 꽃 나라를 다스리는 왕으로 나온다. 모란은 중국의 국화이기도 하다.

함박꽃나무! 너는 이다지도 아름답더냐!

하얀 꽃잎과 붉은 수술은 마치 새하얀 옷을 차려있고 볼에 연지 곤지를 찍은 새색시와 같다. 다른 목련은 꽃이 먼저 피며 아름다움을 뽐내지만, 함박꽃나무는 잎보다 나중에 펴 잎 뒤에 숨는다. 영락없이 새색시 부끄럼 타는 것과 같다.

또한 백목련이 피는 것은 화려하지만 질 때는 허무하게 퇴락한 모습이지만, 함박꽃나무는 몇 송이 드문드문 피우더라도 질 때는 꽃잎 흐트러짐 없이 정갈하게 떨어져 아름다움을 잃지 않는다.

[그림 83] 4월의 백목련

城 남쪽에 사는 나무

제25장
때죽나무
이름을 잘 좀 짓지

야탑동에서 여수동으로 넘어가는 숲길 초입에는 성남시 향토유적 제3호로 지정된 송산 조견 묘가 있다. 조견 이름은 청계산을 오르내리면서 먼저 알게 되었다.

청계산 국사봉 정상석에는 '국사봉이 고려가 멸망하고 조선이 세워지자 청계산에 은거하던 고려의 충신 조견이 멸망한 나라를 생각하던 곳이라 하여 붙여진 이름'이라는 글이 새겨져있다. 청계산 주봉 망경대도 조견이 이 봉우리에 올라 개경을 바라보며 고려의 멸망을 슬퍼했다고 하여 망경대라 부른다.

조견 선생은 어릴 때 출가하여 절에서 승려 생활을 하다가 늦은 나이에 환속하여 벼슬을 얻었다. 고려가 멸망하고 조선이 건국되었을 때, 형 조준은 이성계를 새 왕으로 추대하는 데 앞장서 개국공신 1등 평양백에 봉해졌고, 조견 역시 형과 함께 조선을 개국한 공로로 개국공신 2등 평안군에 봉해졌다. 당시 여말선초 격변기는 왕족과 고려를 따르던 신하들이 무참하게 살해된 때였다. 방법도 잔인하기 이를 데 없어 왕씨 성을 가진 사람들은 섬에 몰아놓고 바닷물 속에 모조리 수장시키고 도망친 사람들도 찾아내서 죽여버렸다. 고려의 충신들은 두

문동에 은거하며 새 왕조와 담을 쌓고 두문불출하다 결국 모두 불에 타 죽고 말았다.

반면, 조견은 조선 개국공신으로 벼슬도 받고 나름 여생을 편안하게 살았는데 어찌 고려 충신이라고 하는지 의아했다. 비록 선생의 본명은 조윤이었으나, 고려가 멸망한 것을 한탄하며 자신의 이름을 개가 들어간 견(犬) 자로 고쳐 조견으로 고쳤다지만, 당시 고려 충신들이 어떻게 비극적인 최후를 맞았는지를 알면 단지 이름만 낮추어 바꾸었다고 과연 고려 충신이라 불러도 되는지 모르겠다.

[그림 84] 조견 선생 묘소. 성남향토 문화재 제3호

멀리 갈 것도 없다. 태재고개 너머 광주시 신현리에 김자수 선생 묘가 있다. 여기 신도비는 다른 묘와 달리 특이하게 누워있다. 까닭은 이렇다. 김자수 선생은 고려왕조가 무너지자 관직을 버리고 고향에 내려와선 자신이 죽어도 비석은 세우지 말라고 유언하고 자결했다. 하지만, 후손들은 자손 된 도리로 차마 비석

을 만들지 않을 수 없어서 그 묘안으로 비석을 세우지 않고 대신 눕혀 놓았다.

용인시 모현면에는 정몽주 선생 묘가 있다. 거기 묘소에는 정몽주 선생의 어머니가 아들을 훈계하기 위해 지은 '까마귀 싸우는 골에 백로야 가지 마라.'로 시작하는 시조가 비석에 새겨져있다. 결국 어머니의 훈계대로 고려의 충신으로 살다가 선죽교에서 태종 이방원에게 죽임을 당했다.

그럼 조선 전기에는 조선의 개국공신으로, 조선 후기에는 고려의 충신인 조견을 어찌 볼 것인가! 지난달 성남시청 너른못에서 백일장을 개최하여 선생의 충절을 기렸는데, 참으로 혼란스럽기만 하다.

머리 좀 식히려고 마실 나왔다가 머리가 더 뒤죽박죽되어 묘소 뒤쪽으로 난 길을 더 걷는다. 여기 길은 마실길로 이름 지었다. 마실길은 야탑동에서 하대원동으로 이어진 길로 옆 마을로 마실 나가듯 걸을 수 있는 숲길이라는 뜻이다. 나름 신도심과 구도심 간 차이와 경계를 허물고 이웃 동네처럼 길로 연결하고자 함이다.

마실길 따라 묘소에서 고개를 넘어가면 때죽나무 군락지가 바로 나온다. 산속에서는 드물게 때죽나무가 하늘을 모두 가릴 만큼 꽤 넓은 자리를 차지하고 있다.

때죽나무란 이름의 유래는 여러 가지다. 그만큼 우리 곁에 오래 머물렀기 때문이다. 먼저 때죽나무 줄기 껍질은 거무죽죽한 흑갈색으로 때가 죽죽 나서 때죽나무라고 부른다.

다음은 열매가 동글동글하고, 반질반질하여 여럿 매달린 것이 마치 스님들 새벽 예불할 때 파르라니 깎은 머리와 같다고 하여 중들이 떼로 있다는 떼중나무에서 때죽나무가 되었다.

또, 열매가 독성이 있어 이를 짓이겨 물에 풀어 놓으면 물고기를 떼로 죽인다고 하여 떼죽나무에서 때죽나무가 되었다. 이런 독성은 사람에게는 마취 효과가 있어 타박상이나 골절에 약재로 쓰인다.

다른 어원으로 때죽나무 열매로 빨래하면 때가 쭉쭉 빠져나가기 때문에 때쭉나무로 부르다가 때죽나무로 부르기도 한다. 실제로 각지 숲속 교실에서는 때죽나무 열매로 천연 비누를 만드는 체험을 한다. 아이들에게 때죽나무 열매를 망치로 몇 번 콩콩 찧고 그릇에 담아 휘젓게 하고 거품이 나면 손의 때를 씻어 깨끗하게 한다.

때죽나무를 대할 때마다 항상 드는 의문 한 가지! 우리 조상들은 나무 이름

[그림 85] 때죽나무 군락지 (야탑동)

을 왜 그리 비루하게 짓는지 모르겠다. 열매가 쥐똥 같다고 쥐똥나무나 나무줄기가 버짐 핀 것처럼 얼룩졌다는 버즘나무, 나무에서 말 오줌 냄새난다고 말오줌나무라는 이름을 보면 도대체 선조들은 나무에 대하여 어떤 미학적인 관점이 있었는지 궁금하다.

구기자나무란 이름도 순우리말은 괴좆나무다. 식물학자도 이름이 너무 민망하여 나무 이름으로 바꿨다. 차라리 북한처럼 쥐똥나무는 검정알나무로, 버즘나무는 방울나무로 부르는 게 낫다.

예부터 귀여운 아이일수록 개똥이, 소똥이라는 천한 이름으로 부른 것은 행여나 사랑스러운 아이들이 귀신에게라도 눈에 띄어 역병이라도 걸릴까 봐 그런 못난 이름으로 불렀다. 사람은 그렇다 쳐도 땔감으로 쓰는 나무에 그런 식으로 작명했을 리 없다.

때죽나무 이름만 들으면 참 못생기고 지저분할 것 같지만, 때죽나무는 무척 아름다운 나무다. 중국에서는 때죽나무를 흰 꽃이 옥으로 만든 종과 같다고 하여 옥령화로 부르고, 서양에서도 눈처럼 하얀 종이 매달린 것과 같다고 해서 Snowbell로 부른다. 외래종 미국때죽나무는 Silver Maple, 이름 그대로 은종나무로 부른다.

[때죽나무] 학명 Styrax japonicus Siebold & Zucc

때죽나뭇과에 속한 낙엽 활엽 교목. 활엽수이며 높이는 10m 정도이다. 잎은 어긋나고 잎자루가 짧다. 늦봄에 2~5개씩 흰 꽃이 늘어져서 핀다. 동그란 갈색의 씨로는 기름을 짜고, 목재로는 기구 따위를 만든다. 산기슭이나 산중턱의 양지바른 곳에 분포한다.

때죽나무꽃은 봄에서 여름으로 넘어갈 때 가지 맨 위로 흰색 꽃이 나란히 꽃차례로 핀다. 꽃부리는 1~2cm이고 가지 끝에 달린 꽃은 아래를 향하여 늘어진 것이 마치 하얀 종이 매달려 있는 것 같다. 때죽나무꽃은 쪽동백나무꽃과도 닮았다. 열매도 비슷해 헷갈리기 쉽지만, 때죽나무는 대여섯 송이가 듬성듬성 모여 달리고 쪽동백나무는 수십 송이 모여 가지에 달리고 향기가 짙다. 그래서 쪽동백나무는 외국에서 Fragrant Snowbell로 부른다.

이름이란 존재를 함축적으로 표현해주고 자기 자신을 나타내는 고유 의미다. 꽃을 꽃이라 부르면 꽃을 보는 것이고, 풀이라 부르면 그저 흔한 풀로 스쳐 잊힐 뿐이다. 숲에서 은종나무를 부르면 바람 소리에 하얀 종소리가 들리고, 때죽나무로 부르면 손 대기도 싫은 시커먼 나무로 남는다.

때죽나무 꽃말이 겸손인 이유가 아름다운 꽃망울이 지긋이 고개 숙이고 있고, 때가 죽죽 껴있다고 해도 그저 하얗게 방긋 웃기 때문이 아닐까! 이왕 미국때죽나무를 은종나무라고 부른다면, 때죽나무도 그냥 은종나무로 부르면 좋지 않을까? 대신 미국때죽나무는 미국은종나무가 되고

[그림 86] 때죽나무 열매와 꽃

때죽나무 군락지를 벗어나 다시 조견 선생 묘를 지난다. 또 헷갈린다. 조견은 고려의 충신인지 아니면 조선의 공신인지! 가뜩이나 때죽나무가 때쭉인지 떼죽인지 아니면 떼중인지 헷갈리기만 한데…

제26장
영춘화
누가 먼저 봄을 맞이하나!

새해는 남한산성 영춘정에서 맞이하였다. 간밤에 진눈깨비가 내렸는지, 성곽 기와마다 잔설이 하얗게 얼어붙었다. 산성은 산 능선을 따라 구불구불 이어져 있다. 봄부터 가을까지 잎사귀가 무성한 나무 탓에 성곽이 보이질 않았다. 겨울이 되니 헐벗은 나무 뒤로 산성의 위용이 드러났다. 하지만, 산성은 자연을 압도하지 않았다. 전쟁을 대비하여 지은 험준한 성벽조차 부드러운 산줄기를 닮은 곡선이다. 우리나라 옛 건축물은 한결같이 자연을 거스르는 법이 없다.

성곽 위 하얀 눈이 쌓이니 조지훈의 〈승무〉의 시구절이 생각난다.

'돌아설 듯 날아가며 사뿐히 접어 올린 하얀 외씨버선이여!'

그렇다면 하얀 눈 사이로 듬성듬성 보이는 소나무 푸른 바늘잎은 박사 고깔에서 내비친 파르라니 깎은 머리가 되겠다.

남한산성에 세운 영춘정(迎春亭)은 봄을 맞이하는 정자란 뜻이다. 산성 남문에서 수어장대 오르는 성곽길 높은 곳에 있어 봄을 제일 먼저 볼 수 있다. 산기

[그림 87] 산능선과 어우러진 성곽

숲마다 붉은 진달래를 시작으로 생강나무와 개나리가 노란 꽃을 피우면 숲은 여러 빛깔로 울긋불긋 야단스럽다. 영춘정은 그런 봄의 기운을 만끽하는 곳인데, 한겨울 산천이 얼어붙은 꽁꽁 얼어붙은 때 해돋이를 보는 명소라니 아이러니하다.

남한산성 천주봉으로 옮기기 전, 영춘정은 원래 창곡동 산허리에 있었다. 산중턱에서는 봄이 오는 모습을 모두 아울러서 볼 수 없었다고 생각했는지, 정자를 산성 봉오리 위로 옮겼다. 하지만 그 뒤로 정작 영춘정에서 봄은 볼 수 없게 되었다. 봄이 오는 소리는 작아서 가까이 봐야 한다는 것을 간과한 탓이다. 새가 지저귀고, 샘이 올라오고, 꽃눈이 터지는 소리를 들으려면 산속에 들어가야 한다. 성곽 위에 정자를 짓고 산을 내려다보면 장렬한 해돋이는 볼 수 있을지언정, 수줍어 살금살금 오는 봄은 볼 수 없다.

옛 영춘정 자리는 이제 주춧돌 몇 개와 기단석 흔적만 빈터로 남았다. 등산하던 사람들이 널찍한 터에서 종종 쉬어가더니, 조금씩 휴게 공간으로 탈바꿈되었다. 빈터에는 단풍나무, 은행나무, 무궁화를 조경수로 심었다. 길가에는 개나

리가 자라났다. 영춘정 헐린 옛 자리에 개나리꽃이 자리를 지켜 봄소식을 알려
주니 참 반갑다. 개나리는 이른 봄에 노란 꽃이 피기에 영춘화로 불린다.

노란색은 봄을 알리는 색. 수백 송이 수천 송이 줄기마다 활짝 피면, 마치 노
란 병아리들이 뛰쳐나와 '봄이 왔어요!' 삐악삐악 노래한다. 개나리 원산지
는 우리나라로 우리 산, 들 어디에든 지천으로 잘 자라난다. 학명도 Forsythia
koreana다.

[그림 88] 봄을 맞이하는 영춘화로 불렸던 개나리 (옛 영춘정)

영국의 한 식물학자가 개나리를 유럽으로 전파한 이후로는 개나리꽃의 앙
증맞은 모습에 유럽 각지로 널리 퍼졌다. 노란 꽃이 마치 금종과 같다고 하여
Golden bell tree로 불리며 사랑받는다.

개나리 한자 이름 연교(連翹)는 열매에서 비롯되었다. 개나리 열매가 연꽃의
열매와 비슷하여 '연'이란 글자를 따왔고, '교' 자는 꼬리라는 뜻으로, 꽃가지가 새

꼬리와 닮아 붙여졌다. 골든벨이나 연교 모두 개나리의 귀여움을 잘 표현했다.

정작 개나리 원산지인 우리나라는 나리꽃보다 볼품없다고 해서 개란 접두사가 붙여 개나리로 천대한다. 이런 이름의 나무로 개복숭아, 개살구, 개망초, 개오동, 개두릅, 개싸리, 개벚나무 등등 많다. 그 자체로 기품있고, 독특한 나무인데, 꼭 옆집 잘난 나무와 비교해서 멀쩡한 나무를 반푼이처럼 부른다.

개나리는 물푸레나무과 나무다. 백합과에 속하는 여러해살이 화초인 나리와 비교하는 것은 얼토당토않다. 꽃이 크고 화려한 우리나라 나리꽃은 세계 어디를 내놔도 뭐 하나 빠지지 않는 지극히 아름다운 꽃이다. 처음 조선에 발을 디딘 이방인들은 한결같이 나리를 보고 홀딱 반했다. 숲길을 걷다 홀로 피어난 나리꽃을 보자면 이렇게 어여쁜 꽃이 외진 곳에 필 수 있는지 감탄하지 않을 수 없다.

고고하고 아름다운 나리꽃과 비교하여 개를 붙이지 않을 꽃이 어디에 있단

[그림 89] 산속에 홀로 피어난 중나리꽃 (청계산)

말인가! 하필 개나리가 나리 옆에 있는 바람에 애꿎게도 개나리로 불린다. 화려하고 우아한 나리꽃은 나리꽃대로, 앙증맞고 귀여운 개나리꽃은 그 자체로도 어여쁘다.

혹시 개나리가 워낙 산야에 많이 자라나다 보니 지천(至賤)에 있다고 개란 접두사를 붙여 천(賤)하게 부르는 것이 아닌가 생각도 했다. 그런데 나리도 우리나라 산과 들 지천에서 자라는 들풀이다.

한글이 만들어지기 전, 개나리의 표기는 한자를 빌려 써서 犬那里였다. 犬는 한자의 훈으로 개, 那里는 음으로 읽어서 나리로 옛날부터 개나리로 불렸다. 개나리에 얽힌 설화는 한술 더 뜬다.

어느 부잣집에 한 스님이 시주를 청하였더니 자기 집에는 개똥밖에 없다고 야멸차게 박대하니, 스님이 개똥이 가득 든 소쿠리를 놔두었다. 화가 난 주인이 소쿠리를 담 밖에 버리자 이듬해 개똥에서 꽃이 피길래 이를 개나리라 불렀다. 설화치곤 참 야박하다.

[개나리]　학명 Forsythia koreana

물푸레나뭇과에 속한 낙엽 활엽 관목. 양지바른 산밑에 잘 자라고, 높이는 3m 정도이며 가지가 많은데 이른 봄 잎이 나오기 전에 노란 꽃이 먼저 핀다. 관상용으로 많이 심으며, 뿌리와 줄기, 씨는 모두 한약재로 쓰는데 특히 씨는 항균 작용이 좋다.

개나리와 비슷한 꽃으로 영춘화가 있다. 개나리보다 조금 일찍 봄을 맞이하여 이름 그대로 봄을 맞이하는 꽃이다. 영춘화 원산지는 중국으로 개나리와 사뭇 다른 대접을 받았다. 궁궐이나 양반집 뜰이나 담장에 심어 귀하게 길렀고, 영춘화를 어사화로 부르기도 했다. 과거에 장원급제하면 임금님은 손수 영춘화를 선비에게 내려주었고, 선비는 영춘화를 모자에 꽂으며 금의환향했다.

멀리서 보면 영춘화와 개나리가 헛갈린다. 이른 봄 잎보다 노란 꽃이 먼저 피고, 가지를 늘어뜨린 모양도 서로 닮았다. 가까이서 보면 영춘화 꽃잎은 6장이고 활짝 펼쳐져있다. 개나리는 꽃잎이 4장으로 오므려 든 모습이다. 나뭇가지 색은 개나리가 갈색이고 영춘화는 초록색이다. 영춘화는 일본에서는 매화처럼 꽃이 빨리 핀다고 황매라고 부르며, 서양에서는 겨울 재스민이라고 부른다.

이른 봄에 노란 꽃이 피는 나무로 장수만리화도 있다. 우리나라가 원산지로 꽃 모양은 개나리와 비슷하나 키가 더 크다. 줄기는 휘어지지 않고 꼿꼿하게 자란다. 북한 황해도 장수산에서 자라며, 꽃향기가 만 리까지 퍼져 장수산향수꽃나무라고도 불린다.

[그림 90] 왼쪽부터 개나리, 영춘화, 장수만리화

봄에 그윽한 꽃향기를 풍기는 장수만리화 꽃말은 봄의 감동. 개나리는 봄이 가져다주는 희망이란 꽃말이 있다. 영춘화의 꽃말은 사랑하는 마음.

오호라! 올해는 빈 화분에 영춘화를 심어야겠다.

불
곡
산

제27장

모감주나무

씨앗에서 깨달은 참다운 자유

불곡산은 성남시와 광주시, 용인시를 경계짓는 성남누비길 제4구간 주봉이다. 주봉이라지만 높이는 345m에 불과하여 인근 주민들이 마실 나가듯 가볍게 오르내리는 산이다. 불곡산 유래는 분당신도시 개발 당시 이곳 지형을 조사할 때 골짜기마다 절터가 있었고 큰 절골, 작은 절골 또는 부처골이라는 지명이 있어 한국토지공사(구 LH) 측이 이 산을 부처님 골짜기라는 뜻으로 불곡산(佛谷山)이라 명명했다.

사실, 불곡산은 이름 없는 산이 아니었다. 불곡산으로 불리기 전, 신령스럽고 영험이 많다고 하여 산신제까지 지내던 성덕산이었다. 그 외에 성남과 광주를 잇는 가장 큰 고개인 태재고개 밑에 있다고 하여 태밑산, 또는 임진왜란 당시 군사들이 이곳에 진을 치던 산이라서 임진봉이란 이름도 있다.

부처님 골짜기라는 이름처럼 불곡산에는 대광사와 골안사라는 사찰이 있다. 산줄기 하나 떨어져 있지만, 분위기는 사뭇 다르다. 대광사는 근래 생긴 절로 템플스테이를 운영할 정도로 규모가 크다. 사찰 내 미륵보전은 3층 건물로 단일 목조건물로는 세계 최고다. 전 안에 모셔진 금불상 또한 높이가 17m에 이르러 그 크기와 웅장함에 주눅이 들 정도다. 삼배를 드리다가 고개 들어 부처님과 눈이 마주쳤다간 불경하다 하여 항마촉지인으로 짓이길 것 같다.

반면 골안사는 250년 전 조선 후기에 창건된 절로 일주문도 없는 작은 절이다. 대웅전은 3칸짜리로 허름한 암자와 같고, 안에는 1m 남짓 금동으로 만들어진 삼존불이 안치되어 있다. 그중 가운데 본존불은 원래 석불이었으나, 전 안에 모시기에는 돌이 너무 투박하여 금동으로 다시 도금했다. 애초 돌부처였다 보니, 신체 비례가 맞지 않고 머리도 매우 커서 존엄한 모습보다는 마치 같이 장난치고 싶어 하는 모습이다. 그래서인지 불곡산 산행하는 사람들로 경내가 늘 소란스러워도 부처님은 개의치 않고 방그레 웃고 있다.

[그림 91] 대광사 본존불(左)과 골안사 본존불(右)

대광사와 골안사가 위치한 불곡산 골짜기는 탄천과 맞닿는데, 그 길 따라 모감주나무가 그렇게 많이 자랐다. 탄천에서 흔히 보는 갯버들이나 족제비싸리보다 모감주나무가 더 많이 보일 정도다.

모감주나무 원산지는 우리나라를 비롯한 중국, 일본 등 동아시아 지역이다.

중국이나 일본에서 모감주나무는 근심과 걱정이 없게 해주는 나무라는 뜻으로
목환자라고 부른다. 우리나라도 아픈 곳을 낫게 해 주어 무환자 옛말인 모관쥬
에서 변음되었다.

모감주나무는 보리수처럼 불교와 인연이 깊다. 이는 모감주나무 열매로 스
님이 손목에 차는 염주를 만들었기 때문이다. 그래서 불가에서는 모감주나무를
보리수와 함께 염주나무라고 부른다.

[그림 92] 모감주나무 열매 여름, 가을, 겨울

워낙 불가와 인견이 깊다 보니, 모감주나무 어원을 묘각주라 하기도 한다. 묘
각(妙覺)이란 높고 오묘한 진리에 대한 깨달음으로 여기에 구슬 주(珠)를 붙이
면 묘각주가 되고 차츰 모감주로 변했다. 또, 씨앗으로 염주를 만들면 매우 단
단하여 오래 사용할 수 있어, 닳고 닳은 구슬이란 뜻을 한자 그대로 옮겨 모감
주(耗減珠)나무라고도 한다. 그래서 모감주나무 씨앗이 굳건하고 단단한 지혜
와 같다고 하여 금강자라고 한다. 모감주나무 씨앗은 변치 않았으며, 변치 않는
만큼 높은 지혜를 가진 스님들이 염주를 만들어 지녔다.

모감주나무 학명 중 종명인 paniculata는 원뿔 모양이라는 뜻으로 꽃이 피면
원뿔을 거꾸로 세운 것 같다고 하여 지어졌다. 영어 이름은 Golden rain tree다.
늦여름 노란색 꽃이 지기 시작하면, 마치 황금비가 내리는 것 같다고 하여 붙은

[그림 93] 모감주나무 노란 꽃, Golden rain tree

이름이다. 황금비가 내리면 농사를 짓던 우리 선조들은 본격적으로 장맛비가
시작되는 것임을 알고 물고랑을 내며 미리 대비했다.

　　모감주나무는 자라면 크기는 약 7~10m에 달하고, 둥글게 잡힌 수형은 보기
에도 좋다. 토양에 상관없이 햇빛만 비치면 어디서든 잘 자란다. 불곡산 등지에
서 자주 볼 수 있는 이유도 추위나 공해에 강하고 씩씩하게 자라기 때문이다.

　　그런데, 정작 모감주나무는 세계적으로 희귀종이다. 동아시아에만 분포하고
자생지도 드물어 산림청에서 희귀식물로 지정했다. 옛날에도 모감주나무는 귀
한 나무였다. 신분이 높은 가문끼리 서로 모감주나무를 예물로 주고받았으며,
사찰에서도 일반 스님은 피나무나 보리자나무로 염주 알을 만들었지만, 나이가
많고 지위가 높은 고승들은 모감주나무 씨앗으로 염주를 만들었다.

[모감주나무] 학명 Koelreuteria paniculata Laxmann

무환자나뭇과에 속한 낙엽 교목. 활엽수이며 높이는 10m 정도다. 잎은 깃꼴 겹잎으로 어긋맞게 난다. 6~7월에 노란 꽃이 원추 꽃차례로 핀다. 가을에 '모감주'라고 이르는 주머니 모양의 열매가 익는다. 주로 정원수로 재배되고 씨는 염주를 만드는 데 쓰인다.

씨앗은 꽈리처럼 부푼 열매에서 얻는다. 꽃이 지면 그 자리에 초록색 열매가 생기며, 차츰 부풀어 오르다가 가을이 되면 꽈리는 바삭바삭 건조해져 갈색으로 변한다. 그러다가 겉껍질이 셋으로 쪼개지며 반질반질한 씨앗이 나온다. 바로 그 씨앗으로 염주를 만든다.

검은 씨앗이 단단하고 제법 묵직해도 뿌리내릴 곳을 찾아 멀리까지 여행할 수 있다. 씨앗은 바람을 타고 멀리까지 날아갈 수 있는데, 바싹 마른 씨방이 씨앗에 붙은 채 날개 역할을 하며 씨앗을 최대한 멀리까지 보낸다.

심지어 안면도 모감주나무 군락지는 중국 산둥반도에서 씨앗이 서해를 건너와 이룬 것이다. 보통 다른 나무 씨앗들은 물에 빠지면, 물에 퉁퉁 불어 며칠 만에 썩고 만다. 하지만, 모감주나무 씨앗은 씨방과 함께 떨어져 물에 둥둥 뜰 수 있다. 씨방에 공기 방울이 있기에 모감주나무 씨앗은 물에 젖지 않고, 갈색 씨방을 쪽배 삼아 서해를 건너 우리나라 뭍에 뿌리를 내린 것이다. 안면도뿐만 아니라 중국과 접하고 있는 바닷가에는 모감주나무 군락지가 많이 분포하고 있다. 불곡산 골짜기에서 흐르는 물이 탄천까지 이르니 탄천 물길 따라 모감주나무가 자라는 것도 이해하겠다.

요즘 공원이나 정원에 모감주나무꽃이 아름답고 피는 기간도 길어 많이 심는다. 비단 꽃피는 시기뿐만 아니라 사계절 내내 나무와 벗할 수 있다. 봄에는 작은 잎이 잎자루 양쪽으로 나란히 붙어 깃꼴 모양이 되어가는 것을 보는 즐거움이 있다. 여름이 되면 황금꽃이 비처럼 내리는 것을 보고, 가을에는 갈색 꽈리가 요란히 춤추며 노래하는 것을 듣고, 겨울이 되면 삭풍에 눈맞아가며 바스락거리는 꽈리를 보며 후년을 기약하는 눈인사를 나눈다.

[그림 94] 모감주나무 열매와 씨앗

모감주나무의 꽃말은 참다운 자유라고 한다. 그러고 보니 염주나무라고 불리는 모감주나무의 뜻 따라 부처님은 어디에도 얽매이지 않는 자유로운 마음을 가르치셨다.

제28장

떡갈나무

반보기에서 떡을 싸주던

떡갈나무가 무성한 곧은길 고개는 지금에야 호젓하게 걷는 산길이지만, 옛날로 치면 사람들로 붐비는 주요 도로였다. 산에서 두세 사람 나란하게 걸을 정도면 그 당시 기준으로 대로였다. 예전 율동 사람들이 광주 관아에 갈 때 이 고개를 넘었으며, 길이 가도 가도 끝이 없다고 하여 매우 긴 산길을 뜻하는 곧은길로 불렀다.

곧은길 고개를 넘으면 바로 광주시 직동이 나온다. 곧은골을 한문으로 옮긴 것이다. 사실 '곧'이란 글자는 직선을 뜻하는 말이 아니고, 매우 길고 길다는 순우리말이다. 그러므로 한자로 바꾼다면 곧을 직(直)이 아닌 길 장(長)을 쓰는 게 맞다. 그럼, 장동이 되는가?

마을 이름들을 억지스럽게 한자로 바꾼 이유는 예전 토지조사사업 중 우리말 지명 표기를 행정 편의상 한자로 바꾸었기 때문이다. 곧은골이 직동(直洞)이 된 것처럼, 섬마을은 도촌(島村), 널다리는 판교(板橋)로 바뀌었다. 정작 중앙 집권 시대에서 수도 서울만 우리나라 도시 중 순우리말 지명으로 남았다. 지금이야 말도 안 되는 말이지만, 당시 아기 이름을 예쁜 우리말로 지어 동사무소에

가면 민원대 앉은 서기보시보가 이름을 한자로 바꾸라고 타박했다.

아무튼 곧은골 고개는 마을과 마을이 산에 막혀 왕래가 힘들 때, 사람들이 그나마 쉽게 드나들 수 있는 통로였다. 특히, 산 너머 동네로 시집간 아낙네들이 반보기로 만나는 만남의 장소였다. 반보기란 시댁과 친가 중간 위치에서 가족을 하루 절반만 만나는 일이다. 한자로는 길 중간에서 만난다고 중로상봉(中路相逢)으로 쓴다.

[그림 95] 떡갈나무 낙엽 무성한 숲 (곧은골고개)

조선시대는 부녀자들의 외출이 자유롭지 못했고 시집가면 출가외인이라 일가친척을 자주 볼 수 없었다. 정말 가족이 사무치게 보고 싶을 땐, 가을걷이가 끝나 일거리가 줄어들 때쯤 양가 중간 지점에서 잠깐 만나곤 했다. 마을과 마을 중간은 대부분 산속 고개지만, 피붙이를 만나러 가는 길에 이깟 산길은 한달음에 올랐을 것이다. 속담 중에 '근친 길이 으뜸이고 화전 길이 버금이다.'란 말처럼.

아낙네가 된 어린 딸을 보는 엄마는 베적삼이 흠뻑 젖어 우는 딸을 달래며 보자기에서 정성껏 떡갈나무 잎으로 싼 떡을 꺼내 준다. 떡갈나무 잎은 두껍고 털이 촘촘하여 떡을 찔 때 떡 사이에 넣어 떡이 달라붙는 것을 막는다. 떡갈나무 이름 자체가 떡을 찔 때 넣는 참나무란 뜻으로 떡갈이나무에서 나왔다. 잎도 크고 방부 효과도 있다. 게다가 잎 향기도 좋아 떡을 싸기에 안성맞춤이었다. 딸을 보러 나온 엄마의 보자기에는 떡갈나무 잎으로 정성스럽게 싸인 떡이 딸의 설움을 달래 주었다. 잎자루가 짧은 떡갈나무는 참나무 중 잎이 가장 커서 떡을 싸기 알맞다.

[그림 96] 완연한 여름 하늘을 가리고도 남을 떡갈나무 넓은 잎

우리나라 숲 우점종은 단연 참나무다. 참나무는 우리나라 숲에서 차지하는 비율이 35%가 넘는지라 어느 숲에 가도 이곳 식생은 참나무가 많다고 해도 틀린 말은 아니다.

참나무는 우리나라에 대표적으로 여섯 종이 있다. 먼저 밤나무처럼 잎이 길고 가는 형태로 상수리나무와 굴참나무가 있다. 이중 굴참나무 잎 윗면은 흰색이다. 굴참나무는 나무껍질 코르크가 워낙 골이 지고 두꺼워 껍질만으로도 금세 알아볼 수 있다. 나머지는 잎이 달걀을 거꾸로 한 모양으로 넓다. 그중 잎자루가 2cm 내외로 있는 것이 졸참나무와 갈참나무다. 이중 졸참나무 잎은 졸병참나무라는 별명처럼 제일 작다. 그리고 도톰하며 잎 뒷면에 털이 있다.

나머지 신갈나무와 떡갈나무는 잎자루가 없고 잎이 좀 더 크고 뭉툭하다. 크기로 비교할 때 신갈나무 잎은 한 손바닥을 활짝 편 크기고, 떡갈나무 잎은 두 손바닥을 붙여서 활짝 편 크기다. 떡갈나무 잎을 보면 마치 열대 나무처럼 시원시원하다.

[그림 9기 떡갈나무 줄기, 잎사귀, 열매

가끔 한여름 떡갈나무 아래를 지나가 보면 작렬하는 햇빛을 막아 주는 커다란 잎이 무척 반갑다. 숲길에서 손바닥만 한 잎사귀들만 보다가 떡갈나무 잎을 보면 정말 그 크기에 놀란다. 고만고만한 크기의 나뭇잎들을 보다가 떡갈나무 잎사귀가 바람에 나부끼고 있으면 좀 과장을 보태어 코끼리 귀가 펄럭이는 모습 같다.

이쯤 되면 떡갈나무잎으로 싸는 떡은 송편처럼 조무래기가 아닌 백설기를 싸고도 남을 성싶다. 그래서 떡갈나무 이름이 커다란 잎이 나뭇가지에 '떡' 하니 붙어있어서 떡갈나무라고 부르는 것 같다. 그만큼 떡갈나무 잎은 크고, 그래서 아름답다. 잎이 아름답다는 표현은 꽃도 열매도 볼 수 없는 떡갈잎고무나무가 오직 떡갈나무 잎과 닮은 이유만으로 관상용으로 키우는 것만 봐도 알 수 있다.

[떡갈나무] 학명 Quercus dentata Thunb

참나뭇과에 속한 낙엽 활엽 교목. 잎은 길둥글고 두꺼우며 가는 톱니 모양으로 되어 있다. 늦봄에 황갈색의 잔꽃이 피고, 가을에는 길이 2cm가량의 열매가 갈색으로 익는다. 잎은 마른 뒤에도 겨우내 붙어있다가 다음 해 봄에 새싹이 나올 때 떨어진다.

떡갈나무 잎의 특징은 가장자리에 큰 물결 모양의 굵은 톱니다. 잎 뒷면에는 긴 털이 촘촘하게 있어서 떡 사이사이 잎을 넣으면 떡이 달라붙지 않는다. 여러 장 겹치면 제법 푹신하여 산길에 지치면 떡갈나무 잎 몇 장을 따서 방석으로 사용할 수 있다. 잎이 두꺼우니 땅의 찬 기운도 막을 수 있어서 사용하기 손색이 없다.

떡갈나무를 가끔 가랑잎나무라고 부른다. 한여름 풍성했던 떡갈나무 잎이 찬 바람에 바싹 말라 서걱거리는 소리를 내면 구슬프다. '엄마야 누나야 강변 살자'라는 노랫말 중 뒷문 밖에 노래하는 갈잎이 바로 떡갈나무 잎이다. 넓은 잎사귀가 바람이 이리저리 흔들리며 비벼대는 소리는 숲길 걷는 내내 말을 잊고 조용히 갈잎의 노래를 듣게 한다. 떡갈나무잎은 겨울에 눈을 맞아도 나뭇가지에 매달려 나부끼니 겨울 산에서 잎이 부르는 노래를 들을 수 있다.

떡갈나무의 꽃말은 강건함. 떡갈나무는 건강한 숲을 만드는 데 큰 역할을 한다. 열매는 다람쥐 같은 야생동물을 먹이고, 나무의 진은 사슴벌레나 풍뎅이 먹이가 되어 생태계를 건강하게 만들어 준다.

[그림 98] 곧은골 고개 떡갈나무 군락지

제29장
산수유나무
꺼지지 않는 사랑의 불빛

불곡산 기슭에는 대광사라는 큰 절이 있다. 여기에는 동양 최대 목조 건물인 미륵보전이 있고, 안에는 우리나라 최대 크기의 미륵대불이 모셔져 있다. 불상의 크기는 17m로 금박과 금분으로 화려하게 장식되었다. 밖에는 수령이 500년이 휠 넘는 산수유나무가 아름드리로 자랐는데, 봄마다 금붙이로 치장한 것처럼 노란 꽃송이가 화려하다.

사찰 경내나 넓은 정원에서 조경수로나 볼 수 있었던 산수유나무가 요즘 들어 길가에서 눈에 띄기 시작한다. 차도와 보도를 구분하는 가로수로 산수유나무를 심는 지역이 점차 늘어나기 때문이다.

산이 아닌 도로에서 살아야 하는 가로수는 무턱대고 아무 나무나 심지 않는다. 먼저 병충해와 공해에도 죽지 않고 잘 살아야 한다. 가뭄이나 추위에도 아랑곳하지 않아야 한다. 그리고 보기에 수형이 아름다워야 한다. 이런 까다로운 조건에 부합하는 나무로는 은행나무와 양버즘나무, 느티나무, 벚나무가 있다.

생각건대 가로수 역할 중 하나가 계절을 알려주는 것이 아닐까 싶다. 아스팔트와 콘크리트 도로는 사계의 변화와 무관하다. 가로수 덕분에 계절이 바뀌고

도심 풍경이 달라진다. 그런 점이라면 산수유나무가 가로수로 적격이다. 다른 가로수는 잎이 무성한 여름과 가지가 앙상한 겨울을 알려준다면, 산수유나무는 사계를 알려 준다.

산수유나무는 계절마다 저 나름대로 뽐내는 아름다움이 있다. 그래서 산수유나무를 통해 봄이 오고 여름이 가고 가을이 오고 다시 겨울이 지나가는 것을 알았다. 내가 주로 다녔던 도로에는 산수유나무가 가로수로 자란다. 출근길에 아무리 바쁘더라도 계절이 바뀔 때마다 산수유나무 앞에서 발걸음을 멈춘다. 그리고 그저 바라본다.

[그림 99] 대광사 앞 산수유나무

먼저 이른 봄. 개나리가 꽃망울 채 피우기 전, 산수유나무 노란 꽃망울이 앙상한 가지에서 부풀어 오른다. 거리에서 겨울 찬바람을 맞으며 봄은 언제 올 것인지 정말 오기나 하는 것인지 의문일 때, 비로소 산수유 노란 꽃망울을 보고서 봄이 온 것임을 알았다. 그리고 노란 꽃이 붙어있는 나뭇가지 채 꺾어 건네주며 봄소식을 알려주곤 했다. 첫사랑은 그렇게 시작되었었다.

간혹 짓궂게도 늦게 내린 눈에 꽃망울이 파묻혀도 산수유나무는 추위를 무릅쓰고 기어이 꽃을 피워 낸다. 그것도 펑 하니 터뜨리듯 나뭇가지마다 노란색 꽃들이 잔뜩 핀다. 자세히 보면 꽃잎 4개로 이루어진 작은 꽃 수십 개가 꽃대 끝에서 방사형 모양으로 핀다. 꽃 모양이나 피는 시기가 생강나무와 비슷하지만, 나뭇가지를 보고 생강나무와 산수유나무를 구분한다. 산수유나무는 나무껍질이 비늘 조각같이 벗겨지고 특이한 무늬가 있다는 점이 생강나무와 다르다.

여름이 오면 산수유나무를 심은 길은 시원한 그늘 길이 된다. 봄에 댓잎을 닮은 연두색 잎사귀는 커가면서 큼직큼직한 타원형이 된다. 잎 가장자리까지 둥글게 이어지고 색은 짙고 윤기가 흘러 햇빛을 받으면 초록빛 수면처럼 반짝반짝 빛난다.

[그림 100] 산수유나무 초가을(左)과 한겨울(右)

가을이 오기 시작하면 열매가 붉게 익기 시작한다. 지름 1.5cm쯤 되는 긴 타원형 핵과가 빨갛게 익는데 그 속에 단단한 씨가 있다. 산수유란 이 열매를 가리키는 말로 산에서 자라는 수유란 뜻이다. 수유는 쉬나무로 불리는 나무 열매로 예전에는 기름을 짜서 사용했다. 이름 앞에 산(山)이 붙었지만, 산수유나무는 사람들이 재배하며 키우는 나무라 정작 산에서는 볼 수 없다. 그리고 산수유는 수유나무열매처럼 기름을 짜지 않는다. 대신 약재로 쓰거나 차로 달여 마셨다.

겨울에도 산수유나무는 눈길이 간다. 붉은 열매가 늦겨울까지 나뭇가지에 매달려 있다. 눈이라도 내릴라치면 흰 눈 속에 붉은 열매가 더욱 발갛다. 예로부터 산수유는 간과 신장을 튼튼히 하고 원기를 돕는 약재였다. 산수유가 약재로서 효험이 있는 것은 씨를 발라낸 열매를 솥에 쪄서 말리는 동안 사람의 사랑과 정성이 담겨 있기 때문이다. 그것은 한겨울 눈 속에 파묻힌 붉은 열매에서 아직 꺼지지 않는 불씨처럼 찾을 수 있다.

김종길 시인은 〈성탄제〉라는 시에서 바알간 숯불이 피는 어두운 방에서 어린 목숨이 애처로이 잦아들 때 아버지가 눈을 헤치고 구해온 알알이 붉은 산수유를 사랑이라 했다.

> **[산수유나무]** 학명 Cornus officinalis
>
> 층층나뭇과의 낙엽 활엽 교목. 높이는 3m 정도이며, 봄에 노란 꽃이 잎보다 먼저 우산꼴 꽃차례로 피고 열매는 길이 1.5cm의 긴 타원형의 핵과로 가을에 익는다. 중국이 원산지로 한국 중부 이남, 일본 등지에 분포한다.

이처럼 산수유나무는 이른 봄에 노란 꽃이 어여삐 피고, 여름에는 잎사귀가 무성하여 그늘을 만들고, 가을에 익는 빨간 열매가 겨울까지 달려 있으니 사시사철 보는 즐거움이 크다. 더구나 나무가 자라는데 토양이나 기후 환경에 구애받지 않으니, 요즘에는 가로수나 공원 조경수로도 많이 심는다.

산수유나무는 양지바른 곳이라면 우리나라 어디든 잘 자란다. 중국에서 넘어온 나무지만, 오래전부터 우리 곁에 있던 나무다. 《삼국유사》에는 산수유나무

[그림 101] 산수유나무꽃은 노란색 작은 꽃 수십 개가 산형 꽃차례로 열린다.

와 얽힌 이야기가 있다.

신라 시대 경문왕은 귀가 당나귀처럼 길었다. 이를 아는 사람은 왕의 두건을 만드는 사람이었다. 그는 죽을 때까지 비밀을 지키다가 죽기 전에 대나무 숲에 들어가 "임금님 귀는 당나귀 귀!"라며 외쳤다. 그 후로 바람이 불 때마다 대나무 숲에서 임금님 귀는 당나귀 귀라는 소리가 울렸다. 화가 난 왕은 대나무를 싹 베어 버리고 그 자리에 다른 나무를 심었다. 그 나무가 바로 산수유나무다.

산수유나무의 꽃말은 영원불멸의 사랑. 하얀 설경에서 강렬하게 반짝이는 붉은 산수유 열매를 보노라면 산수유나무는 언제나 꺼지지 않는 사랑의 불꽃과 같다. 하지만, 산수유 나뭇가지를 건네받은 사람의 사랑은 가뭇없이 가버렸으니, 나무꽃말이라는 게 그리 쉽게 믿을 게 못 된다.

제30장

신갈나무

보부상의 신이 해지거든

태재고개에서 불곡산 넘어가는 숲길은 하남시 검단산을 마지막으로 한강에서 끝나는 검단지맥 한 구간이다. 검단지맥 본류인 한남정맥은 속리산에서 안성 칠장산, 광교산, 백운산, 관악산, 김포 문수산까지 이어진 산줄기를 말한다. 한남정맥을 타고 속리산에 이르고 계속 걸어가면 소백산을 거쳐 백두대간을 만난다. 산줄기는 태백산, 설악산과 삼팔선을 거침없이 넘어 금강산과 두류산을 잇고 마침내 백두산에 다다른다. 동네 가까운 야산 숲길이라도 장대한 백두대간을 오르는 마중길이 된다.

백두산으로 연결된 숲길이지만, 불곡산에서 대지산 방면 능선은 완만한 숲길이라 걷기 편하다. 이 길은 영남길로도 불리며, 과거 경상도, 충청도 영남지방 선비들이 한양으로 과거 보러 갈 때 이용하던 길이었다. 선비뿐만 아니라 보부상도 봇짐을 메고 이 길을 통해 한양으로 오갔다. 장돌뱅이라 불린 보부상은 무거운 짐을 지고 다녀야 했기에 불곡산 숲길처럼 쉽고 편한 길을 골라 다녔다.

과거엔 일반 백성이 땅에 얽매여 있을 때, 조선 팔도를 누비는 보부상들은 산을 마음대로 넘나들 수 있는 자유인이었다. 이효석의 《메밀꽃 필 무렵》을 읽어

[그림 102] 신발 깔창으로 쓰였다고 신갈이나무로 불린 신갈나무

봐도 장돌뱅이는 전국을 유람하는 집시 같다. 작품에서 허 생원이 산허리를 돌 때마다 보는 풍경은 '피기 시작한 꽃이 소금을 뿌린 듯이 흐뭇한 달빛에 숨이 막힐 지경'이었다. 더구나 우리나라 산과 강은 금수강산으로 숨이 턱 막힐 광경이 어디 한둘이겠는가! 하지만, 장돌뱅이는 정작 의지할 곳 하나 없이 부지거쳐 하며 팔도를 떠돌아다니는 고달픈 신세였다. 장돌뱅이가 부르던 노래에는 무거운 등짐 지고 이곳저곳 떠돌면서 텃세한테 괄시받고, 결국 어느 산속에서 까마귀밥이 되는 신세를 한탄한다.

보부상이 걸었을 누비길 제4구간이자 영남길은 신갈나무 천지다. 그리고 오래 걷는 보부상에게 신갈나무만큼 유용한 나무도 없다. 신갈나무 잎은 보부상 짚신 밑바닥에 딱 들어맞았다. 신갈나무 잎이 발 모양과 비슷한 달걀 모양이고 짚신에 쏙 들어갈 만큼 적당하다. 여러 장 겹쳐 짚신 위에 깔아놓으면 푹신하다.

잎이 헤지면 사방에 자라난 신갈나무 잎을 따서 갈아 넣으면 그만이니 가성비도 좋다. 그래서 짚신 밑바닥에 깔창 대신 넣었다 하여 신갈이나무로 불리다가 신갈나무가 되었다.

신갈나무와 비슷한 떡갈나무와 비교하자면 떡갈나무는 도토리깍정이에 털이 많고, 신갈나무는 털 없이 모자처럼 매끈하게 딱 달라붙었다. 그래서 떡갈나무는 덥수룩한 비늘이 있는 갈나무라는 뜻의 덥갈나무에서 왔다고도 한다. 신갈나무처럼 깍정이에 털 없이 밋밋한 도토리는 졸참나무와 갈참나무가 있다. 하지만, 두 나무는 잎자루가 길다. 사실 나무를 그리 분류하는 것도 사람을 기준으로 나눈 것일 뿐이다. 숲에선 신갈나무와 떡갈나무 교잡도 흔히 있는 일이라서 두 나무의 특징이 서로 엇갈린 나무도 많다. 그런 나무를 떡신갈나무라고 부른다. 신갈나무가 졸참나무와 섞이면 물참나무로 부른다. 그럼 떡신갈나무와 물참나무 교잡종도 이름이 있을까?

자연은 연속적인 스펙트럼선에서 보이는 것이지, 무 자르듯 나뉘지 않는다. 사람이 식물을 바라보는 눈높이에 따라 분류하다 보니 그런 것이지, 산에서 신갈나무잎으로 떡을 싸든 떡갈나무잎을 따서 신발 깔창으로 삼든 그게 무슨 시빗거리란 말인가!

[그림 103] 신갈나무 줄기, 나뭇잎, 도토리

신갈나무는 우리나라 산 능선에 분포하는 산림 중 대부분을 차지한다. 산 비탈면은 가팔라 비가 오면 흙의 양분과 수분이 금세 씻겨나가 비옥하지 않다. 게

다가 바람까지 거세게 불어 나무엔 그리 좋은 생육환경은 아니다. 하지만, 신갈나무는 이런 불리한 환경에도 꿋꿋하게 뿌리를 내려 자리를 잡는다.

[신갈나무] 학명 Quercus mongolica Fisch. ex Ledeb

참나뭇과에 속한 낙엽 활엽 교목. 높이 30m 정도로 자라며, 지름은 1m에 이른다. 잎은 가지 끝에 모여 달리는데 길고 둥근 모양이며 가장자리에는 톱니가 있다. 5월에 꽃이 암수한그루로 피고 초가을에 열매가 익는다. 우리나라, 중국, 일본, 시베리아 동부 등지에 분포한다.

신갈나무는 활엽수 중 수목한계선이 가장 높다. 산을 오를수록 신갈나무만 남아 군락을 이루고, 우리나라 숲에서 가장 많이 볼 수 있는 나무기도 한다. 학명도 추운 몽골지역에서도 잘 자란다고 하여 **mongolica**가 들어갔다. 신갈나무를 돌참나무라고도 부르는 이유도 척박한 곳에서 더디게 자라지만, 나무가 치밀하여 마치 돌과 같이 단단하기 때문이다. 이런 강인함을 경이롭게 바라보며 나온 책이 바로 《신갈나무 투쟁기》다.

저자 차윤정, 전승훈 교수는 신갈나무 작은 종자 하나가 얼어붙은 땅을 헤집고 싹을 틔우며 잎을 만들고, 뿌리를 키우고 꽃과 열매를 만드는 일 어느 것 하나 거저 되는 법이 없다며, 이런 모든 일은 아름다운 이야기가 아닌 살 떨리는 치열한 신갈나무의 투쟁사라고 기록했다.

봄이 오면 모든 나무가 기다렸다는 듯, 연초록 새잎을 내민다. 그중 신갈나무 잎이 더 깨끗하고 새롭다. 그래서 신갈나무를 신발 깔창이 아닌 새로운 신(新)자를 갈나무(참나무) 앞에 붙여 신갈나무였다고 말하기도 한다. 특히 비가 한바탕 쏟아지고 난 후 숲을 돌면 유독 신갈나무 잎이 반짝반짝하다. 이는 잎이 두껍고 짙은 녹색에 윤기를 띠고 있기 때문이다.

[그림 104] 칼바람 부는 능선에도 잘 자라는 신갈나무

　신갈나무 꽃말은 번영. 예부터 소나무만 귀하게 여기는 시절 잡목으로 취급받아 땔감에나 쓰여 산에는 신갈나무 그루터기만 남았다. 하지만, 잘린 줄기에서 맹아가 살아남아 움트며 무럭무럭 자란다. 멧돼지가 도토리를 주워 먹고 다람쥐가 채가도, 결국 신갈나무 꽃말처럼 다시 이 땅의 주인이 된다. 힘든 시절을 버텨낸 나무는 욕심 없이 모든 것을 아낌없이 내주며 숲을 풍요롭게 만든다.

[그림 105] 신갈나무 숲길

제31장

무궁화
썬더볼트 작전, 알라 아크바흐!

　불곡산은 골짜기가 많아 비가 오면 계곡에 물이 잔뜩 불어 흐른다. 비가 그치면 골짜기를 시작으로 오색빛깔 무지개가 반원 모양으로 종종 나타난다. 그래서 이곳을 무지개마을이라고 하는가?

　무지개마을에서 불곡산 오르는 숲길은 분당이나 수지에서 찾아오는 사람들이 많아 등산로에 나무는커녕 질경이조차 제대로 자라지 못한다. 흙이 푹푹 패여 어떤 구간은 깊은 도랑으로 침식되었다. 마치 길 따라 참호를 길게 파놓은 것 같다.

　그나마 능선에 다다르면 인적이 드물다. 낙엽도 제법 쌓였다. 낙엽은 바람에 날려 산비탈 아래로 연신 쓸려 내려가 수북하다. 낙엽 두툼하게 쌓인 곳을 보니, 숲속 동물에게는 아늑한 안식처가 될 것 같다. 사실 불곡산 낙엽 쌓인 곳은 멧돼지가 자주 찾는 잠자리다,

　멧돼지가 털도 있고 두꺼운 지방층이 있는데도 의외로 추위를 잘 탄다. 산기슭 낙엽이 많이 쌓이면 멧돼지는 추위를 피해 낙엽을 이불처럼 덮고 잔다. 불곡산 골짜기에 멧돼지가 자주 출몰하는 것도 산에 낙엽이 두툼하게 쌓여 잠자기

좋고, 도토리나무도 많아서 먹을 게 풍족하기 때문이다.

멧돼지가 다니는 길은 새들도 날아다닌다. 노랫소리는 제각기 음색으로 지저귀지만, 신성한 불곡산에서만큼은 엄숙한 목소리로 운다. 특히 소나무 밑동에서 멧비둘기 두 마리가 내는 울음소리는 구국구국 묵직하다. 멧비둘기 울음소리를 듣다 걷다 보니, 어느새 산자락에 한 무리 무궁화가 자란 무명용사비에 당도한다.

녹슨 철모와 소총만 덩그러니 놓여있는 무명용사비는 6.25 전쟁 당시 전사자 유해와 유품이 발굴된 곳으로, 여기서 적의 총탄에 쓰러진 군인 유해 4구와 그들이 남겨놓은 유품 45점이 수습되었다. 주변에는 유해 발굴 절차와 호국용사 유품 사진이 함께 전시됐다.

[그림 106] 한국전쟁 당시 치열했던 전투지역 불곡산과 무명용사비

불곡산 산기슭은 한국전쟁 때 유엔군과 중공군이 싸우고 남과 북이 한데 엉켜 싸웠던 격전지였다. 압록강까지 올라갔던 국군과 UN군은 중공군의 참전으로 서울을 다시 뺏기고 서울을 재탈환하고자, 인민군과 중공군 연합 부대를 맞

城 남쪽에 사는 나무

[그림 107] 우리나라를 상징하는 무궁화

아 치열한 전투를 벌였다. 썬더볼트 작전으로 불린 전투에서 불곡산을 중심으로 법화산, 검단산 일대에서 중공군 인해전술 공세를 막고 아군이 목숨을 바쳐싸운 끝에 전투에서 승리할 수 있었다. 당시 많은 젊은이가 순국한 곳이라 비둘기 울음조차 구국구국(救國救國) 엄숙한가 보다.

호국 용사를 기리기 위해 심은 무궁화는 우리나라를 상징하는 꽃이다. 무궁화를 우리나라 국화로 정한다는 법률이 있는 건 아니지만, 우리나라 국화 하면무궁화를 제일 먼저 떠올린다. 시초는 1896년 독립문을 짓고 '무궁화 삼천리화려강산'이라는 애국가를 부른 것이 계기가 돼 무궁화가 우리나라를 상징하는꽃이 됐다.

다만 무궁화가 과거 권위주의적 사회에서 국가권력의 상징으로 충성을 강요하다 보니 반발감이라고 할까, 정원이나 공원에 잘 심지 않는다. 그저 보훈 행사 때 구색을 갖추기 위해 몇 주 정도 식수할 뿐이다. 무궁화가 우리나라에서 자생하는 나무가 아니다 보니, 불곡산 무명용사비 말고는 숲길에서 무궁화를 볼 수 없다.

그래서 강효백 작가가 지은 《두 얼굴의 무궁화》에서 무궁화가 일본 꽃이며 일제에 의해 우리나라 꽃으로 날조되었다고 주장한다. 일제가 조선과 일본은 하나라는 내선일체를 위하여 일본은 무궁화 나라(부상)고 조선은 무궁화 근역이라 하며 무궁화를 우리나라 꽃으로 둔갑시켰다고 한다. 조선 강제 합병 전 이토 히로부미가 '부상(일본)과 근역(한국)이 어찌 다르다고 할까?'라며 말할 때, 이완용은 '두 땅이 하나가 되니 천하가 봄이로다'라고 말했다.

하지만, 무궁화는 오래전부터 우리 겨레와 함께했다. 단군은 나라 이름을 광명을 맞이하는 아침 민족이라는 뜻에서 조선이라 짓고, 나라꽃을 이른 새벽 일찍 피는 무궁화로 정했다. 중국 고서 《산해경》에서 우리나라를 무궁화가 피고 지는 군자의 나라라 했고, 신라를 무궁화가 피는 근화향이라 불렀다. 신채호 선생도 무궁화가 태양을 가장 빨리 맞이하는 광명의 꽃이라며 나라꽃이라 했다.

[무궁화]　학명 Hibiscus syriacus

아욱과에 속한 낙엽 활엽 관목. 높이는 3~4m에 달하고, 잎은 어긋나며, 주로 분홍색에 짙은 홍색이 도는 꽃이 8~9월에 핀다. 우리나라의 평남 및 강원도 이남, 중국, 일본, 인도, 소아시아에 분포한다. 꽃 색에 따라 흰무궁화, 단심무궁화 등이 있다.

옛날에는 무궁화가 근화로 불렸다. 무궁화로 불린 것은 고려 이규보의 《동국이상국집》에서 '이 꽃이 피면 하루도 빠짐없이 피고 지어 무궁하길 바란다.'라고 쓴 이후다. 목근화란 한자가 우리말로 불리면서 무긴화, 무깅화, 무궁화로 음운이 변했다고 한다.

무궁화는 크게 3종이 있다. 꽃의 중심부에 붉은색 꽃술 부분이 있으면 단심계, 중심부에 단심이 없는 순백색은 배달계, 꽃잎에 분홍색 무늬가 있으면 아사달계다. 이 중 흰 꽃잎에 붉은 단심이 있다는 백단심이 우리나라 국화다. 다른 품종도 우리 겨레를 상징하는 배달, 단군이 세운 도읍지 아사달 등 우리나라와 관련이 있다.

불곡산 충혼비 앞에 심은 무궁화는 백단심이고 순백의 꽃잎과 중심의 붉은 선혈은 나라를 위해 목숨을 바친 젊은 심장의 넋을 위로하는 꽃이다.

이곳 불곡산 썬더볼트 작전에서 투르크의 후예라는 튀르키예의 공로가 매우 컸다. 튀르키예 장병들은 그들보다 40배 많은 중공군의 견고한 진지를 소총에 총검을 꽂은 뒤 돌격하여 중공군에 패배를 안겼다. 죽음을 각오한 튀르키예 군은 '알라후 아크바르'를 외치며 장렬하게 적진지로 달려갔다고 한다. 튀르키예의 장군은 백병전을 치르며 적을 물리쳐 전투에서 승리한 공로로 6.25 전쟁 영웅으로 선정되기도 했다.

새삼스럽지만 무궁화는 튀르키예와 그리스에서도 우리나라 못지않게 많이 심는다. 무궁화의 학명 중 syriacus가 붙은 이유도 무궁화의 원산지가 시리아이기 때문이다. 시리아와 국경이 맞닿은 터키에서 무궁화가 많이 자라고 그 나라 사람들이 사랑하는 것은 당연하다. 그래서 튀르키예로 여행하던 사람들이 길거리나 집마다 무궁화를 많이 봐서 튀르키예와 우리나라가 형제의 나라라는 것을 무궁화로 확인하고 그렇게 반가울 수가 없었다고 한다.

한편 지난 튀르키예 대지진으로 많은 생명이 희생당했을 때, 70여 년 전 그날 우리나라를 구하기 위해 달려왔던 그들처럼 이번에는 우리가 그들을 위해 돕자며 모금을 전개하기도 했다. 그러자 지진피해 성금이 많이 접수되기도 했다.

제32장
물오리나무
뼈가 드러난 골짜기

    산신령이라 부르는 호랑이가 사람을 종종 물어갈 정도로 우리나라 산은 깊고 숲은 울창했다. 조선 후기 인구가 급증하고 온돌을 쓰는 집이 늘어나기 시작하면서 산에서 나무는 장작과 땔감으로 점점 더 많이 베어졌다. 나무가 자라는 속도보다 잘라 내는 속도가 더 빨랐기에 산림은 금세 훼손되었고, 인가 주변의 산은 민둥산이 돼버렸다. 그나마 남아있던 백두산과 설악산 일대 울창한 천연림마저 일제강점기 산림자원 수탈로 우리나라 산은 김동인의 소설 제목처럼 말그대로 '붉은 산'이었다. 해방 후 그나마 남아있던 수목들도 6.25 전쟁으로 말미암아 모두 불에 타 사라지고 말았다.

    불곡산도 중공군과 UN군이 사활을 걸고 격전을 치렀던 곳이라 수많은 포격전으로 산에는 나무 한 그루조차 남아나질 못했다.

    산은 갈비뼈가 드러나 앙상한 모습으로 깊은 골짜기와 산줄기가 주름진 채 드러났고, 비만 오면 붉은 토사가 피마냥 생채기에서 흘러내렸다. 풍수지리에서 자연의 산천은 사람 몸과 같다고 하여, 땅속 암반은 몸을 지탱하는 뼈요, 지표의 흙은 피부고 지하수는 피, 초목은 털로 비유한다. 초목이 자라지 않고 지표 흙이 유실된 산은 말 그대로 뼈가 드러난 육신이다. 아름다운 금강산이 여름에 봉래산, 가을에 풍악산이라 불려도 겨울철 녹음이 지면 일만 이천 바위 봉우리가 뼈처럼 앙상하게 보여 개골산이라고 부른다. 불곡산 골짜기 안쪽에 자리한 절 이름도 산줄기를 뼈로 봐서 뼈 안에 있다고 골안사라 부른다.

경제성장 시기, 나무 땔감 대신 화석연료를 사용하고 대규모 조림이 시행되면서 황폐된 산지는 점차 푸르게 변했다.

[그림 108] 성남시 산림의 과거와 현재 (임목축적: 대한민국 평균)

녹화사업은 순차적으로 이루어졌다. 먼저 잦은 산사태와 토사 붕괴를 막아야 했다. 콘크리트로 사방댐을 계곡에 만들고, 식물로 피복하여 토사 침식을 방지했다. 특히 오리나무를 많이 심었다. 오리나무는 예전에 가지를 잘게 잘라 논밭에 비료 대신 뿌려줘 비료목이라 부를 정도로 땅을 비옥하게 하는 나무였다. 오리나무에는 척박한 토양에서도 잘 자라 흙의 침식을 막아 주어 널리 심었다. 오리나무 종류 중 아예 사방공사를 위해 심어진 나무라서 사방오리나무가 있을 정도다. 다만, 사방오리나무는 일본에서 들여온 수종이라 따뜻한 남부지방에 주로 심었고 중부지방에는 물오리나무를 심었다. 사방오리나무를 일본에서는 야샤부시라고 부르는데, 작은 솔방울 모양의 열매가 사나운 야차처럼 생겼

[그림 109] 물오리나무 잎과 열매 (불곡산)

기 때문이다.

불곡산도 전쟁으로 모든 나무가 불에 타버린 후 녹화사업으로 물오리나무를 심었다. 물오리나무는 다른 콩과 식물처럼 나무뿌리에 뿌리혹박테리아를 가지고 있어, 식물 생장에 필요한 질소를 공기 중에서 만들어 토양에 공급한다. 척박한 땅을 비옥하게 하고, 그 덕분에 우리 고유의 나무들이 다시 산에 뿌리를 내리기 시작했다. 지력을 되찾은 산에는 더 다양한 나무들이 왕성하게 성장하며 숲을 차지하고 물오리나무는 차츰 경쟁에 밀려났다.

원래 사방용으로 촘촘하게 심었기 때문에 물오리나무가 서로 부대끼며 자라느라 크게 성장하지 못하지만, 유독 불곡산에는 계곡마다 한 아름 되는 물오리나무가 가득하다. 사방사업 후에도 자리를 뺏기지 않고 크게 자라난 물오리나무가 군락을 이루었다.

물오리나무를 자세히 보면 잎은 둥글고 넓은 달걀형으로 가장자리에는 작은 톱니가 뾰족하다. 잎이 좁은 사방오리나무와 구분된다. 오리나무는 생육 속도가 빠르고 척박한 곳에서도 잘 자라 길을 걷다 보면 어디서나 만날 수 있었다. 그래서 옛사람들은 길을 걷다가 종종 보게 되는 오리나무를 이정표로 삼았으며 오리(伍里)마다 만난다고 하여 오리나무라고 불렀다. 하지만, 비료나 목기 등 쓰임새가 워낙 많았던 나무인지라 지금은 길에서나 산에서 오리는커녕 백 리를 걸어도 볼 수 없는 나무가 되었다. 대신 사방용으로 심은 물오리나무는 많이 자란다. 작은 솔방울 같은 열매가 특이해 금방 눈에 띈다. 물오리나무는 일리(一里)나무라고 불러도 무방하다.

물오리나무는 산오리나무라고 부른다. 나무 이름에 '물'이라는 접두어가 붙은 것은 본래 나무와 비슷한 성질을 갖고 있으면서 물가에서 잘 자라거나 아니면 나무에 수분이 많은 경우다.

[그림 110] 안개 낀 숲에서 물오리나무 군락지

자작나뭇과에 속한 낙엽 교목. 산지에서 자라지만 흔히 심기도 한다. 높이는 20m에 달하고, 새 가지에 털이 있으나 없어지며, 잎은 어긋나고 넓은 달걀 모양이다. 잎 가장자리가 5~8개로 얕게 갈라지고 톱니가 있으며 양면 맥 위에 털이 남는다. 꽃은 3월에 피고 열매는 10월에 익는다. 열매는 보통 서너 개씩 달리고, 길이는 1.5~2cm이며, 익으면 흑갈색이 된다.

민요 〈나무타령〉에 '십리 절반 오리나무'라는 가사가 있다. 흔하다는 오리나무가 2km 남짓 드문드문 있다는 것이 의아하다. '훈몽자회'를 보면 오리나무는 '올이 남기'로 기록되어 있다. 즉 얼굴에 쓰는 나무라는 뜻이다. 오리나무는 재질이 물러 하회탈처럼 탈을 만드는 나무로 많이 쓰였기 때문에 그리 부른 것이다. 올히남기는 훗날 오리나무로 변했다. 음운변천사를 알지 못하고 그저 소리 나는 대로 해석하다 보니 5리로 오역한 것이다. 십리 절반 오리나무보다는 오리가 사는 물가에서 자란다고 오리나무라고 하는 게 낫겠다.

오리나무와 달리 시무나무는 거리에 따른 이정표로 삼을 수 있다. 가시 가득한 시무나무는 단연 눈에 띈다. 흔하지 않아 시무나무는 20리마다 멀찍이 떨어져 있어 이십리목으로 불렀다. 20을 뜻하는 스물에서 스므나무로 부르다가 시무나무가 되었다.

방랑시인 김삿갓이 어느 마을에서 밥을 동냥해서 시무나무 먹으려 했다가 쉰밥이라 먹지도 못하자 〈이십수하〉라는 시를 지었다.

'二十樹木下三十客 四十村中伍十飯'

二十樹(이십수)는 스무나무 즉 시무나무를 말하고, 三十客(삼십객)은 삼십의 우리말 '서러운'을 뜻하며, 四十村(사십촌) 뜻은 마흔과 소리가 비슷한 '망할'이 된다. 伍十飯(오십반)은 오십의 우리말 쉰을 뜻하니 쉰밥을 뜻한다. 즉

시무나무 아래 서럽게도 망할 놈의 집에서 쉰밥을 주었다는 뜻이다. 대단한
천재가 아닌가!

[그림 111] 오리나무 [판교 마당바위]

제33장
중국굴피나무
이 땅에서 한 뼘씩 만만디

탄천 지류인 여수천을 가로지르는 상탑교에서 내진보강 공사를 할 때다. 공
사내용은 지진에 취약한 교량의 내진성능을 확보하기 위해 교량을 인상하여 기

[그림 112] 중국굴피나무 (여수천)

존 포트받침을 내진받침으로 교체하는 것이다. 다리를 들어 올린다고 하지만, 기껏 3mm에 불과하다. 그래도 차량과 사람들이 오가는 교량을 들어 올리는 것이기 때문에 안전 관리를 위해서라도 상탑교에 종종 가곤 했다.

마침 교각 코핑 부위를 드릴로 깨고 철근도 용접하느라 분진과 소음으로 번잡했다. 공사 현장에서의 어수선함과 달리 유독 한 나무가 바람에 한들한들 유유자적하게 서 있었다. 쭉쭉 뻗은 나뭇가지는 여수천에 넉넉한 그늘을 만들었고, 나뭇잎 또한 무성하여 여름 햇살이 투과되지 않았다.

열매도 자태가 빼어난 서어나무처럼 길고 가지런히 포개진 모습이 보기 좋았다. 현장소장이 오더니 그 나무를 굴피나무라 했다. 휴식 시간에 굴피나무 그늘에 앉아 땀을 식힌다고 했다. 말로만 듣던 굴피나무를 이리 가까이서 다시 새삼스럽게 느꼈다.

굴피나무는 굴참나무와 항상 같이 언급된다. 굴피는 통풍도 잘 되면서 방수와 보온 효과도 커 산간지방에 지붕 재료로 많이 쓰인다. '기와 천년 굴피 만년'이란 속담이 있을 정도다. 그런데, 굴피는 굴피나무 껍질이 아니고 굴참나무 껍질로 만든다. 굴피나무는 껍질로 그물을 짜는 나무라는 뜻으로 그물피나무가 굴피나무로 변했다. 껍질이 물에 상하지 않고 질겨서 물고기를 잡는 그물로 종종 쓰였다. 예전에는 굴피나무가 가죽나무처럼 흔해서 산가죽나무라고 불렸지만, 지금은 좀처럼 보기 힘들단다.

그런데 여수천에서 본 굴피나무가 미심쩍다. 암만 보아도 도심에서 쉽게 만난 것이 어째 수상쩍었다. 도감에서 본 굴피나무 열매는 작은 솔방울 모양으로 피침 형태를 띠었다. 반면 상탑교 옆에 있는 나무 열매는 아래로 길게 늘어뜨린 모양이다.

다시 알음알음 물어 확인해 보니 그 나무는 굴피나무 사촌뻘 되는 중국굴피나무라고 했다. 굴피나무에 비해 긴 열매 이삭이 아래로 자라고 이삭잎이 변한 날개가 있다.

중국굴피나무인 것을 알고 나서 아무리 무더워도 그 나무 그늘에는 가지 않게 되었다. 직전까지만 해도 햇살도 막아 주어 고맙게 여겼건만, 나무에 대한 애틋한 감정은 오간 데 없이 차갑게 식었다. 우리 토종인 굴피나무는 점차 사라지는데, 일제강점기 중국에서 넘어온 중국굴피나무는 생태계를 교란할 정도로 너무 빠르게 퍼지고 있단 말을 듣고 더욱 그랬다.

[그림 113] 중국굴피나무 잎과 열매, 줄기 (탄천)

광릉숲에서 중국굴피나무를 베어 낸다는 소식을 들었다. 국립수목원에 외래종인 중국굴피나무가 웬 말이냐며, 전통 숲과 우리 자연을 보호하는 차원에서 나무를 베어 냈다.

중국굴피나무 생장 속도는 매우 빠르다. 줄기 두께가 1년에 2cm씩 두꺼워진다. 높이는 30m까지 이를 정도니, 주변 작은 나무는 햇빛을 못 받고 죽는다. 물을 좋아하여 하천 주변에 잘 자라는데, 나무가 워낙 크게 자라다 보니 하천 폭을 좁혀

뇌 비가 많이 내리면 물이 범람하기도 한다. 어느 지역은 하천의 유수 소통 능력에 지장을 초래한다고, 장마 오기 전 중국굴피나무를 베어 내기도 한다.

사람 마음이 참 갈대같이 줏대 없다. 나무 이름을 알기 전, 하천 변 아름드리 나무로 우뚝 자란 나무가 참 멋있다고 생각했다. 이제는 외래종이 쓸데없이 크게 자라나 물 흐름을 막는다며 짜증이다.

다시금 생각을 고쳐먹었다. 중국굴피나무가 우리나라로 본격적으로 넘어온 지 백 년도 안 된 외래종이지만, 서울 종로에 있는 중국굴피나무는 수령이 400년을 훌쩍 넘어 보호수로 지정되었다. 줄기가 곧고 수형이 아름다우며 생육도 빨라 이른 시일에 울창한 산림을 조성할 수 있다. 지역에 따라 나무가 귀족적인 멋을 뽐낸다며 공원에 조경수로도 심는다.

그리고 한반도는 대륙에 붙어있다. 씨앗이 바람을 타고 넘어올 수도 있고, 새가 씨앗을 물고 강을 넘어올 수도 있다. 어쩌면 그 씨앗은 옛 고구려 만주벌판에서 물고 온 것일 수도 있다. 사람이야 땅을 나누어 민족을 나누지만, 나무에 그런 분심은 부질없다. 그저 어딘들 씨앗이 뿌리를 내리고 튼튼하게 자라나면 그만인 것을!

[중국굴피나무] 학명 Pterocarya stenoptera

가래나뭇과의 낙엽 교목. 잎은 어긋나고 깃모양겹잎이다. 4월에 단성화가 미상 화서로 피고 열매는 달걀 모양으로 9월에 익는다. 중국이 원산지로 우리나라의 중부 이남에 분포한다.

한때 탄천에 강수량이 500㎜에 육박해 탄천이 범람하고 지천도 물에 잠겼던 적이 있었다. 탄천 내 모든 운동시설은 거친 물살로 뜯겨 나갔으며, 벚나무와 느티나무 등 조경수도 줄기가 꺾인 채 쓰러졌다. 특히 웬만한 거센 물살에도 끄떡없

[그림 114] 수마에도 살아남은 중국굴피나무 (탄천)

던 버드나무가 큰 피해를 봤다. 하늘하늘 유연한 나뭇가지로 바람결이나 물결에
도 잘도 사는 것 같더니, 이리 허망하게 뿌리째 뽑혀 떠내려갈 줄은 몰랐다.

그런데 이 무시무시한 홍수에도 끄떡없는 나무가 있었다. 바로 중국굴피나
무였다. 홍수가 난 뒤에야 우리나라 하천에 중국굴피나무가 이렇게 많이 자라
났다는 걸 비로소 알아챘다. 물가 언저리에 다른 나무들이 뿌리 뽑혀 허방인 자
리에 중국굴피나무 씨앗이 가득 고여있었다. 오히려 수마가 할퀴고 갈수록 중
국굴피나무는 더욱 맹렬하게 번식하는 것 같다. 중국굴피나무를 한자로 수마류
(水麻柳)라고 부르는 것도 무리가 아니다.

중국굴피나무 꽃말은 인내력.

과연 꽃말답게 서두르지 않고 만만디처럼 시간을 갖고 천천히 자리를 차지한다. 대륙 오랜 역사에서 사람이나 나무가 터득한 지혜일 거다. 아무리 중국굴피나무를 베어 낸다 한들 저 무수한 씨앗들이 사방에 흩어지고 발아하는 것은 어찌 막을 수 있을 것인가! 조만간 중국굴피나무가 이 땅의 주인이 될 날이 머지않았다.

시간은 인간보다 나무 편이니까. 그리고 너무 조급해지지 말자. 옛 고조선 땅에서 고국을 찾아왔다고 생각하면 마음이 편하다.

태
봉
산

제34장
버드나무
버들치가 숨는 곳

탄천은 용인시 수청동에서 발원하여 여러 지천과 합류한 후 서울 한강으로 흐른다. 탄천을 순우리말로 숯내라고도 부르며, 옛날 탄천 드넓은 벌판에서 군사들이 훈련할 때 냇물을 숯으로 정화하여 마셨다고 하여 숯내로 부르다가 한자로 탄천(炭川)이라 고쳐 썼다. 항간에 삼천갑자 동방삭이 물에 숯을 씻었다는 이야기는 예전부터 전래한 이야기가 아닌 그저 허무맹랑한 우스갯소리에 불과하다.

탄천은 한동안 검은 물이 흘렀다. 숯을 씻느라 물이 검은 것이 아니고, 말 그대로 오염되어 혼탁해서다. 분당 시가지에서 탄천으로 가는 우수관에 가정집 오수관이 오접되는 경우도 있었고, 용인 상류에서 하수처리가 제대로 되지 않고 방류하여 수질오염이 심각했었다. 그때 탄천에 헤엄치는 물고기는 3급수 더러운 물에서도 살 수 있는 붕어밖에 없었다.

탄천 살리기 운동을 대대적으로 실시한 이후로 맑은 물이 흐르고 모래무지나 버들치까지 탄천에서 볼 수 있게 되었다. 버드나무 유래가 버들치가 사는 나무라서 버드나무인 줄 알았는데, 거꾸로 버들치가 버드나무 곁에서 사는 물고

기라 그렇게 이름을 지었다.

버드나무 어원은 나뭇가지가 가늘어 산들바람에도 쉽게 부들부들 흔들거려 부들나무라고 부르다가 버들나무로 변하고 이후 'ㄹ'이 탈락해 버드나무가 되었다. 《훈민정음해례본》에도 류(柳)를 버들이라 표기한다. 나뭇가지가 길게 늘어진 모습이 쭉쭉 뻗은 것 같아 뻐든나무에서 버든나무 그리고 버들나무가 되었다는 이야기도 있다.

[그림 115] 가지가 부들거리는 버드나무 (탄천)

깨끗해진 탄천에 사람들이 자주 찾다 보니, 한낮 햇빛을 가리기 위해 둔치에는 일부러 벚나무와 느티나무를 심었다. 많이 산책하는 물가 보행자도로에는 그늘목을 따로 심지 않았다. 어디서 떠내려온 버드나무 가지가 뿌리를 내리더니 높이 자라나 그늘을 드리운다.

버드나무는 물을 좋아하여 개울이나 하천 변에서 많이 자란다. 흐르는 물가에 나무줄기를 늘어뜨리는 버드나무는 물고기들에겐 보금자리고 새들에게도 안식처다. 버드나무는 물을 깨끗하게 정화하여 종종 마을가 우물 옆에 심기도 했다. 진정 생명에 이로운 나무다.

버드나무는 우리나라에 자생하는 대표적인 나무다. 강이나 하천 등 물이 흐르는 곳이라면 어디든 쉽게 볼 수 있다. 물가를 좋아하지만, 추위에 강하고 건조한 곳에서도 잘 자라 토질을 가리지 않아 들이나 산에서도 볼 수 있다. 종류도 다양하다. 대표적으로 버드나무, 능수버들, 수양버들, 왕버들, 용버들, 갯버들, 키버들이 있다.

[버드나무] 학명 Salix koreensis

버드나뭇과의 낙엽 활엽 교목. 높이는 20m 정도이다. 겨울눈은 붉은빛이 돌며 털이 있다. 잎은 긴 타원형이며 잔톱니가 있다. 4월 무렵에 어두운 자주색 꽃이 미상 화서로 잎보다 먼저 핀다. 열매는 달걀 모양의 삭과로 '버들개지'라 하며 4~5월에 익으면 두 개로 갈라져서 흰 솜털이 있는 씨가 바람에 날려 흩어진다.

버드나무 잎은 댓잎을 닮아 피침형이고 새로 난 나뭇가지가 밑으로 처진다. 능수버들은 가지가 길게 늘어지고, 당기면 쉽게 끊어져 떨어진다. 능수버들이 우리나라 토종이라면 수양버들은 중국이 원산지다. 수양버들도 가지를 아래로 축 늘어뜨려 실버들이라고 한다. 중국 수나라 임금 양제가 대운하를 만들고, 둑에다 심었다고 하여 수양버들이라고 부른 데서 비롯되었다. 차이점이라면 능수버들 어린 가지는 황록색이고 수양버들은 적갈색이다.

다른 버들잎이 좁은 피침형이라면, 왕버들 잎은 타원형으로 넓고 붉은빛을 띤다. 보통 버드나무가 빨리 자라는 대신 수명이 짧은데, 왕버들은 수명이 길고, 크게 자라나니 마을 노거수가 되기도 한다.

용버들은 나뭇가지가 용이 날아가는 것처럼 구불구불하다. 파마버들이나 곱슬버들이라는 이름처럼 가지가 비비 꼬여 있다. 탄천 따라 걷다 보면 서울공항 인근에 제일 큰 용버들을 볼 수 있다.

갯버들은 개울가에 무리를 지어 자라며 잎이 어긋나게 나는 반면, 키버들은 마주난다. 키버들이라는 이름은 예전에 이 나무로 곡식에서 쭉정이를 골라내는 농기구인 키를 만들었기 때문이다.

호랑버들은 겨울철 나무눈이 호랑이 눈처럼 빨갛다고 호랑버들이라 부르고 잎이 가장 크다. 모두 탄천에서 볼 수 있는 버들이다.

[그림 116] 키버들, 능수버들, 용버들 (탄천)

연약해 보이는 버드나무 가지는 살랑거리는 바람에도 이리저리 흔들린다. 여인의 길고 부드러운 머리칼이 잔바람에 흩날리듯 하다. 조선 중기 홍랑은 연인을 배웅할 때 버들가지를 꺾어 건네주었다.

> '산 버들가지 골라 꺾어 임에게 드리오니
> 주무시는 창가에 심어두고 보옵소서
> 밤비 내릴 때 새잎이라도 나거든 날 본 듯 여기소서'

버들 류(柳) 자는 머무를 류(留) 자와 소리가 같다. 홍랑이 버드나무를 꺾은 이유는 임에게 떠나지 말고 머물러 달라고 하소연이었다.

버드나무는 이별을 앞둔 연인이 마지막에 만나는 장소다. 끝내 헤어지더라도 다시 만나길 기다리는 마음으로 가지를 꺾어 주었다. 하지만, 홍랑의 사랑 이야기가 비극으로 끝난 것처럼, 옛사랑 이야기는 늘 속절없는 헤어짐으로 끝나고 밤중에 달빛을 받아 한들거리는 버드나무만 애끊는 심정으로 보게 된다.

버들가지를 꺾는다는 뜻의 절류(折柳)는 재회를 바랐던 뜻이었지만, 지금은 이별을 뜻한다. 훗날을 기약하는 이별이란 게 있을 수 없다. 버드나무는 쓸쓸한 심정을 그릴 때 빠지지 않는 정경이다.

[그림 117] 능수버들 (탄천)

버드나무는 집 안에 심지 않는다. 나뭇가지가 상을 당하여 머리를 풀어 헤치고 곡하는 여인 모습과 같기 때문이다. 밤에는 귀신들이 버드나무 아래에서 춤을 춘다고 하니 쓸쓸함을 넘어 을씨년스럽다.

탄천 따라 걷다 보면 세곡천을 기점으로 서울은 버드나무 대신 양버들이 있다. 마치 빗자루를 꽂아 놓은 것처럼 도열하고 있다.

양버들도 버드나무과지만, 잎은 가늘지 않고 마름모 비슷한 달걀형이다. 나뭇가지도 늘어지지 않고 수직으로 꼿꼿하게 자라난다. 그래서 버드나무가 여성적이라면 양버들은 남성적이다.

처음에 양버들을 미루나무로 잘못 알았다. 서대문 형무소에 자란 나무가 일제강점기 사형장으로 끌려간 독립운동가들이 마지막으로 붙잡고 통곡한 미루나무라는 이야기를 듣고 그 나무와 똑같은 나무가 탄천에도 자랐기에 그저 미루나무인 줄 알았다.

미루나무는 옆으로 퍼진 부채모양이고 양버들은 빗자루처럼 좁게 자라나 모양부터 확연히 차이 난다. 미루나무는 미국에서 들여온 버드나무라는 뜻으로

[그림 118] 양버들 (서울 탄천)

미류나무였다가 미루나무로 변했다. 양버들 역시 서양에서 들여온 버드나무라는 뜻이다.

미루나무와 양버들을 교배하여 만든 나무가 이태리포플러다. 이제야 이름이 외국에서 들여온 나무답다. 생장이 느린 미루나무 대신 이태리포플러를 가로수로 많이 심어 주변에서 흔히 볼 수 있다.

포플러는 사람이라는 뜻의 라틴어 Populus에서 왔을 정도로 전 세계 어디서나 만날 수 있다.

제35장
서어나무
서쪽 으슥한 숲에서

태봉산은 동원동 부수골에서 운재산과 안산, 응달산과 연결하는 산줄기 중 가장 높은 산이다. 주변으로 판교 대장지구, 남서울CC, 헤리티지, 보바스병원 등 여러 시설이 에워싸고 있지만, 산길은 한갓져서 홀로 찾을 땐 으슥할 정도다. 그럴수록 사람들 왕래가 잦지 않아 길은 더욱 외졌다. 태봉산 북쪽은 해가 가려 그늘만 진다는 응달산이 있고, 서쪽은 산에 돌이 많고 구름이 자주 낀다는 석운동이 있다. 한결같이 쓸쓸하고 적막함을 풍기는 이름이다.

태봉산 서쪽 산허리를 옆으로 휘감는 골짜기도 봄이 올 때까지 눈이 녹지 않는다고 하여 설악골이다. 강원도 설악골에 비할 바야 못 되겠지만, 왠지 그쪽을 지나갈 때마다 차갑고 음습한 기운이 도사리고 있음을 느낄 수 있다.

그런데 태봉산은 풍수지리적으로 길지다. 명당으로 여겨져 임금의 무병장수를 기원하며 왕의 탯줄을 묻었다고 해서 태장산으로 불렸다. 대장동도 원래 태장리였다가 대장동으로 바뀐 지명이다.

태봉산에 태를 묻은 인물은 광해군을 몰아내고 왕위에 오른 인조 임금이다. 땅의 기운이 좋았는지 청나라가 쳐들어와 수만의 군사를 죽이고 수십만 백성을

[그림 119] 응달산(왼쪽)과 태봉산(오른쪽) (대장동 개발 당시)

포로로 끌고 가도 왕좌는 뺏기지 않았다. 끌려갔다가 살아 돌아온 아들 소현세자와 며느리 강빈이 죽고, 손주마저 죽어도 인조는 왕위를 지켰다. 과연 태봉산이 인조에게 길지였는지 아니면 흉지였는지 알 수 없다.

하늘의 도움으로 천하를 얻었다는 화천대유는 대장지구 아파트를 분양할 때 이곳을 천혜의 명당으로 홍보했다. 태봉산을 뒤로하고 고기천을 앞에 두고 있으니, 배산임수형이라며 큰돈을 벌 수 있다고 했다. 화천대유가 대장동 개발로 큰돈을 모았다지만, 큰 사달이 나고 말았다. 역시 이곳이 길지인지 흉지인지 가늠할 수 없다.

사실 태봉산에 입산할 때 느껴지는 음습함의 정체는 따로 있다. 바로 숲에 군락을 이루고 있는 서어나무 군락 때문이다. 서어나무 숲은 지리산 같은 깊은 산속에서나 드물게 만날 수 있다. 간혹 산길을 깊이 들어가면 한두 주 접할 수 있다.

서어나무껍질은 참나무처럼 골이 패지 않고 회색빛에 매끄럽다. 울퉁불퉁 자란 줄기는 억센 근육 무늬가 있어 강한 기운을 내뿜는다. 전형적인 외유내강이다. 보기에도 굳세어 보이는 서어나무는 본 모습 그대로 숲을 지배하는 나무다.

지금 우리 숲은 소나무와 참나무가 서로 치열하게 싸우고 있다, 땅을 한 뼘이라도 더 차지하려는 생존 다툼에서 조용히 때를 기다리는 나무가 있으니 바로 서어나무다. 서어나무는 숲의 천이 과정에서 가장 마지막 단계에서 나타나는 수종이다.

숲의 천이란 황무지가 풀밭으로 변하고, 키 작은 관목림이 된 후 키 큰 나무가 빼곡하게 자라게 되는 과정이다. 먼저 황무지는 햇빛을 좋아하는 소나무가 땅을 독차지한다. 오리나무, 아까시나무, 칡덩굴도 햇빛을 받아 잘 자란다. 차츰 다양한 씨앗이 날아오고 온갖 나무가 자라기 시작한다. 나무 밑은 이제 그늘이 져 햇빛이 닿지 않는다. 그러면 햇빛을 좋아하는 소나무나 아까시나무 씨앗이 더 이상 움트지 못한다. 대신 참나무 도토리나 단풍나무 시과가 그늘에서도 싹을 잘 틔운다. 그중 서어나무 종자는 한 줌 햇살로도 무럭무럭 자라난다. 시간은 서어나무 편이다. 숲이 커질수록 그늘은 더 짙어지고 서어나무만 무럭무럭 자란다. 그리고 마침내 서어나무가 다른 나무를 밀어내고 최후의 승자로 남는다. 오래된 숲에서는 서어나무가 최후까지 살아남아 숲을 지배한다. 이런 숲을 극상림이라 하며, 더 이상 생태계 변화가 없는 완전한 평형이 된다.

[서어나무] 학명 Carpinus laxiflora

자작나뭇과에 속한 낙엽 교목. 나무껍질은 회색이고 울퉁불퉁하다. 잎은 타원형으로 어긋나며, 꽃은 5월에 이삭 모양으로 핀다. 건축재, 가구재 따위로 쓰인다. 우리나라, 일본 등지에 분포한다.

서어나무의 가치는 우리나라 제1회 아름다운 마을 숲으로 지정된 숲이 서어나무 숲인 것만 보아도 알 수 있다. 남원의 지리산 자락 행정마을은 한여름에도 울창한 서어나무가 둘러싸고 있어 시원하다. 이런 행정마을에도 서어나무는 백여 그루 남짓한데, 태봉산의 서어나무 자생지는 족히 수백 수천 그루가 넘는다.

서어나무의 가치는 우리나라 제1회 아름다운 마을 숲으로 지정된 숲이 서어나무 숲인 것만 보아도 알 수 있다. 남원의 지리산 자락 행정마을은 한여름에도 울창한 서어나무가 둘러싸고 있어 시원하다. 이런 행정마을에도 서어나무는 백여 그루 남짓한데, 태봉산의 서어나무 자생지는 족히 수백 수천 그루가 넘는다.

[그림 120] 가을 서어나무숲 (태봉산)

외국에서 서어나무는 표피가 근육과 같다고 해서 muscle tree라고 부른다. 학명 중 Carpinus는 나무의 우두머리라는 뜻으로 서어나무가 숲의 천이 과정에서 가장 마지막에 등장하는 숲의 주인임을 보여준다. 또 목질이 짐승의 뿔처럼 단단하고, 잎이 붉은빛을 띤다고 하여 Red-Leaved Hornbeam으로도 부른다.

서어나무는 주로 서쪽에서 자라서 서목이라 부른 것에서 유래했다. 서목을 우리말로 서나무라고 했다가 부르기 쉬운 서어나무로 되었다. 서쪽은 해가 지는 방향으로 그늘지는 곳이다.

나무에 서란 글자가 붙으면 음지에서도 잘 살아간다는 뜻이다. 그래서 서목으로 불린 서어나무는 그늘에서 잘 자라난다. 그래서 응달산 기슭 태봉산에 서어나무가 군락을 이루며 자라고 있고, 그래서 숲이 그늘지고 어두우며 음습하기까지 한 이유다.

[그림 121] 계절에 따른 서어나무 열매

그늘진 곳에서 자랐기에 서어나무는 곧게 자라지 못한다. 나무가 햇빛을 골고루 받으면 반듯하게 자라지만, 그늘에서 자라난 서어나무는 햇빛을 찾아 이리저리 뒤틀리고 영양분도 불규칙적으로 저장하는 바람에 나무줄기가 울퉁불퉁하다. 늦게 자라는 만큼 나무는 단단하고 조직은 치밀하다.

하지만, 일단 자라나면 서어나무는 무자비해진다. 나뭇잎은 가지마다 빽빽하게 매달려 나무 아래로 한 줌의 햇살도 닿지 않는다. 가을이 되면 땅은 서어나무 무수한 나뭇잎으로 뒤덮인다. 솔방울이나 도토리가 서어나무 아래 굴러오면 도통 움트기 어렵다. 그저 썩어 거름이 되어 서어나무를 더 크게 만들 뿐이다.

그러고 보니 서어나무 꽃말은 제물!

"찬양하라! 그리고 제물을 바쳐 숲의 주인을 경배할지니!"

[그림 122] 서어나무 멋진 자태

제36장
향나무
우리 학교는 바늘잎? 비늘잎?

판교는 불과 수십 년 전만 해도 논밭이 청계산 아래 펼쳐졌던 시골 마을이었다. 산에는 늘 구름이 껴있고, 운중천이 판교 중앙을 가르며 흘렀다. 비가 많이 오면 물이 불어나 사람들은 널빤지를 깔아 다리로 이용했다. 그래서 이곳은 널다리로 불렸으며, 훗날 한자로 고쳐 판교로 부르게 되었다.

판교는 지리상 한양과 가깝고 넓은 들판이 있어 많은 군사를 불러 모아 훈련하곤 했었다. 규모가 제법 커서, 왕이 구경하러 오기도 했다. 그때 왕이 머물렀던 행궁을 낙생 행궁이라 불렀다. 낙생은 영락장생지지(永樂長生之地)에서 온 말로 즐겁게 오래오래 살 수 있는 땅이라는 뜻이다.

낙생은 서울로 오가는 위치에 있어서 말과 사람들이 쉴 수 있는 낙생역이 고려시대부터 운영되었다. 지방관리뿐만 아니라 일본에서 온 사신들도 낙생역에서 숙박했다. 낙생은 통신 중심지이기도 했다. 천림산 봉수대가 인근에 있어 부산 다대포에서 피운 봉화를 한양의 남산까지 전달했다.

하지만, 인조가 남한산성에 행궁을 만들면서 낙생 행궁은 퇴락하다가 결국 흔적도 없이 사라졌다. 낙생이란 뜻을 병자호란 당시 이곳에서 청나라에 패한 후 남한산성이 떨어졌다는 낙성으로 잘못 알고 있는 사람이 있을 정도다. 그나마 궁내 동이란 지명이 한때 이곳에 행궁이 있었다는 사실만 추측할 수 있을 뿐이다.

다시 판교신도시가 들어서 낙생은 교통과 통신의 중심지로, 미래지향적이고 혁신 이미지가 넘쳐난다. 더불어 유구한 역사의 마을이기도 하다. 저번에 성남 최초로 설립된 낙생초등학교가 개교 100주년 기념행사를 했다. 교정에는 낙생 에 대한 오랜 삶의 흔적을 기억하는 나무가 자란다. 바로 향나무다. 둘레가 2m 에 이르고 수령이 300년도 더 되어 성남 보호수 제8호로 지정되어 있다.

[그림 123] 향나무 보호수 (낙생초등학교)

낙생의 향나무는 하늘로 당당하게 곧게 뻗었다. 나뭇가지마다 진녹색 비늘잎 이 뒤덮고 있어 푸른 생기를 잃지 않는다. 유서 깊은 나무이다 보니 판교신도시 개발 중 향나무를 보존하기 위해 대공사를 진행하기도 했다. 나무를 이식하는 대신 지반 계획고에 맞춰 나무를 6m나 들어 올리고 흙을 메운 후 그 자리에 다시 심었다.

낙생초등학교를 상징하는 교목은 당연히 향나무나. 향나무가 맑고 강한 향기를 가진 사계절 변함없는 나무인 것처럼 학생들도 자신만의 향기를 가진 멋진 사람이 되라는 의미를 담고 있다.

[향나무] 학명 Juniperus chinensis

측백나뭇과의 상록 침엽 교목. 높이는 20m 정도이며, 잎은 마주나거나 돌려나고 비늘 조각 또는 바늘 모양이다. 4월에 단성화가 가지 끝에 피고 열매는 구과로 다음 해 10월에 익는다. 재목은 조각재, 가구재, 향료로 쓰며 약용한다. 산기슭이나 평지에서 자란다.

향이 나서 향나무로 불리는 향나무는 목재 자체에서 향이 난다. 다른 나무는 봄이나 여름에 꽃이 피어야 비로소 향긋한 꽃향기를 맡을 수 있지만, 향나무는 사시사철 나무 자체에서 향기를 맡을 수 있다. 그래서 옛날에는 천연 방향제로 옷 속에 넣어 다녔다.

집에는 향나무로 만든 조각품과 가구를 들여와 은은한 향이 집안에 퍼지게 했다. 이런 귀한 쓰임새 때문에 왕과 귀족들은 금은보화와 함께 향나무를 선물하기도 했다.

향나무는 재질이 단단하고 치밀하다. 수피(Bark)는 암갈색으로 갈라져 있지만, 안쪽 수액이 흐르는 변재(Sapwood)는 흰빛을 띠고, 심재(Heartwood)는 붉은색으로 나뭇결이 곧고 광택이 난다.

향나무는 천년을 사는 나무답게 수형이 아름답고 중후하다. 창덕궁에 자라는 향나무는 수령이 750살일 정도로 건축물이나 교정에 조경수로 많이 심는다. 잔가지가 많아 가지치기로 여러 모양을 만들 수 있다. 특히 학교 구령대 옆에는 으레 향나무 몇 그루가 있어 자기처럼 반듯이 크라고 훈시하는 나무다.

그런데 학교에 심은 향나무 대부분은 우리 전통 향나무가 아닌 가이즈까향나무다. 흔히 왜향나무라고 부르는 이 나무를 처음 심은 사람은 이토 히로부미로, 조선을 침략한 후 기념식수로 심었다.

이런 역사적인 배경이 알려지자 한바탕 난리가 났었다. 관공서에서는 일본 수종이라며 가이즈까향나무 베어 버리고, 대신 은행나무나 소나무를 심었다. 현충원에서도 호국 영령들이 안장된 곳에서 있을 수 없는 일이라며 가이즈까향나무를 뿌리째 뽑아 버리기도 했다.

그런데 가이즈까향나무는 조경수로 인기가 많아 고급 주택이나 학교, 대형 빌딩의 정원수로 많이 심는다. 공해에 강하고 관리하기 쉬우며, 가지와 잎이 밀생하여 여러 모양으로 가지치기하면 조경 효과를 높일 수도 있다. 그리고 향나무는 날카로운 바늘잎이지만, 가이즈까향나무는 부들부들한 비늘잎으로 만져도 따갑지 않다.

[그림 124] 향나무 잎, 열매, 줄기

향나무는 가이즈까향나무뿐만 아니라 여럿 있다. 그중 연필향나무가 빠질 수 없다. 목재로 연필을 만들었다고 연필향나무란 이름이 붙었다. 연필로 만들기 위한 조림수종이나 매우 빨리 자라므로 정원에 생울타리로 많이 심는다.

석가산이나 연못가에 눈향나무도 조경수로 많이 심는다. 고산지대에 사는 눈향나무는 잎 표면에 흰 선이 있어 전체적으로 하얗게 보인다. 처음에는 하얀 눈이 내린 것 같다고 눈향나무인 줄 알았다. 눈향나무는 낮게 자라는 모양이 누운 것 같다고 하여 눈향나무다.

섬이나 해안가 바위에 자생하는 섬향나무도 땅을 기어가는 포복성 향나무다. 나무 모양이 둥글다고 둥근향나무로 불린 것도 있다. 크게 자라지 않아 조경용으로 많이 심는다. 천연기념물로 지정된 뚝향나무도 있다. 줄기가 올라온 후 가지가 수평으로 넓게 퍼진다.

요즘은 품종이 개량된 향나무가 많이 나온다. 블루엔젤, 문그로우, 에메랄드그린 등이 유행하는데, 내가 제일 감탄하는 품종은 스카이로켓향나무다. 이국적인 느낌이 물씬 나고 하늘로 쭉쭉 뻗은 수형이 아름답다. 가냘프다 싶은 나무지만 추위에 강하다. 손질하지 않아도 수형이 아름답게 잡히고 은빛 색채가 매우 고급스럽다.

[그림 125] 왼쪽부터 스카이로켓향나무, 가이즈까향나무, 에메랄드그린

향나무 꽃말은 영원한 향기. 부처님 전에 향을 피우기 시작한 것은 더운 나라에서 땀 냄새를 풍기며 부처님 앞에 설 수 없었기 때문이라지만, 향은 마음속 욕심을 없애고 정신을 맑게 함으로써 영험한 기운을 주기 때문이다.

제37장
회화나무
비나이다 비나이다

정월 대보름날, 판교에서 새해의 행복을 기원하고 액운을 떨치기 위한 쌍용 큰줄다리기가 떠들썩하게 개최되었다. 민속놀이 줄다리기는 황룡과 청룡으로 편을 나누어 겨룬다. 황룡은 암줄이라 하여 여자가 잡고, 청룡은 숫줄이라 하여 남자가 잡는다. 그런데, 행사 당일 참여 인력이 부족해 진행 요원들도 한복을 걸치고 줄다리기에 참여해야 했다. 인파 밀집 사고 예방차 들렀던 나도 떠밀리듯 마고자를 걸치고 청룡 줄을 잡았다.

청룡 줄을 잡은 사람이 남자들이라 쉽게 이길 줄 알았다. 하지만, 사회를 맡은 무형문화재 선생님은 남자가 이기면 안 된다고 신신당부했다. 줄다리기는 암줄과 숫줄이 하나로 이어진 상태에서 세 번 겨루는데, 암줄이 두 번을 이겨야 풍년이 든다며 남자는 무조건 져야 한다고 했다. 이런, 짜고 치는 고스톱이라니….

떠들썩한 행사에 앞서 낙생초교 앞 회나무 앞에서 축문을 읽으며 마을 고사를 지냈다. 고사가 끝나니 한복을 곱게 입은 여인들이 비나리 노래를 불렀다. 옆에 있던 학예사가 소원을 빌면서 두 손을 싹싹 비비란다. 나도 얼떨결에 노래

끝날 때까지 '비나이다'를 외며 굽신거렸다.

　학예사는 누구보다 성남에 천림산 봉수대가 사적으로 지정되고, 봉국사가 나라 보물로 지정된 거에 진심으로 기뻐했다. 또 부지런했다. 행사 와중에 마을 원주민 어르신들 말을 열심히 채증한다. 노인들은 옛날 쌍용거줄다리기에 쓰일 굵은 줄을 당산나무인 회화나무 아래서 꼬박 일주일 동안 새끼줄을 꼬아 직접 만들었다고 한다. 행사장에는 이매동 지역에 전승되어 온 이무술 집터 다지는 소리와 구미동 대표적인 민속놀이 오리뜰 농악도 개최하며 옛 전통을 계승하고 있다.

[그림 126] 회화나무 앞에서 고사를 지내는 풍경 (판교동)

여기 회화나무는 당산나무로 마을을 지키고 있다. 사람들은 수령이 500여 년 된 회화나무를 신목으로 모시고 마을에 대소사가 있으면 나무 앞에서 고사를 지냈다. 회화나무를 한자로 괴목이라고 한다. 귀신을 쫓는 꽃 괴화에서 비롯된 것으로 마을 어귀에 회화나무를 심어 잡신을 쫓고 마을을 지키는 수호목으로 삼았다.

옛날 판교 회화나무는 서울로 올라가는 길목의 주막거리 한복판에 있어 너더리 마을 사람들이 늘 찾는 정자나무이기도 했다. 지금은 판교신도시 개발하면서 이전하였으며 성남 제6호 보호수로 지정됐다.

[회화나무] 학명 Sophora japonica

콩과의 낙엽 활엽 교목. 높이는 25~30m이며, 잎은 어긋나고 우상 복엽인데 작은 잎은 달걀 모양이고 가장자리가 밋밋하다. 8월에 노란색을 띤 흰색 꽃이 가지 끝에 복총상 화서로 피고, 열매는 협과로 10월에 익는다. 꽃과 열매는 약용하고 목재는 가구재, 땔감으로 쓴다. 중국이 원산지로 산이나 들, 촌락 부근에서 자란다.

집 근처 하대원에도 큰 회화나무가 있다. 이집 선생 묘역 건너편 노인정 마당에 자란 회화나무는 멀리서 보아도 지붕 위로 웃자란 나무줄기가 보일 정도로 높다랗게 자랐다. 나무 자태도 점잖고 의젓해 오랜 연륜을 보여줘 성남 제2호 보호수로 지정됐다.

회화나무는 발음이 쉽지 않아 마을마다 부르기 쉬운 이름으로 제각기 부르는데, 하대원동에서는 호야나무라 부르고, 판교동에서는 회나무라고 부른다.

하대원동 회화나무에 얽힌 유래는 이곳이 조선시대 윤탁연이라는 선비의 선산이었으며 과거에 급제하자 선조 임금이 회화나무를 하사한 나무라고 한다. 마을 주민들은 그 이후 이 회화나무를 호야나무로 부르며 마을을 잡귀로부터 보호해 주는 수호목으로 믿는다.

회화나무는 느티나무, 은행나무, 팽나무와 함께 수령이 많고 크게 자라나는 대표적인 나무다. 또한, 좋은 일을 가져오는 행운목이자 출세를 도와주는 나무이며, 학자의 나무로 알려졌다. 궁궐이나 양반집에서나 자주 볼 수 있는 회화나무는 예로부터 이 나무를 집안에 심으면 집안에 학자가 나오고 출세할 수 있다고 하였다.

선비들은 회화나무가 자유분방하게 가지를 펼치면서도 곧게 솟아오르는 모습을 보고 학문에 정진하였다. 이사를 할 때도 회화나무를 가문의 상징으로 여겨 씨앗을 받아 가기도 했다. 천 원짜리 지폐에도 율곡 이이 선생과 서원 지붕 위로 꽃을 피운 나무가 바로 회화나무다.

[그림 127] 하대원동 회화나무 아래. 성남 보호수 제2호

회화나무를 흔히 학자수로 부른다. 영어도 같은 의미인 Scholar tree라고 부른다. 회화나무 가지가 학자 기개처럼 자유분방하고 수형이 의젓하기 때문이다. 또는 회화나무 광합성작용은 소나무보다 산소를 다섯 배나 많이 배출할 정도로 왕성하여, 그 옆에서 글을 읽으면 집중력이 높아져서 학자들이 가까이했다고 한다.

회화나무는 우리나라의 소위 선비마을이라고 불리는 곳에 가면 흔히 볼 수 있다. 경북 안동 양반마을에는 집마다 회화나무가 자라고 있다. 예로부터 과거에 급제하면 회화나무를 심었고, 관직에서 퇴직할 때 기념으로 심는 것도 회화

[그림 128] 탄천 뚝방 회화나무 길

나무였다. 하대원에도 회화나무가 많이 자라는 이유도 이곳이 고려 시절부터
큰 사원이 있었기 때문이다. 동네 이름은 큰 사원을 대원(大院)이라 하고 이곳
을 기준으로 위쪽을 상(上)대원, 아래쪽을 하(下)대원이라 한 데서 비롯되었다.
하대원동에는 둔촌 이집 선생 묘역도 있다.

둔촌 이집 선생은 고려 말 선비로 이색, 정몽주와 더불어 절개 높은 선비로
명망이 높았다. 공민왕 때 개혁을 내세운 신돈으로부터 탄압을 피해 지금의 서
울 둔촌동으로 피신하기도 하였다. 둔촌동은 이집 선생이 은둔하며 머물렀던
마을이란 뜻이다.

이집 선생 묘역 앞 둔촌공원에는 회화나무를
심어 선생의 고상한 기상을 기린다. 안내판에는
다음 글귀가 있다.

'둔촌 추모재 입구에 높은 학식과 고상한 지조로
이름을 떨친 둔촌 선생을 상징할 수 있는 회화나
무를 심어 경관을 조성하였다.'

멀리서 회화나무를 보면 나뭇잎이나 줄기 모
양이 아까시나무와 흡사하다. 나무줄기 껍질은
세로로 갈라진 골이 파여있으며 꽃은 7~8월에
황백색으로 가지 끝에 성기게 핀다. 열매는 콩과
식물답게 초록 강낭콩을 여러 개를 실로 죽이어
놓은 모양이다.

[그림 129] 회화나무꽃, 열매, 줄기

　한번은 대하초등학교에서 하교하는 아이를 데리고 회화나무를 보여 주었었다. 학자수라 불리는 회화나무가 마침 학교 근처에 있으니 부지런히 공부해야 한다고 했더니 집으로 부리나케 달아난다. 하! 회초리를 맞아도 시원찮은 일이다. 그리고 보니 회초리도 바로 회화나무의 '회'에서 비롯된 말일 터, 회화나무 가지라도 주워 들고 집에 가야겠다.

제38장
좀작살나무
진주를 던지지 마라

숲에 들어서면 사람 하나 간신히 지나가는 오솔길에서 사람과 마주칠 경우가 있다. 그러면 내려가는 사람이 올라오는 사람을 위해 길섶에 비켜선다. 그것이 산을 오르는 예의다. 아무래도 내려가는 것보다 올라가는 것이 더 힘들기 때문이다. 지나갈 때 부딪히지 않게 뒷걸음치면 발밑에서 관목 가지 우두둑 부러지는 소리가 들린다. 뒤돌아보니 국수나무 줄기가 부러졌다. 국수나무는 시름시름 앓다가 죽고, 그 자리만큼 길이 넓어졌다. 숲은 그만큼 줄어들었다.

가끔 정해진 숲길을 벗어나 앞질러 가는 사람도 있다. 성큼성큼 내딛는 발자국 따라 도토리에서 움트던 어린싹은 짓이긴다. 물오리나무 열매는 발부리에 채여 저만치 날아간다. 걸어간 흔적 따라 고스란히 샛길이 생긴다. 사람들 발길에 질경이조차 버티지 못하면, 흙은 비가 올 때마다 빗물에 씻겨 간다. 군데군데 파헤쳐진 땅 위로 깊숙이 박혔던 호박돌이 툭툭 튀어나온다. 그러면 길이 불편하다고 그 길을 버리고 멀찍이 떨어진 숲에 새로운 길을 개척한다.

등산로에 지주목을 박고 로프를 설치한 이유는 줄을 잡고 편하게 비탈길 오르라고 만든 게 아니다. 자연을 보호하기 위하여 이 줄 너머만큼은 숲에 들어가지 말라는 당부다. 하지만, 소용없다. 인본주의자들은 자유를 만끽하며 금단 너머 숲을 이리저리 헤집는다.

한번은 자연과 사람의 경계를 확실히 구분 짓기 위해 등산로에 밧줄 대신 철조망을 두를까도 생각했다. 아무리 그래도 사람 다니는 길에 그럴 수는 없다. 그러면 찔레나무를 심는 것이 어떨까도 생각했다. 그래도 가시 돋친 나무를 사람 다니는 길가에 심는 게 심보가 고약한 짓이다. 설령 숲을 보호한다는 이유로도 사람에게 해가 끼치진 말아야 한다.

그때 누군가 솔깃한 제안을 한다. 서울에서 제법 알아주는 조경전문가다. 그가 좀작살나무를 심는 것이 어떠냐고 한다. 요즘 공원에 관상용으로 좀작살나무를 많이 심는데, 나무가 무척 아름답고 매력적이라 한다. 조경수를 산속에 어떻게 심냐고 되물었다. 사람들이 예쁘다고 꽃가지나 열매 가지를 툭툭 꺾어 가면 어찌할 것인가! 사람들 손길에 얼마 안 가 죄다 몸살을 앓아 죽을 것이라 말했다. 그랬더니 전문가가 한다는 소리가 오히려 귀하고 아름다운 나무일수록 사람들이 더 아끼고 조심스러워한다고 했다. 뭐, 발상의 전환이라나 뭐라나. 역발상이라고도 했던가!

작살나무는 나뭇가지에 달린 겨울눈이 물고기를 잡는 작살처럼 생겼다고 해서 붙여진 이름이다. 열매가 좀스럽게 작고 무더기로 열리는 나무는 '좀'이라는

[그림 130] 좀작살나무꽃과 열매

접두어를 붙여 좀작살나무라고 부른다.

작살나무 열매가 크면서도 듬성듬성 달려 있고 가지도 짧아 줄기 휘어지는 모양새가 어째 좀 엉성해 보인다. 그래서 공원에 조경용으로 심는 나무는 죄다 좀작살나무다. 잎자루와 꽃자루도 같은 꼭지에 있으면 작살나무이고, 약간 간격을 두고 떨어져 있으면 좀작살나무다. 꽃과 열매가 모두 흰색이면 흰작살나무다.

그런데 작살나무란 이름이 듣기에는 참 조악하다. 작살나무는 한여름 휘어진 줄기마다 분홍빛 꽃봉오리가 다닥다닥 붙어있으면 참 아름답다. 가을이면 보라색 구슬 같은 열매가 가지마다 달려 있어 그 아름다움은 배가 된다. 숲속에서 보랏빛을 보는 것은 흔한 일이 아니다. 그것도 영롱하게 내뿜는 보랏빛은 더욱 귀하다. 그나마 맥문동에서 꽃대가 올라와야 볼 수 있다.

학명 중 속명 Callicarpa는 callos(아름다운)와 carpos(열매)가 합쳐진 그리스어다. 영어로도 beauty berry다. 중국에서도 좀작살나무 열매를 아름다운 보라 구슬인 자주(紫珠)로 불렀다. 유독 우리나라만 나뭇가지의 모양이 삼지창을 닮았다고 작살이란다. 농경사회에서 언제부터 작살을 구경이나 해봤다고 참 멋없게 작명했다. 어떻게 아름다운 열매나 꽃은 처다보지 않고 잎 속에 감춰진 나뭇가지를 모양을 들춰서 이름을 지었단 말인가? 혹시 보랏빛 열매가 알알이 맺힌 나무 자태가 너무 신비롭고 아름답다 보니 작살나게 멋진 나무라서 그리 부른 것인가?

좀작살나무가 보기에 예쁜 것이 야생조류 눈에도 금세 띈다. 먹을 것이 귀한 겨울 산속에서 좀작살나무 열매는 박새나 멧새 같은 작은 텃새들에게 귀한 먹거리가 된다. 더구나 좀작살나무는 추위에 강하고 그늘에도 잘 자라는 우리나라 자생식물이다. 가을에 땅에 떨어진 종자는 이듬해 봄 땅속에서 새싹이 씩씩

[그림 131] 좀작살나무 열매 (여름)

하게 움튼다.

듣고 보니 좀작살나무야말로 황폐해진 등산로에서 숲을 복원시킬 수 있는 나무로 안성맞춤이다. 가시나무를 심지 않아 다행이다.

시범적으로 훼손된 등산로를 복구하는 첫 장소는 응달산에서 하오고개로 넘어가는 숲길로 정하였다. 요즘 누비길 이름을 적극적으로 홍보하다 보니 제법 찾는 사람이 늘어났다. 덕분에 숲길 훼손이 심각해졌다. 모두 합쳐 1,000주를 심었다.

농원에서 조심스럽게 가져왔는지 나뭇가지마다 자주색 열매가 초롱초롱 매달려 있었다. 첫인상이 나무꽃말처럼 총명하다고나 할까? 손가락 사이로 열매를 훑고 싶은 유혹을 간신히 눌렀다. 이렇게 아름다운 빛깔이 또 있을 수 있을까!

[좀작살나무] 학명 Callicarpa dichotoma

마편초과의 낙엽 활엽 관목. 높이는 1.5m 정도이며 잎은 긴 타원형이다. 8월에 연한 자주색 꽃이 취산 화서로 피고, 열매는 보라색의 핵과로 10월에 익는다. 관상용이고 골짜기나 암석지에서 자라는데 한국의 중부 이남, 일본, 중국 등지에 분포한다.

철이 바뀌고 눈이 펑펑 내린 날, 좀작살나무를 심은 곳에 가보았다. 가까이 갈수록 새들 지저귀는 소리가 들렸다. 멀리서 보아도 좀작살나무 열매의 보랏빛 색상은 금세 눈에 띌 정도로 하얀 눈 속에서 더 빛이 났다. 그 뿌듯함이란. 푸드덕 새 날갯짓하는 소리가 들렸다. 배고팠던 박새가 좀작살나무 열매를 먹으러 왔다가 인기척에 놀랐나 보다. 그보단 낭창낭창한 나무마다 보랏빛 열매

[그림 132] 좀작살나무 열매 (가을)

를 보고 깜짝 놀랐겠지. "너희들을 위한 잔칫상이야."

괜스레 우쭐거린다. 자연 속에 한 발짝 더 내딛는 것 같다. 숲속에서 나무와 새들을 잇게 하는 매개자로서 그 역할에 감사하다.

그다음 해 북받쳤던 감정을 상기하며 다시 그 길을 찾았다. 좀작살나무는 흔적도 없이 사라지고 다시 메마른 황폐지만 남았다. 억울했다. 지난겨울 좀작살나무가 보랏빛 열매로 숲이 풍성했던 흔적은 어디에서도 찾을 수 없었다. 올겨울 지난 향연을 기억하던 총명한 새들이 다시 찾아왔을 때 크게 실망할 텐데⋯ 어쩌지?

[그림 133] 좀작살나무 열매 (겨울)

발
화
산

제39장
생강나무
반딧불이와 함께 불 밝히는

성남 끝단에서 의왕시와 용인시를 가르는 고개 이름이 바라재다. 한양에 갈 때 산 사이 지름길 바라재를 넘나들었다. 고개 좌측 산은 의왕시 바라산(428m)이고 우측이 성남시 발화산(425m)이다.

바라산은 망산으로도 불린다. 뜻은 바라볼 망(望)이란 글자에서 알 수 있듯 어딘가를 바라보는 산이다. 그 어딘가는 바로 고려의 수도 개경이다. 조견 선생이 고려가 망할 때 망산에 올라 개경을 바라보며 슬퍼했다고 한다. 국사봉, 망경대도 선생이 올랐는데…

발화산은 반딧불이 많이 살고 있어 불난 것 같다고 하여 발화산(發火山)이다. 지금도 인근에는 반딧불마을이 있고 불이 깃든다는 불깃재도 있다. 반딧불 덕분에 산이 아름답게 피어나는 꽃 같다고 발화산(發華山)으로 부르기도 한다. 그런데 어느 순간 발화산을 우담산으로 부르기 시작했다. 바라산과 운율을 맞춰 우담바라란 말을 만들고 싶었는가 싶다. 아니나 다를까! 숲에서 자연을 소재로 재미있는 이야기를 들려주는 숲해설사가 이런 이야기를 놓치지 않는다.

바라산 자연휴양림에서 숲해설 프로그램에 참여하면 3천 년에 한 번 핀다는

[그림 134] 단풍 든 생강나무 [발화산]

꽃 우담바라 이야기를 들을 수 있다. 개인적으로는 풀잠자리알보다 반딧불에서 유래한 이야기가 더 나을 듯싶다.

숲해설사는 서먹서먹한 사람들을 데리고 다니다 보니, 뭔가 재미있는 이야기를 늘 궁리한다. 그중 데면데면하던 사람들 눈을 호기심에 반짝 뜨게 만드는 단골 메뉴가 바로 생강나무다.

숲해설사는 숲길을 걷다 무심코 나뭇가지 하나 툭 부러뜨려 보온병에 넣는다. 사람들은 왜 그러지? 하는 궁금증만 마음에 담는다. 묻기에는 별로 살갑게 굴고 싶지 않다. 걷느라 다리 아플 때쯤 숲 해설사는 보온병에서 찻물을 내어준다. 진한 생강차가 담겨 있다. 사람들은 생강차를 언제 다 준비했냐고 묻는다. 해설사는 그제야 오는 길에 가지 하나 툭 꺾은 것이 생강나무고, 생강나무 나뭇가지의 향이 우러나온 것이라고 한다. 항상 같은 멘트.

하지만, 처음 듣는 사람들은 놀라 탄성을 지른다. 해설사는 이때를 놓치지 않고, 차나무가 자라지 않는 추운 지방에서는 예전부터 우리 조상들이 비싼 차 대신 향긋한 생강나무로 차 문화를 누렸다고 말한다. 야산 이름 없는 나뭇가지인 줄 알았는데, 그 가지에서 생강 향기가 나서 생강나무라는 이름이 있다는 말에 사람들은 나무를 다시 보게 된다. 그때부터 사람들은 숲해설사의 말을 하나라도 놓칠세라 귀를 쫑긋 세우며 졸졸 따라다닌다.

[그림 135] 생강나무 열매, 꽃, 줄기

생강나무를 한번 만나면 그 후론 다시는 잊지 못한다. 생강나무를 알고부터 산에 오르면 항상 생강나무를 먼저 찾는 버릇이 생겼다. 생강나무는 자신을 알아주는 사람을 만나면 반겨 주고 숲이 주는 즐거움마저 깨우쳐 준다. 누군가 나무에 관심이 있는지 없는지를 알 수 있는 시금석으로 단연코 생강나무를 얼마만큼 아는지다.

숲에서 이른 봄 생강나무 노란 꽃이 필 때 그렇게 반가울 수가 없다. 진달래 붉은 꽃이 아직 꽃눈 속에 있을 때 생강나무는 노란 꽃송이를 팝콘 터뜨리듯 팡팡 피운다. 앙증맞은 노란색 꽃송이들. 황매를 닮았다고 황매목이라고도 부른다.

생강나무 노란색 꽃은 산수유나무꽃과 닮았다. 비슷하지만 자세히 들여다보면 차이가 있다. 생강나무꽃은 암꽃과 수꽃이 서로 다른 나무에서 피는 암수딴몸이고 수꽃이 암꽃보다 다소 크다. 꽃대 없이 나뭇가지에 바짝 붙은 꽃은 뭉쳐 핀다. 꽃잎처럼 보이는 꽃받침은 6장이다. 반면 산수유는 암술과 수술이 한 꽃에 달리며 꽃술이 쭉 돋아있다. 꽃대가 있고 꽃이 하나씩 피며 꽃덮개가 4장이다.

[그림 136] 이른 봄 생강나무꽃 (발화산)

산수유가 화려하다면 생강나무꽃은 수수하다. 노랗게 몽글몽글 모여 있는 꽃을 보노라면 영락없이 병아리꽃나무다. 병아리꽃나무가 따로 있지만, 꽃이 흰색이다. 생강나무꽃이야말로 가지마다 병아리가 옹기종기 앉아 있는 모습을 그대로 닮았다.

생강나무 잎은 어릴 때 하트 모양처럼 생겼다. 잎자루 길이는 1~2cm 정도 되어 바람이 불면 하늘거린다. 그것이 자라나면 삼지창 모양으로 3개의 잎맥이 크게 갈라지고 잎사귀도 3개로 갈린다. 그래서 마치 중국단풍나무와 닮았다고 삼천풍이라고도 부른다. 봄에 어린 새순은 말려서 향긋한 작설차로 마시고 조금 더 자란 어린잎은 날로 쌈을 싸 먹거나 나물로 무쳐 먹는다.

봄에 생강나무 잎을 보았을 때 하트 모양을 보고 영락없이 사랑나무라고 생각했다. 여름, 가을로 접어들면 하트 모양이었던 잎은 끝이 뾰족해지더니 삼지창 모양이 되었다. 시간은 사랑을 변하게 한다. 바라보는 눈빛은 시간이 갈수록 날카로워지고 상처 준다.

> **[생강나무]** 학명 Lindera obtusiloba
>
> 녹나뭇과에 속한 작은 낙엽 활엽 교목의 하나. 늦겨울에 노란 꽃이 산형 꽃차례로 달리고, 잎은 가장자리가 밋밋한 모양으로 어긋맞게 난다. 9월에 작고 둥근 열매가 붉게 익는데, 향기가 좋아 꽃은 생화로 쓰며, 가지는 약으로 쓴다. 열매로는 기름을 짜고, 어린싹은 작설차로 쓴다.

봄에 생강나무 꽃망울이 그랬던 것처럼 가을에는 잎사귀가 산을 노랗게 물든다. 검은 열매를 가지마다 매달고, 생강나무와 산수유가 확연히 달라지는 시간이 왔다. 산수유는 새빨간 열매를 맺고, 생강나무는 검은 열매를 맺는다. 가을이 깊어갈수록 잎사귀와 열매가 다채로운 색을 띠니 가을 생강나무숲은 단풍나무 못지않게 즐겁다.

생강나무는 발화산뿐만 아니라 우리 산야 지천에서 자란다. 가을이 되면 산에서 생강나무 열매를 주우며 다니곤 했는데, 정선 아리랑에도 떨어진 동박(생강나무 열매)을 줍다가 임을 만나고 임을 그리워한다는 가사가 있다. 생강나무 열매로도 밤에 불을 밝히는 등불용 기름으로 많이 쓰였다.

남쪽에는 동백나무가 있어 기름을 채취했지만, 중부 이북 추운 지방에서는 생강나무가 동백나무를 대신하여 기름을 짜는 데 유용하다. 그래서 종종 산동백나무라고 부른다. 김유정 작가의 《봄봄》에서 나오는 노란 꽃 동백은 바로 생강나무를 가리킨다.

그러고 보니 발화산은 반딧불이가 불을 밝혀서 발화산이라는 뜻도 있겠지만, 지천으로 자라는 생강나무 열매로 불을 밝힐 수 있다고 하여 발화산이 아닌가 싶다. 여름에 명주 주머니에 반딧불을 모으고, 가을에는 생강나무 열매로 기름

城 남쪽에 사는 나무

을 짜고, 겨울에는 쌓인 눈에 반사된 달빛으로 등불을 삼아 책을 읽을 수 있으니 과히 형설지공이란 말이 발화산에서도 나왔을 듯싶다.

생강나무의 꽃말은 수줍은 고백. 김유정의 소설《봄봄》에서 주인공을 사랑하는 점순이는 생강나무 아래에서 엄청 적극적으로 구애한다. 주인공이 점순이를 여우 새끼라고 생각할 정도로.

사실, 생강나무 꽃말은 수줍은 고백인데 말이다.

[그림 137] 반딧불이 날아다니는 것 같은 생강나무꽃 (발화산)

제40장

팥배나무
겨울새를 위한 만찬

   남한산성 유원지를 성남시 랜드마크로 만들기 위하여 조경전문가와 건축사를 불러다 제3차 기획 회의를 할 때였다. 남한산성 도립공원의 우수한 생태 자연을 최대한 활용하고 건축공사 시 생태계교란과 지형변형을 최소화할 수 있는 친환경적인 공법을 적용하여 마스터플랜을 수립하였다. 회의 중 부지 외곽 조경계획에 눈에 띈 수종이 있었다. 팥배나무였다. 다른 수종보다 팥배나무 식재계획이 상당량 설계되었길래 핀잔을 주었다. 그때 한참 나무를 배울 때였다.

   '아니, 산에서 자라는 나무를 공원에다 심는 거예요? 차라리 아까시나무를 심든지 하시지.'

   설계자는 당황스럽다는 듯 요즘 공원 트렌드가 우리 숲에 자생하는 나무를 건물이나 공원 경계 안으로 끌어놓아 최대한 자연미를 살린다는 것이다. 특히 대상지가 환경생태 등급이 높은 도립공원에 위치하여 숲속 느낌을 최대한 살렸다고 했다. 대답을 듣고 옛날 노자 선생이 던진 말이 지금 내게 비수가 된다.

      '아는 자는 말하지 않고, 지껄이는 자는 알지 못한다.'

[그림 138] 남한산성 숲속 커뮤니티센터 설계공모작 (성남시)

나무마다 제각기 다른 고유의 특징들이 있다. 먼저 잎을 보고, 다음 꽃과 열매, 줄기를 보다 보면 무슨 나무인지 알 수 있다.

그중 팥배나무는 잎사귀나 꽃이든 아니면 열매나 나무껍질이든 팥배나무의 확연한 특징이 있다. 자주 접할수록 그런 차이점은 점점 또렷하게 눈에 들어온다. 그러면 온갖 종류의 나무가 무성한 숲속에서도 팥배나무를 멀리서도 단박에 알아볼 수 있다. 우리나라가 원산지라서 영어로는 Korean Mountain Ash로 불리는 팥배나무. 그 나무를 숲속에서 먼저 알아보는 일은 무척 커다란 기쁨이

[그림 139] 팥배나무꽃, 잎, 열매

다. 이에 호응하듯 팥배나무는 사시사철 볼거리를 준다.

봄. 팥배나무꽃은 가지 끝에서 6~10개 편평한 꽃차례로 핀다. 꽃 지름은 1cm고, 꽃받침조각과 꽃잎은 각각 5개다. 무더기로 흰 꽃이 한꺼번에 피니, 팥배나무는 숲속에서 단연 눈에 띈다. 팥배나무꽃은 이른 봄 귀룽나무 못지않게 나무 위를 새하얗게 덮는다.

팥배나무는 15m 넘게 쭉쭉 뻗어 자라나는 키 큰 나무다. 그래서 숲속에서 거닐다 보면 팥배나무꽃들이 머리 위로 뭉게구름처럼 피어난 것도 모르고 걷기 일쑤다. 가끔 하늘을 바라보는 것도 잊지 말아야 한다. 눈이 부신 것이 햇살 때문인지 하얀 꽃잎 때문인지는 나도 모른다. 많은 꽃잎에는 많은 꿀샘이 있어 벌들이 꽃 사이사이 붕붕 헤집으며 바쁘게 꿀을 채취하느라 정신없다.

[팥배나무] 학명 Sorbus alnifolia

장미과의 낙엽 활엽 교목. 높이는 10m 정도이며, 잎은 어긋나고 달걀 모양 또는 타원형이다. 4~5월에 흰 꽃이 방상 화서로 피고, 열매는 타원형의 이과로 10월에 익는다. 목재는 기구재나 땔나무로 쓰고 열매는 식용한다. 한국, 일본, 만주 등지에 분포한다.

여름. 여름이 깊어지면 숲속은 모든 나뭇가지마다 잎사귀들이 무성하게 자라며 짙은 녹음을 드리운다. 초여름이면 수정을 끝낸 꽃잎이 다 떨어지고 아직 열매가 굵기 전이다. 나무를 구분할 수 있는 특징은 초록색 나뭇잎뿐이다. 그래도 팥배나무 찾기는 쉽다.

나뭇잎 색은 진하고 잎맥이 뚜렷하게 주름졌다. 일본에서 저울눈나무라고 불릴 정도로 잎맥 간격이 정확하게 돌출되어 뚜렷하다.

가을. 사계절 중 팥배나무를 다른 나무와 구별할 수 있는 시기는 아무래도 가을날이다. 늦서리 맞을 때까지 나뭇가지에 매달려 있는 붉은 팥알 같은 열매를 보고 비로소 팥배나무인 것을 알아볼 수 있다. 다른 나무들은 가지만 앙상하여 삭정이 같아 보일 때 팥배나무는 가지마다 알알이 맺은 붉은 열매로 인하여 생명력이 넘친다.

한겨울 눈이 내려도 팥배나무 붉은 열매는 하얀 눈 속에서 작은 전구를 켜놓은 듯 아름답게 보인다. 색도 진해서 붉은색이라는 표현보다 코발트색이라는 표현이 어울린다.

팥배나무 이름은 가을에 붉게 여무는 열매가 붉은팥을 닮고, 꽃은 늦봄 여러 층으로 하얗게 피는 것이 배꽃과 비슷하다고 지어진 이름이다. 반면, 팥배나무와 비슷한 이름을 가진 팥꽃나무는 팥꽃과 꽃 생김새가 다르다. 꽃 색깔이 팥과 비슷한 진한 보라색이라 팥꽃나무라 한다. 우리나라 토종이고 꽃이 무척 아름답다. 그래서 영어 이름은 아름다운 그리스 여신 다프네에서 따온 Daphne다.

누구는 팥배나무가 팥을 닮은 열매가 배 맛이 난다고 해서 그리 지었다고 했

[그림 140] 팥배나무 잎과 열매 (가을)

다. 그 말이 참말인지 산속에서 열매 알갱이를 따먹어보았다. 당최 그 맛을 알수 없고 떫기만 해 퉤퉤 뱉어 냈었다.

겨울. 하얗게 눈 덮인 겨울 산속에 붉은 열매는 새들이 찾기 쉽다. 팥배나무 열매는 지름이 1cm로 붉은색으로 익으며 9월 중순 ~ 10월 초에 성숙한다. 열매는 작아도 초겨울 늦게까지 나뭇가지에 남아 겨울을 나는 텃새들에게는 귀중한 식량이다. 크기도 작거니와 시큼한 맛도 사람들 입맛에는 맞지 않아 산속 날짐승과 들짐승이 독차지할 수 있다. 나뭇가지마다 무더기로 피어난 붉은 열매는 겨울까지 욕심부리지 않아도 될 만큼 풍성하다. 곤충과 날짐승들에게 아낌없이 베풀 줄 아는 나무다. 또한 짐승이 중생(衆生)에서 온 말이니까 사람이나 동물이나 나무는 차별하지 않는다.

태봉산과 발화산을 잇는 능선으로 팥배나무가 가득하다. 산길을 걸으면 팥배나무가 사시사철 매혹적이라 발걸음을 멈출 수밖에 없다. 팥배나무 꽃말이 매혹인 이유도 사람들 시선을 잡아끄는 매력 때문이다. 이런 나무를 공원에 왜 심냐고 딴짓이나 걸었으니, 참으로 쥐구멍이라도 숨고 싶었다.

[그림 141] 겨울에도 발갛게 빛나는 팥배나무 열매

청
계
산

제41장

철쭉

벼랑에서 부르는 헌화가

정해진 산길을 벗어났다. 위험 구간을 알림판이 있었으나, 글자가 빛바래 지워졌다. 그저 무성한 관목만 앞길을 막아 사람이 섣부르게 들어가지 못하게 한다. 그 길부터는 부드러운 흙길이 끝나고 암릉 지대다. 딱딱한 바위를 밟으니 종아리 근육이 긴장한다.

튀어나온 바위 턱을 조심스럽게 발로 디디고, 한 손으론 거친 바위 돌기를 움켜쥐었다. 다리 한쪽을 들어 한 뼘 벌어진 크랙에 발을 집어넣으면 가뿐하게 올라갈 수 있다. 하지만 생각과 달리 다리에 힘이 제대로 들어가지 않고, 외려 뻣뻣해진 근육이 찢어지는 느낌이었다. 아픔에 그만 벼랑에서 외마디 소리를 지르고 말았다.

왕년 인수봉 취나드 B길까지 등반했던 생각만 있었지, 그때랑 전혀 딴판이 돼버린 몸을 미처 생각 못 했다. 이런 객기를 청계산 산봉우리에서 부렸다가 벼랑에서 떨어지면 뼈도 못 추리겠다 싶었다. 신경을 잔뜩 곤두선 채 삭아 보이는 줄을 잡고 아등바등 올라갔다.

청계산에서 망경대와 석기봉으로 이어지는 바위 능선은 관악산 못지않게 험

[그림 142] 청계산 석기봉 바위 절벽

준한 악산이다. 관악산을 주봉으로 청계산을 좌청룡, 수리산을 우백호로 부르는 이유다.

정상에 서면 사방팔방 시야가 모두 확 트인다. 구름만 없다면, 시력이 허용하는 곳까지 볼 수 있다. 서쪽 끝 하늘과 맞닿는 곳이 지평선이 희뿌옇게 보인다. 그곳이 서해와 맞닿는 수평선인지 아니면 눈이 침침해서인지는 모르겠다. 문득 깎아지르는 바위틈에 아름다운 꽃을 보았다. 이 꽃을 보기 위해 절벽을 기어오른 것이라 해도 좋을 만큼 아름다웠다. 그리고 그 꽃 이름은 철쭉꽃이었다.

'붉은 바위 끝에 암소 잡은 손을 놓게 하시고
나를 부끄러워하지 않으신다면 꽃을 꺾어 받치오리다.'

신라 향가 〈헌화가〉 중 수로부인이 높은 낭떠러지 바위틈에 핀 아름다운 꽃을 보고 누가 저 꽃을 꺾어 주겠냐고 물었다. 까마득한 절벽이라 누구도 꽃을 꺾어 주겠단 말을 하지 못했다. 그때 암소를 끌고 지나가던 노인이 절벽에 올라 꽃을 꺾고는 부인에게 바쳤다. 수로부인을 한눈에 사로잡을 만큼, 한 노인이 목숨 걸고 바위에 오를 만큼 아름다운 꽃이 철쭉이다.

우리나라는 진달래를 참꽃이라 불렀고 철쭉을 개꽃이라 불렀다. 진달래는 마른 녹말을 묻혀 화채에 띄워 먹거나 찹쌀가루 반죽에 꽃잎을 얹혀 먹을 수 있었지만, 철쭉은 꽃에 독성분이 있어서 먹으면 배탈이 났다. 식물이라면 닥치는 대로 먹어 치우는 양도 철쭉은 쳐다보지도 않는다. 철쭉 이름은 철쭉을 보면 양이 뒷걸음친다는 뜻의 양척촉에서 왔다. 이후 척촉이 되고 텩튝, 텰듁으로 차츰 변하다가 철쭉이 되었다.

그런데, 암만 생각해도 뒷걸음치는 것은 양이 아니고 사람이지 않을 듯싶다. 숲에서 철쭉을 만나면 그 아름다움에 놀라 발길을 멈추고 뒷걸음친다. 옛날 수

[그림 143] 철쭉 (청계산 석기봉)

로부인이 철쭉을 처음 보고 반하여 발걸음을 멈춘 것처럼 말이다. 그만큼 철쭉은 매우 아름다운 꽃이다.

사실 처음에 석기봉 벼랑에 피어난 꽃이 철쭉임을 알지 못했다. 공원이나 가로수에 심은 산철쭉이나 영산홍만 줄곧 봐왔던 터라, 철쭉은 봄에 흔하게 볼 수 있는 그저 그런 꽃인 줄만 알았다.

그저 물어물어 귀동냥으로 진달래보다 물을 먹은 듯 은은한 색이라 수달래라거나, 아니면 진달래가 피고 난 후 연달아 피고 색도 연하여 연달래로만 알았다. 벼랑에서 고고하게 홀로 자란 철쭉이 산속에서 외롭게 자라는 진달래와 비슷하다고 느꼈다.

훗날 도심지 공원이나 인도에 무더기로 자라는 철쭉이 산철쭉이고, 산속에서 한두 주 만나는 연달래나 수달래가 진짜 철쭉임을 알았다. 그때 내가 아는 상식이 무척 짧았다는 생각에 무척 당황했다. 한동안 철쭉을 볼 때마다 괜스레 무안하고 미안했다.

봄에 피는 진달래와 철쭉 모두 진달랫과에 속하는 식물이다. 서로를 구분하자면, 햇볕이 잘 드는 산기슭에서 자라면 진달래이고 음지면 철쭉이다. 그리고 이른 봄에 잎보다 꽃이 먼저 피면 진달래고, 꿀벌이 몰려다닐 때 잎이 나고 꽃이 피기 시작하면 철쭉이다. 또한, 진달래는 색이 진하다면, 철쭉은 연하고 속에 검은 반점이 있다.

철쭉은 절벽 아래 한두 주 빗물에 촉촉이 젖은 모습을 봐야 한다. 그러면 진달래 영어 이름이 아젤리아(Azalea)고 철쭉은 로열 아젤리아(Royal Azalea)인 이유를 안다.

그리고 도심에서 철쭉이라고 부르는 꽃이 산철쭉이다. 철쭉이 오히려 산에 살고, 반대로 산철쭉이 도시에서 산다. 철쭉잎이 넓은 계란형으로 둥글지만, 산철쭉잎 모양은 새끼손가락 정도 길이로 날렵하고 진달래와 비슷하다. 꽃 색깔도 철쭉보다 더 붉고 진하여, 모여 있으면 무척 아름답다. 그래서 산철쭉을 정원수로 많이 심는다.

[철쭉] 학명 Rhododendron schlippenbachii

진달랫과에 속한 낙엽 관목. 5월에 진달래꽃과 비슷한 분홍, 연분홍 색깔의 꽃이 무리 지어 피며 10월에 열매가 익는다. 우리나라, 일본, 만주 등지에 분포한다.

산철쭉은 일본에서 품종개량을 하여 영산홍을 얻었다. 구분은 영산홍이 산철쭉보다 꽃 색깔이 진하고 키는 작은 편이다. 그리고 개량종답게 겨울에도 잎이 떨어지지 않는 반상록이다. 또한 산철쭉이 2~3개의 꽃에 수술이 10개라면 영산홍은 줄기에 1개 꽃만 달린다.

사람들은 철쭉을 잘 안다고 생각한다. 하지만, 대부분 진짜 철쭉을 보지 못했다. 그리고 철쭉이 얼마나 아름다운지 알지 못한다. 그래서 사랑하지 못한다. 철쭉 꽃말은 사랑의 즐거움. 진심으로 사랑하지 않으면 감히 안다고 말할 수 없다.

[그림 145] 철쭉 (청계산 석기봉)

'왜 너를 안다고 생각했을까! 더 일찍 알아봤더라면 달라졌을까?
그랬다면 벼랑에서 비명을 지르는 대신 헌화가를 노래할 수도.'

제42장
산딸나무
기독교 성지 십자가 나무

청계산 국사봉에서 서들산 방면으로 내려가면 가파른 산기슭에 둔토리 동굴
이 있다. 둔토리는 청계산 산줄기 안골에 군대가 주둔했다고 해서 둔도리로 부
르다가 둔토리로 되었다. 둔토리 동굴은 루도비꼬 동굴로도 불린다. 병인박해
새남터에서 순교한 루도비꼬 신부가 은신하였던 동굴로 천주교 성지다.

루도비꼬 신부는 프랑스 랑공에서 태어났다. 조선에 왔을 때는 흥선대원군

[그림 146] 천주교 성지 루도비꼬 동굴 (국사봉)

시퍼런 서슬 아래 천주교인들이 무참하게 죽어갔던 시기였다. 언제 붙잡힐지도 모르는 상황에서 루도비꼬는 낮에는 산기슭 동굴에 몸을 숨겼고, 밤이 되면 천주교를 전도하러 다녔다. 그러나 곧 체포되어 서울 의금부로 압송되고 1866년 3월 새남터 형장에서 처형당했다. 조선에 온 지 일 년도 안 되었으며 27살 나이였다.

깎아지는 흙 비탈면에 있는 동굴은 바위로 되었으며, 그 위로 낙엽이 쓸려 내려왔다. 천주교 신자가 자주 찾아와 관리하니 주변은 흐트러짐 없이 잘 정돈되어 있다. 동굴 안 성모 마리아상은 항상 온화한 표정이다. 반면 뒤돌아본 산세는 험준하고 적막했다.

루도비꼬는 한겨울 청계산 산속에서 추위와 공포로 부들부들 떨었다. 프랑스 젊은이에게 이국땅 청계산은 너무나 낯설고 험준했다. 한겨울 바위 동굴은 추위를 피할 수 없었고, 먹을 것도 구하기 쉽지 않았다. 동굴 안으로 세차게 몰아치는 눈바람을 낙엽으로 막으며 신께 그저 기도드릴 수밖에 없었다. 그 모습을 그저 산딸나무가 무심하게 바라보기만 했다.

루도비꼬 동굴을 찾아가는 숲길에서 산딸나무를 보았을 때, 공원에서 조경수로 보던 나무를 산에서 야생으로 보게 되니 무척 놀랐다. 층층나무처럼 수형이 아름다운 산딸나무가 하얀 십자가 모양의 꽃으로 뒤덮였으니 신비감이 들 정도로 아름다웠다. 가을에도 딸기 모양의 붉은 열매가 잔뜩 달려 있어 볼수록 신기했다. 사실 산딸나무가 우리나라 자생종으로 산야에서 쉽게 볼 수 있는데도 말이다.

산딸나무는 기독교인에게 성스러운 나무며 예수의 나무로 부른다. 예수님이 십자가에 못 박힐 때 쓰인 나무가 산딸나무였고, 꽃잎도 공교롭게 예수님이 못 박히신 십자가 모양이다.

[그림 147] 산딸나무 하얀 꽃잎 (청계산)

　그래서 기독교인들은 꽃잎 끝 갈색 무늬마저 예수님 손바닥에 박힌 못을 가리키고, 붉은 열매는 예수님의 피를 상징한다며 산딸나무야말로 기독교를 상징하는 나무라 생각한다. 꽃말이 희생인 것도 예수님이 십자가에 못 박히시며 인간을 위해 희생했기 때문이다.

　기독교 국가인 유럽과 미국에서는 십자가 모양으로 피는 꽃 때문에 산딸나무를 정원수로 심는다. 품종도 많이 개량되었는데, 그중 미국산딸나무는 꽃이 아름다워 공원이나 정원에도 많이 심는다.

　그런데, 아무리 꽃이 십자가 모양인들 결국 예수님을 죽게 만든 나무다. 그런 원망이 묻어나서인지 영어로 산딸나무를 Dogwood라 부른다. 하지만, Dogwood에 대한 어원은 다른 뜻이 있다.

　먼저, 산딸나무 껍질로 개 피부병을 치료해서 Dog에 Wood에 붙었다는 설과 산딸나무 목질이 단단하여 나무꼬챙이(Dag)를 만드는 데 사용되어 훗날 dag가

dog로 변했다는 것이다.

산딸나무는 우리나라를 포함한 아시아가 자생지로 열매가 딸기처럼 생겨서 산에 사는 딸기나무라는 뜻으로 산딸나무라고 지었다. 열매는 먹을 수 있으며 가끔 모란시장에 가면 할머니들이 노상에서 한 소쿠리에 5,000원에 판다.

우리가 산딸나무 빨간 열매가 먹음직스러운 딸기를 닮아 산딸이란 이름을 지었다면, 이웃 나라는 십자가 모양의 하얀 꽃잎을 보고 이름을 지었다. 밤에 하얀 산딸나무꽃이 달빛을 받으면 더욱 환하게 빛나는데, 중국에서는 꽃잎이 사방으로 비춘다고 하여 사조화라고 부른다.

바다 건너 일본에서도 산딸나무 꽃잎이 두 장씩 서로 마주 보고 있는 모양이 흰 두건을 쓴 스님 같다고 하여 산법사라 부른다. 독일 식물학자가 산딸나무를 일본에서 채집하여 유럽에 소개했기 때문에 산딸나무 학명에는 일본에서 산딸나무를 부르던 사투리 '쿠사'인 kpusa가 종명으로 들어갔다.

다른 나라가 모두 꽃잎을 기준으로 작명했을 때, 우리나라는 열매를 기준으로 이름을 지었다. 먹을 게 귀했던 시절, 우리 조상들은 산에서 탐스러운 딸기

[그림 148] 산딸나무 열매 여름, 가을

가 열렸던 나무는 당연하게 산딸기나무로 불렀다. 딸기나무란 이름만 듣고도 산에서 쉽게 찾을 수 있다.

[산딸나무] 학명 Cornus kousa

층층나뭇과에 속한 낙엽 소교목. 잎은 마주나고 가장자리가 물결 모양이며, 가지가 층층나무처럼 퍼진다. 6월경에 꽃대 끝에 많은 꽃이 뭉쳐난다. 열매는 취과로, 딸기처럼 생겼고 10월에 붉게 익으며 먹을 수 있다. 산지에서 자라며 우리나라, 중국, 일본 등지에 분포한다.

그런데 산딸나무 외래종이 들어오면서 꼬여버렸다. **Flowering dogwood**로 불리는 미국산딸나무는 꽃이 크고 모양은 십자가 모습이지만, 열매는 작은 꽃사과 모양이다. 이런 미국산딸나무를 중국은 기존 부르던 사조화에서 큰 꽃이 열리므로 대화를 붙여 대화사조화로 부른다. 일본에서도 미국에서 온 산법사라 하여, 아메리카산법사로 부른다. 우리나라도 미국산딸나무라고 부르긴 하지만, 열매가 딸기 모양이 아님에도 불구하고, 산딸기나무라고 부르게 됐다.

이름과 생김새가 엇박자가 되었지만, 그렇다고 조상 탓할 필요가 없다. 사실 넉 장의 하얀 꽃잎은 진짜 산딸나무꽃이 아니다. 가지마다 겹겹이 얹혀 있는 흰 꽃은 나뭇잎이 꽃잎처럼 변한 것이다. 진짜 꽃은 가운데 작고 볼품없는 초록색 구슬 모양이다.

꽃이 워낙 못나다 보니 벌과 나비를 유인하기 위해 꽃받침을 꽃잎처럼 화려하게 포장하였다. 어쩌면 다른 나라 사람들이 벌과 나비처럼 꽃받침을 꽃으로 착각하여 어여삐 여길 때, 우리 조상은 산딸나무의 속셈을 정확히 꿰뚫어 본 셈이다.

가을이 오면, 꽃받침이 씨를 감싸며 열매가 익기 시작한다. 붉게 익기 전 영락없이 코로나19 바이러스 모양이다. 바이러스 표면의 뾰족뾰족한 돌기 모양 스파이크 단백질이 산딸나무 열매 표면에 달린 돌기와 흡사하다. 붉게 익고 나서야 열매는 보기에도 딸기처럼 탐스럽고 먹음직스럽다.

[그림 149] 하얗게 핀 산딸나무 꽃받침 (청계산)

산딸나무 열매를 입에 넣어 보았다. 맛이 푹 삶은 딸기 맛이다. 오물오물 씹다 물컹물컹한 맛에 차마 삼키지 못하고 도로 퉤퉤 뱉어 냈다.

겉모습에 속지 말아야 할 게 꽃잎만이 아니다.

제43장
피나무
핏자국 따라 자란 게 아니에요

청계산으로 부르기 전, 산기슭에서 청룡이 하늘로 올라갔다 하여 청룡산이라 고 불렀다. 청룡이 살 수 있을 만큼 숲은 울창했으며, 푸른 산줄기는 청룡처럼 구불구불 길게 이어졌다. 짙게 우거진 숲은 청룡과 더불어 많은 산짐승이 어슬 렁거렸다. 나라의 임금도 툭 하면 청계산으로 호랑이. 표범, 멧돼지 등을 사냥 하러 오곤 했다.

청계산은 산이 깊고 깊어 동물뿐만 아니라 사람도 몸을 숨기기에 좋았다. 도 적들은 한양과 가까운 청계산에 숨어 노략질을 일삼았다. 글을 읽는 선비들도 찾았다. 유교와 명분을 고집하는 사림(士林)은 세상과 타협하지 않고 청계산 산 림(山林)을 찾았다. 고려 말 충신 이색이 청계산에 숨어 살았고 조선 초에는 정 여창도 연산군을 피해 청계산으로 은신했다.

특히 정여창이 청계산과 인연이 깊다. 이수봉이란 이름은 선생의 목숨을 두 번씩이나 구했다고 해서 이수봉이란 이름이 생겼다. 하지만, 붙잡혀 유배 생활 중 사약을 받고 죽고 또 연산군이 시신을 무덤에서 꺼내 부관참시하였으니, 두 번 살고 두 번 죽은 격이다.

혈읍재도 정여창과 관련 있다. 이수봉과 매봉 사이에는 과천에서 성남으로 넘어가는 고개가 있고, 이를 혈읍재라 한다. 처음 혈읍재가 피를 토하며 넘는 고개라는 말을 듣고, 고개가 얼마나 비탈졌기에 피를 토하나 싶었다. 옛골에서 이수봉 방면 된비알 길은 목숨이 깔딱깔딱한다고 깔딱고개인데, 피를 토하다니 무척 험준할 것 같다.

[그림 150] 된비알 길 데크 계단 (혈읍재)

하지만, 혈읍재는 힘들어서 피를 토하는 고개가 아니다. 정여창 선생이 연산군 무오사화에 연루되어 청계산으로 도망치다가 억울하게 죽은 스승과 지인들을 생각하며 피눈물을 흘렸다고 하여 혈읍재란 이름이 생겼다. 혈읍재에서 망경대 쪽으로 올라가면 선생이 숨어 지내며 목을 적셨던 하늘샘이 있다. 산꼭대기 하늘과 맞닿아 햇빛을 받으면 금빛처럼 빛난다고 금정수로도 불렸다. 일설에는 정여창 선생이 유배 후 함경도에서 죽자 샘물이 핏빛으로 변했다가 나중에 복권되니 샘물이 다시 금빛으로 돌아왔다고 한다.

혈읍재 정상에는 그 어느 나무보다 크고 우람하게 자라난 나무가 있으니 바로 피나무다. 하도 원통하여 피가 나올 듯이 울며 넘는 고개 정상에 피나무가 있다니. 요즘 유행하는 스토리텔링 소재로 괜찮은 것 같았다.

'청계산 혈읍재는 정여창 선생이 내뱉은 핏자국마다 피나무가 자라고 있습니다. 그 핏자국 따라 자연과 역사를 배우며 걸어 봅시다.'

[그림 151] 찰피나무 (혈읍재)

그런데, 좀 께름칙하다. 사실 피나무는 피(血)와 전혀 상관없다. 피나무는 한자로 껍질 피(皮) 자를 쓴다. 예전부터 나무껍질이 워낙 질겨서 어망 그물이나 지붕을 잇는 밧줄이나 새끼줄로 쓰였다. 속담에 '피나무 껍질 벗기듯'이란 말처럼 껍질과 관련이 깊다.

피나무 껍질의 쓰임새가 많은 것은 우리뿐만 아니라 나라 밖도 마찬가지다. 피나무 영어 이름 Basswood의 bass는 bast(섬유)에서 나왔다. 간혹 Linden으로도 불리며, 모두 질긴 껍질이란 뜻이다. 피나무 학명 Tilia란 글자는 그리스어 Tilos에서 유래한 것으로 섬유란 뜻이 있다. 식물학자 린네(Linne)도 피나무에서 유래되었다.

피나무 껍질이 쓰임새가 많은 이유는 껍질의 섬유질이 삼베나 명주보다 질기고 물에도 금세 썩지 않기 때문이다. 껍질이 까칠하지 않고 부드러워 뒷간에서 큰일 보고 엉덩이 닦을 때 쓰기도 하였다. 그래서 지방에서는 피나무를 밑씻개나무라고 부른다.

[피나무] 학명 Tilia amurensis

피나뭇과에 속한 낙엽 교목. 활엽수이며 높이는 20m 정도이고, 잎은 넓은 달걀 모양으로 어긋나며 가장자리에 톱니가 있다. 6월에 세 개에서 스무 개의 꽃이 산형 꽃차례로 달리며 9~10월에 열매가 익는다. 재목은 가구 재료가 되며 나무껍질은 새끼 대신으로 쓰인다.

피나무는 중요한 밀원식물이기도 하다. 6월 꽃이 피면 나무는 온통 꽃으로 뒤덮인다. 꽃향기는 그윽하게 멀리까지 퍼지며, 꿀벌과 나비를 유혹한다. 꽃에는 달콤한 꿀이 많아 꽃향기를 맡아 멀리서 날아온 꿀벌들의 수고를 헛되이 하지 않는다.

외국에서도 피나무꽃에 꿀벌들이 잔뜩 몰려온다고 하여 피나무를 Bee Tree 라고 부른다. 피나무꿀은 체온을 따뜻하게 하고 혈액순환도 잘되게 도와줘서 면역력 강화에 좋다고 널리 알려졌다.

피나무 종류는 찰피나무와 보리자나무가 있다. 잎이나 열매 모양이 서로 비슷하다. 혈읍재 정상에 아름드리로 우뚝 솟은 나무는 찰피나무고, 옛골로 내려오는 계곡마다 한두 그루씩 점점이 자란 것이 피나무다. 피나무 잎은 가장자리에 규칙적인 톱니가 있으며 하트 모양인데, 피나무 잎자루는 길고 찰피나무는 잎자루가 거의 없으며, 찰피나무에만 잎 표면에 잔털이 있다.

또, 찰피나무 열매가 피나무보다 두세 배 더 굵고, 열매 아랫부분에 줄이 하나 있다. 씨앗은 비교적 단단하여 스님들이 피나무 씨앗으로 염주를 만들기도 했다. 비슷하게 생긴 열매 중 표면 줄이 다섯 개 있는 나무가 있다. 보리자나무다. 피나무는 무늬가 없다.

[그림 152] 피나무 열매(左)와 찰피나무꽃(右)

보리자나무란 이름이 붙은 연유가 흥미롭다. 찰피나무와 닮은 보리자나무는 중국에서 들여왔다. 중국 사찰에서는 부처님이 깨달음을 얻었다는 보리수나무를 경내에 심고 싶었지만, 보리수나무는 열대 지역에서만 자라는 뽕나무과 나무다. 보리란 글자는 깨달음을 뜻하는 인도어 Bodhi를 음역한 것이다. 결국 보리수나무는 중국 기후에는 맞지 않아 보리수나무와 잎 모양이 비슷한 피나무과 보리수나무를 절 주위에 심었고, 이런 풍습이 우리나라로 넘어오게 되었다. 그런데 우리나라에는 보리수나무가 이미 있었다. 빨간 열매 안에 있는 씨가 보리를 닮아 보리수란 이름이 붙은 보리수나무는 우리나라 각지 산야에 자생하고 있었다. 결국 중국에서 온 보리수나무를 보리자나무라고 이름을 바꿨다.

절에서는 여전히 보리자나무를 보리수나무라 부르고, 찰피나무나 보리자나무 모두 열매로 염주를 만들 수 있다고 하여 염주나무로 부른다. 모감주나무도 염주나무로 부른다. 무분별하게 부르는 것 같지만, 불가에서 차별하고 구분하는 분심(分心)은 법도에 어긋난다.

가끔 혈읍재에 옛 선비가 뚝뚝 흘렸던 핏자국마다 피나무가 자랐다는 말이 입가에서 맴돈다. 사실 하나만 바꾸면 재미난 이야기 만들기 딱 좋은데 말이다.

그래도 관두자! 물을 좋아하는 피나무가 산 계곡을 따라 그리 잘 자라는 게 하등 이상할 게 없다. 더구나 청룡산을 청계산으로 고쳐 부를 만큼 맑은 물이 흘러내리는 산이 아닌가!

거짓말에 진실 한 마디를 섞어 여론을 호도하고 비극적인 역사를 만든 일이 너무 많다. 괴벨스가 그랬고, 연산군이 사회를 일으킬 때도 그랬다. 여기 혈읍재 만큼은 사실대로 놔두자.

"여기 혈읍재 피나무는 피와 전혀 상관없대요!"

제44장
뽕나무
산신과 함께한 해맞이

어느 해 8월 마지막 주, 비가 세차게 내리던 날 밤이었다. 청계산 군부대에서 시청 당직실로 다급하게 연락이 왔다. 청계산에서 산사태가 발생했다는 것이다. 며칠 몇 날을 그리 폭우가 쏟아지더니, 기어코 물 머금은 흙이 무너져 내렸나 보다. 청계산은 흙산으로 강우가 지속되면 토사가 침식되어 산사태에 취약하다.

다음날 날이 밝자마자 모두 청계산으로 올라갔다. 산사태 흔적은 처참했다. 뿌리 뽑힌 나무는 쓰레기처럼 널브러졌고, 사방이 진흙투성이였다. 자연을 사람 몸에 비유한다고 하면 흙이 쓸려 내려 바위가 드러난 데는 피부가 벗겨지고 뼈가 드러난 생채기다. 더구나 시뻘건 진흙물이 줄줄 흘러내리니, 마치 핏물이 흐르는 것 같았다.

폭우가 할퀴고 지나간 생채기 끝 한쪽에 뽕나무가 몸을 부르르 떨고 있었다. 흙더미가 뽕나무 바로 앞까지 밀려왔지만, 천만다행 뽕나무는 무사했다.

청계산 산비탈 끝자락에서 자라난 뽕나무는 사람들이 정상을 밟고 헐떡이는 숨을 고를 수 있는 휴식처였다. 나무 그늘에서 동쪽으로 펼쳐진 경관을 둘러보면, 북쪽 한강 잠실에서 동쪽 남한산성 줄기를 따라 남쪽 불곡산까지 한눈에 내려다보인다. 판교와 위례도 다 굽어볼 수 있다. 예전 농경지에 불과했던 벌판은 고층아파트가 빽빽이 들어섰다. 말 그대로 뽕밭이 푸른 바다가 되었다는 상전벽해란 말을 뽕나무 아래에서 실감한다.

잠실 또한 원래 한강 본류 송파강 위쪽에 있던 강북지역이었다. 누에고치를 먹이기 위하여 뽕나무를 심었다고 하여 잠실로 불렀다. 지금은 죽었지만, 잠실의 뽕나무가 조선 전기부터 전해 오는 유서 깊은 나무라고 해서 서울시 기념물 제1호로 지정되어 있다.

[그림 153] 산사태 발생 직후 (망경대)

뽕나무를 뜻하는 한자 상(桑)에는 나무(木) 위에 사람 손(又)이 많이 그려져 있다. 나무에서 뽕잎을 따는 모습을 형상화한 것이다. 누에는 뽕잎을 먹고 나방이 되기 전 누에고치가 된다. 요 누에고치에서 사람들은 명주실을 뽑아낸다.

수천 년 전부터 뽕나무는 비단을 생산할 수 있는 중요한 재산이었다. 조선시

[그림 154] 청계산 정상 뽕나무 (망경대)

대 경복궁 안에는 수천 그루 뽕나무를 심어 왕가에서 직접 비단을 짰으며, 지방마다 뽕나무밭을 만들어 누에치기를 장려했다.

망경대 아래 산기슭에 제법 뽕나무가 많이 자란다. 임도를 따라 순찰차를 타고 산 정상까지 오르내리다 보면, 산길 주변으로 사람들 서넛이 큰 배낭을 메고 다니는 것을 본다. 가방 안에는 산림에서 불법으로 채취한 나물이나 열매가 가득하다. 특히 망경대 주변은 주로 뽕잎을 딴다. 물론 누에를 먹이기 위해 따는 것은 아니다.

[뽕나무]　학명 Morus alba L.

뽕나뭇과 뽕나무속에 속한 낙엽 교목 또는 관목. 잎은 긴 타원형이고 갈라지며 가장자리가 톱니 모양이다. 봄에 잎겨드랑이에 황록색 꽃이삭이 달리며, 6월경 자흑색 열매인 오디가 열린다. 잎은 누에의 사료로 이용하며, 열매는 술을 담거나 생으로 먹고, 목재는 가구재로 쓴다.

봄에 뽕나무 어린 순은 그대로 쌈을 싸서 먹을 수 있고 나물로도 인기다. 여름에 뽕잎이 크면 맛이 떫고 쓰지만, 말려 두었다가 가루로 만들어 곡식 가루와 섞어 먹으면 좋다. 늦가을 추워질 때도 서리 맞은 뽕나무 잎을 딴다. 그때 산에서 채취한 야생 뽕잎은 향취가 그윽하고 깊으며, 사람의 심신을 보하고 기력도 북돋워 준다. 녹차와 비교해도 뽕잎차는 카페인은 없고 칼슘은 60배, 철분은 2배 더 많아 옛날부터 뽕잎차를 신선 약이라 불렀다.

　뽕나무는 뽕잎만 귀한 게 아니다. 뽕나무는 한여름에 짙은 보라색으로 익어 가는 맛은 달고 부드러운 열매가 열린다. 배나무 열매는 배, 사과나무 과실은 사과지만, 뽕나무 열매는 뽕이 아니고 오디다. 뽕나무 과실 표면이 오톨도톨해서 오돌개라고 부르다가 오디가 되었다. 동양에서는 비단실을 얻기 위해서 누에가 먹는 뽕잎을 주로 땄지만, 서양에서는 잎 대신 달콤한 열매를 땄다. 그래

[그림 155] 뽕나무 열매 오디 (망경대)

서 뽕나무를 영어로 작은 보라색 딸기라는 뜻으로 Small purple berry라 쓴다.

뽕나무는 어느 것 하나 버릴 게 없다. 나무껍질은 황색 염료로 쓰고, 뿌리껍질조차 고혈압 약재로 쓰니, 옛 조상들은 뽕나무를 하늘이 내려 준 신선목으로 여겼다. 그런데 하필 이름이 왜 뽕일까?

방귀를 뽕뽕 잘 뀐다는 뽕나무는 그저 방귀라는 소리에 자지러지는 아이들을 위해 지은 이야긴 줄 알았다. 그런데 뽕나무 유래가 정말 열매 오디를 먹으면 소화가 잘되어 방귀를 잘 뀌어 뽕나무라 한다. 신선나무라며 귀하게 여긴 나무치곤 이름이 참 마뜩잖다. 차라리 소화가 아주 잘되어 뽕뽕나무로 하던가!

산사태 이후 토사에 등산로 시설물이 쓸려 내려가거나 관목이 훼손된 곳을 정비했다. 흙이 무너진 비탈면에는 거대한 암반이 드러났다. 바위로 물이 졸졸 흘러 내려오니 하늘에서 물이 떨어지는 폭포 같았다. 게다가 굴러온 커다란 바윗덩어리는 거북 모양을 닮았다. 거북 바위를 폭포 옆으로 옮겨 놨다. 영락없이 물을 먹고 있는 거북이 모습이다. 훼손지는 청계산에 자생하는 산사나무와 산벚나무, 산딸나무, 소나무 등 수백 그루 교목을 심고, 관목으로 덜꿩나무, 노린재나무, 좀작살나무, 산수국 등 수천 그루를 심었다.

운무가 끼면 상서로운 기운이 거북바위와 뽕나무 주변 숲에 펼쳐졌다. 산봉우리에서 신선처럼 거침없는 마음을 품을 수 있겠다.

뽕나무 주변을 힐링 공간으로 만들고 전망 데크를 설치했다. 옆에서 상전벽해로 변한 세상을 굽어볼 수 있도록 포토존도 설치했다.

다음 해 1월 1일 새해를 맞이하여 청계산 정상 뽕나무를 찾아갔다. 많은 사람이 뽕나무 앞에 모여들어 새해를 맞이하며 제각기 소원을 빌었다.

이집트에서 뽕나무는 생명의 나무고 지혜의 나무로 여겼다고 한다. 신년 새해 소망을 바라는 모두에게 뽕나무가 지혜롭게 소원성취해 주길 기원한다.

[그림 156] 뽕나무 전망대 조성 전후

제45장
박쥐나무
모든 존재는 살아가는 이유가 있고

모든 것에는 이유가 있다. 존재든 사건이든 우연이든 필연이든.

단지, 이해하지 못하고 있을 뿐이다. 일부라도 코드가 드러나면 무엇을 상징하는지 암호를 풀어내듯 제대로 해석해야 한다. 그러면, 세상은 또 다른 의미를 갖게 되고, 세상은 새롭게 재창조된다.

아메리칸 인디언들은 지구에 있는 모든 것은 그 나름대로 목적이 있다고 믿었다. 심지어 전염병이 퍼졌을 때도 병이 퍼지는 이유가 있고, 동시에 병을 치료하는 약도 함께 생겨난다고 믿었다. 곤충이나 풀조차 아무리 미물이라도 지구에 나타난 저 나름대로 존재 이유가 있다. 당연히 사람도 저마다 이 세상에 태어난 자기 소명이 있다. 사람은 내가 왜 이 땅에 태어났는지 그 이유와 가치를 살면서 증명해야 한다.

모든 것에 자기 자리가 있고, 그렇게 있어야 완성된다고 생각했다. 만약 자기가 그 자리에 있지 않다면 그곳을 찾는 여정을 시작해야 한다. 그 과정이 인생이다. 이런 가정을 명제로 증명한 것이 바로 박쥐나무다. 박쥐나무가 내 앞에서 존재를 드러냈을 때, 그런 막연했던 생각을 사실로 믿게 되었다.

[그림 157] 망경대와 석기봉 능선

지금도 숲에서 박쥐나무를 만나면 그 환희의 순간이 떠오른다. 그 벅찬 희열감을 억누르지 못하고 발산한 것이 이 책이다.

청계산 울창한 산림에는 많은 수종이 있고, 숲길 언저리에는 다양한 나무와 풀들이 자란다. 계곡물이 맑고 맑아 물이 푸르게 보일 정도라는 청계산 최고봉은 망경대. 날이 맑으면 개성도 볼 수 있어 고려 말 유신들은 이 산에 올라 망국을 한탄하며 눈물짓곤 했다. 망경대는 거친 바위 능선 최고봉에 있어서 그 아래는 낭떠러지다. 그 벼랑 바로 아래 암반 틈에는 생각지도 못한 한 동굴이 있다.

숲이 울창하고 산이 깊기로 유명한 청계산에도 절벽 아래 은밀하게 자리 잡은 동굴은 최고의 은신처였다. 고려 말 조견 선생이 은신하였고, 조선 연산군 때는 폭정을 피해 정여창 선생이 의금부 군졸의 눈을 피해 이 굴속에 은신했다. 동굴에는 특이한 이름이 있다.

마왕굴. 고려가 멸망하자 맥이라는 괴물들이 울면서 떼를 지어 이 굴로 들어갔다고 하여 맥굴로 불렀다. 이후 음운이 변해 막굴-망굴-마왕굴로 변했다. 또 다른 이야기로 예전 망루가 있어서 망루 아래 동굴이라 하여 망굴이라 부르다가 마왕굴로 변했다고 한다.

마왕굴이란 이름을 듣고 단지 악마가 낮에는 굴에 숨어 있다가 밤에는 박쥐처럼 날개를 활짝 펼쳐 하늘을 나는 모습을 상상했다. 아닌 게 아니라 이 동굴은 박쥐가 많이 살아 박쥐 동굴이라 부르기도 했고, 동굴 앞 깊은 골짜기는 박쥐골이라 불렀다.

청계산은 자연의 생태와 사람의 문화가 데칼코마니처럼 겹친다. 우연 같지만, 상징하는 바가 서로 맞닿고 있어 해석하기에 따라 무궁무진한 이야기가 나온다. 피울음으로 넘은 혈읍재에 피나무가 핏자국 따라 점점이 있고, 천주교 성지에 십자가 나무라는 산딸나무가 자생하고 있으며, 망경대 산봉우리에는 신선나무라는 뽕나무가 산 아래 상전벽해로 변해 버린 도시를 내려다본다.

게다가 망경대와 마주하는 망경암은 어떠한가! 청계산의 망경대는 멸망한 고려의 수도 개경을 바라보고, 영장산의 망경암은 개국한 조선의 수도 한양을 바라본다. 이름은 비슷하지만, 뜻은 천지 차이다. 어쩌면 나라가 멸망해야 새로운 나라가 생기는 법이니, 뜻이 전혀 다르다고 할 수 없겠다. 알파와 오메가가 근본적으로 하나라면, 망경암은 조선의 알파이며 망경대는 고려의 오메가인 셈이다.

자연과 인간이 서로 절묘하게 어우러져 혹시 우연을 빙자한 어떤 필연이 있지 않을까 하는 생각이 들자 마왕굴로 올라갔다. 만약 마왕굴, 즉 박쥐동굴 앞에 정말 박쥐나무가 자생하고 있다면, 엉클어진 세상일을 풀어갈 수 있는 실마리로 삼을 참이었다.

마왕굴은 망경대와 석기봉 사이에 있다. 망경대에 군부대가 자리 잡고 있어서 석기봉에서 바위를 붙잡고 조심스럽게 내려가야 한다. 인적이 드물어 지난해 쌓인 낙엽이 아직 길을 덮고 있어 늘 길을 헤매기 일쑤였다. 햇살을 받으면 금빛으로 빛난다는 금정수를 지나 큰 바위 아래 된비알을 조심스럽게 내려가니 바위가 갈라진 틈으로 커다란 동굴을 보게 되었다. 박쥐 동굴이었다.

굴 안쪽으로 조심스럽게 들어가 보니 사람 하나 몸을 숨길 만했다. 산을 오르느라 피곤했는지 동굴 안 가파른 바위에 기대어 산바람을 맞았다. 잠시 쉬고 있자니, 굴 밖으로 박쥐가 햇빛을 받아 하늘거렸다. 낮에 웬 박쥐가 날아다니나 싶었다. 그런데 한두 마리가 아니다. 여러 마리가 초록빛으로 날개를 펄럭이고 있었다.

박쥐를 닮은 나뭇잎을 가졌다는 박쥐나무. 그 나무가 박쥐 동굴 앞에 펼쳐져 있었다. 아! 이건 우연일까? 아니면 필연일까?

[그림 158] 박쥐동굴 앞 박쥐나무

햇빛을 받은 얇은 나뭇잎 잎맥이 실핏줄처럼 언뜻 비친다. 끝에 3~5개 뿔처럼 뾰족한 잎 모양은 흡사 박쥐가 날개를 펼친 것 같다. 바람에 나뭇잎이 흔들거리니, 마치 박쥐가 나무를 피해 이리저리 날갯짓하는 것처럼 보인다.

박쥐나무의 잎은 박쥐 날개와 닮아 박쥐나무다. 박쥐나무는 키가 작다. 크게 자라도 산속에서는 3m 내외다. 숲속에서 키 작은 나무로 살아가기에 햇빛을 잘 받을 수 있도록 잎은 넓다. 키 큰 나무 아래 그늘에 있다 보니 음지에서도 잘 자라며 추위에 견디는 힘도 강하다. 박쥐나무는 우리나라를 비롯한 동아시아 온대지방에서 자라왔고 옛적부터 어린잎은 나물로 무쳐 먹기도 했다.

[박쥐나무] 학명 Alangium platanifolium Harms var. trilobum

박쥐나뭇과에 속한 낙엽 활엽 관목. 높이 3m 정도로, 잎은 어긋나며 잎의 가장자리가 3~5갈래로 갈라지고 털이 나 있다. 꽃은 5~7월에 피는데 여덟 장의 꽃잎이 뒤로 말려 우산을 펴놓은 모양이다. 산지의 숲속에서 자라며 봄에 어린잎을 따서 나물로 먹는다.

6월 더운 여름날 마왕굴 앞 박쥐나무를 찾아갔다. 어느새 박쥐 날개를 닮은 잎 아래 하얀 꽃이 드문드문 피어났다. 잎 아래 숨은 꽃잎은 하얀색으로 6장이며, 모두 뒤집혀 돌돌 말려있다.

쪼그려 앉아 보니, 수줍은 듯 아래를 향해 고개를 푹 숙인다. 그 모습이 또 영락없이 거꾸로 매달린 박쥐 모양이다. 보면 볼수록 은근히 어여쁘다.

박쥐는 날 수 있게 진화한 유일한 포유동물이다. 대부분 벌레를 먹지만, 열매나 꽃가루와 꽃을 먹기도 한다는데, 청계산 마왕굴에 사는 박쥐는 박쥐나무 어여쁜 꽃의 꿀을 빨아 먹고살 것 같다.

박쥐는 동굴이나 바위틈 같은 외딴곳에 잠자리를 마련하고, 보통 수십 년 이상 오래 산다. 그래서 서양에서 박쥐는 뱀파이어처럼 영생을 상징하고, 동양에서는 불로장수를 상징한다. 다만, 동양에서 박쥐 복(蝠) 자가 복(福) 자와 소리나 글자 모양이 비슷해 행복을 상징한다. 그래서 예전부터 공예품이나 노리개

무늬에 박쥐 문양이 들어가 복이 깃들기를 소원했다.

박쥐나무 꽃말은 부귀. 어쩜 꽃말까지 복을 상징하는 박쥐와 같을 수 있는가 싶다. 꽃말이 서양 문화에서 유래했을 터인데…

[그림 159] 박쥐나무잎과 꽃

박쥐나무를 보면서 모든 것은 다 그만한 이유가 있다는 것을 깨닫는다. 다만 해석할 수만 있으면 말이다. 인디언은 노래한다. 모든 것은 존재하는 이유가 있다고. 그러기 위해서는 이해하여야 한다.

> **"나한테 말해 봐. 그러면 난 잊을 거야."**
> **"나한테 보여줘 봐. 그러면 난 기억할 수 없을 거야."**
> **"나를 끌어들여 봐. 그러면 난 이해할 수 있을 거야."**

제46장
노린재나무
거센 눈보라에도 의연하게

산을 가볍게 여겨선 안 된다. 지리산이나 설악산 등 험준한 산만 이르는 게 아니다. 도심에 가깝더라도 산에 오를 땐 만약을 대비해야 한다. 청계산도 마찬가지다. 그날은 12월 화창한 날이었다.

숲 찬 공기에 코끝이 알싸하게 시렸지만, 공기가 쾌적하고 하늘은 한없이 맑았다. 정상에 오르면 서해도 볼 것 같아 가볍게 올랐다.

어둔골에서 깔딱고개를 넘어 산 중턱에 이르렀더니 날이 점점 흐려졌다. 그러더니 갑자기 눈보라가 몰아쳤다. 이수봉 정상까지 얼마 안 남아 부지런히 오르면 금세 다다를 것 같았다. 괜스레 날씨 탓을 하며 뒤돌아가기엔 너무 아쉬웠다. 내심 아이젠도 준비 안 한 안일함을 자책하기도 했다.

이수봉에 이르자 산골짝에서 드센 바람이 몰려와 아름드리 소나무 뒤로 몸을 피했다. 그때 거센 바람에도 의연히 버티는 노린재나무를 보았다. 키는 작아도 거친 눈보라에 굳세게 서 있는 모습이 소나무 기상을 꼭 빼다 닮았다. 청계산 능선 따라 아름드리 소나무와 키 작은 노린재나무가 서로 앞서거니 뒤서거니 하며 자랐다.

노린재나무는 오래 살아도 나무 굵기는 팔목을 넘어가지 않는다. 수형은 하나의 원줄기가 곧게 올라와 수평으로 여러 가지를 내어 우산 모양이다. 소나무 그늘에서도 햇빛을 받을 수 있도록 나뭇가지는 사방으로 넓게 뻗쳐 있었다. 눈보라 속에서 메마른 가지만 보아도 이렇게 늠름한 모습인데, 잎사귀 돋고 꽃피면 풍모는 또 얼마나 의연할까 생각도 들어 여름에 다시 보리라 다짐했다.

[그림 160] 눈보라 치던 날 소나무와 노린재나무 (이수봉)

다음 해 녹음이 짙어 가는 6월 국사봉 방면에서 이수봉 쪽으로 산행했다. 국사봉 오르는 길은 깔딱고개 못지않게 가파른 고개다. 학이 날아서 넘나드는 고개라 하오고개란 이름이 붙었다. 숨이 간당간당 넘어가며 간신히 국사봉에 올

랐지만, 앞으로 넘어야 하는 산봉우리는 이수봉, 망경대, 매봉이 겹겹이다. 하오
고개 오르느라 지쳤는지 이수봉을 넘어서자 다리가 풀려버렸다.

소나무 밑에서 쉬어갈 겸 자리에 털썩 앉았더니 지난겨울 하얀 눈을 잔뜩 이
었던 노린재나무가 눈 대신 새하얀 꽃이 잔뜩 핀 채 반겨 주었다. 하얀 솜털이
엉겨 붙은 것처럼 나뭇가지마다 꽃 뭉치가 겹겹이다. 눈보라에도 굳세게 서 있
던 의연한 모습은 오간 데 없이 청초하게 자랐다. 작은 꽃잎 밖으로 수술이 길
게 도드라져 은은한 꽃향기를 날리고 있었다.

[그림 161] 노린재나무꽃과 열매, 줄기

노린재나무 이름은 노린재란 벌레가 연상된다. 멋모르고 그 벌레를 잡았다가
손에서 노린내가 나서 기겁했다. 특히 베르나르의《개미》를 읽고부터는 노린재
에 대한 혐오가 컸었다. 지독한 악취를 풍기는 노린재는 거미나 사마귀도 쳐다
보지 않는다.

하지만, 노린재나무는 그런 벌레와 전혀 상관없다. 이름 때문에 좋지 못한 냄
새가 나지 않을까 오해받지만, 오히려 하얀 꽃이 피면 은은하고 고운 향기를 풍
긴다. 영어로도 노린재나무는 Sweet leaf로 불린다.

노린재나무란 이름은 나무를 태우면 노란 재가 남는다고 해서 그리 지었다.
한자로 황회목(黃灰木)으로 쓴다. 옛날에는 옷감을 여러 색상으로 물들일 때 노

란 재를 매염제로 썼다.

흰옷을 즐겨 입은 우리 민족은 식물에서 필요한 색을 얻어 썼다. 개암나무 잎에서 갈색을 얻고, 감나무는 감에서 갈색을, 주목은 자주색을, 물푸레나무는 푸른색을 얻고, 누리장나무 열매에서 옥색의 염료를 얻었다. 신나무 잎으로 회흑색을 얻고, 여뀌나 닭의장풀에서 청색을, 쑥에서는 남색, 애기똥풀에서 황갈색, 치자나무에서 황색을 얻었다. 당시 노린재나무를 이용한 염색 기술은 상당히 발달하여, 잎을 끓인 즙으로 옷이나 음식에 색을 들이기도 했다.

[노린재나무] 학명 Symplocos chinensis for. pilosa

노린재나뭇과의 낙엽 활엽 관목. 봄에 흰 꽃이 원추 화서로 피고 가을에 잘고 둥근 핵과가 남빛으로 익는다. 연장의 자루, 자, 지팡이 따위의 재료로 쓴다. 산지에 자라는데 한국, 중국 등지에 분포한다.

가을 이수봉은 고기리 저수지를 지나 발화산에서 출발했다. 이수봉쯤에 다다라 숨이 너무 벅차 벤치에 털썩 주저앉았다. 그때 숲에서 좀처럼 보기 힘든 짙푸른 바다색을 보았다. 노린재나무 열매였다. 자연에서 파란색은 정말 귀한 색이다.

하늘과 닮은 파란색은 성스러움을 상징했다. 중세 유럽에서 파란색은 성모마리아를 채색할 때 사용하였으며, 금보다 비싼 청금석이라는 보석에서 색을 얻었기에 파란색은 부와 명예를 상징했다. 파란색 열매 말고도 다양한 색깔의 열매가 있는데. 서로 다르게 부른다. 흰색 열매는 흰노린재나무, 검은색 열매는 검노린재나무, 검푸른색은 섬노린재나무로 나눈다.

겨울이 끝나갈 무렵 다시 찾아왔다. 노린재나무는 도톰한 잎사귀나 푸른빛 열매를 모두 떨구고 나목으로 서 있었다. 떨어진 잎사귀는 바싹 말랐다. 산속에서 키 작은 나무가 사는 방법은 봄에 다른 나무에서 잎이 나오기 전에 재빨리 잎을 내어 광합성작용을 먼저 하는 것이다. 곧 어느 나무보다 더 재빠르게 잎을 보여 줄 것이다.

[그림 162] 겨울이 오는 산에서 노린재나무 한 그루 (혈읍재)

가끔 노린재나무를 보면 개인적으로 회한이 밀려온다. 한때 사업 아이템으로 밀크페인트를 정하고 뛰어든 적이 있다. 냄새나 대기오염물질을 발산하지 않아 친환경 페인트로 생태주택을 짓고자 할 때 주목받는 도료가 될 듯싶었다.

밀크페인트는 말 그대로 우유로 만든 페인트다. 우유 단백질 성분인 카세인의 끈적끈적한 성질이 천연 접착제 역할을 하고, 여기에 다양한 안료를 혼합하면 밀크페인트가 된다. 가구에 여러 번 덧칠하고 아마인유로 코팅하면 내구성이 높다. 그러나 상품성을 갖기에는 너무 비쌌다. 결국 몇 년 만에 손 털고 나올 수밖에 없었다.

가끔 노린재나무를 보면 천연 페인트 재료로 만들어 보는 것은 어떨까 하는 생각도 들다가 어떨 때는 울화가 울컥 치밀어 오른다.

제47장

물푸레나무

검은 숯내에 푸른 물을 더하면

업무 중 점심시간에 탄천까지 와서 산책한다. 북쪽으로 빠르게 걸으면 상적천이 합류되는 지점까지 갔다 올 수 있을 정도다.

탄천에는 자전거도로와 보행자도로가 좌·우안 잘 설치되어 시민들이 많이 찾는다. 유모차를 밀고 대화를 나누는 주부부터 모자를 눌러쓰고 부지런히 뛰어가는 젊은 사람, 지팡이에 몸을 의지하며 느릿느릿 걷는 노년 부부까지 이용 계층은 다양하다.

봄에는 꽃구경하러 탄천에 많이 놀러 오는데, 비탈면 따라 유독 벚나무를 많이 심었다. 종류도 겹벚나무, 왕벚나무, 수양벚나무, 산벚나무 등 다양하다. 그래서 봄철 벚꽃이 만개하면 탄천은 지천까지 벚꽃으로 장관을 이룬다. 성남의 유명한 벚꽃 명소인 벚꽃 9경 중 6곳이 탄천 및 지천에 줄지어 자라난 벚나무 길이다.

옛날에 숯내라고 불렸던 탄천은 용인시 법화산에서 발원한다. 탄천 발원지 수청동 옛 이름은 물푸레울로 깨끗한 물이 흘러 물푸레나무가 집단으로 서식하였기 때문에 물푸레울이라 불렸다. 한강에 이르기까지 여러 지천과 합류하여 한강까지 35.6km를 흐른다. 특히 청계산 청정한 계곡에서 흘러온 맑은 물과 합쳐진 후 더 큰 물결이 된다.

한번은 큰마음 먹고 탄천에서 상적천 따라 청계산 발원지까지 가보기로 했다. 서울공항 담벼락 타고 상적천을 거슬러 올라가니 고등지구를 지나 대왕저수지를 만나고 옛골 방면으로 꺾이는 물결을 따라 청계산 어둔골까지 접어들었다. 숲에 나무가 우거져 항상 어둡다는 어둔골은 여느 산 못지않게 기암괴석과 시원한 폭포를 볼 수 있다. 물 또한 너무 투명하여 물속에 두 손을 담가도 물이 보이지도 않을 정도다. 다만 어느 경계에서 손이 시리는 것을 갖고 물에 닿은 줄 안다.

특히 널찍한 바위는 주변 절경이 뛰어나 신선대로 불려도 손색없다. 이곳에서 발을 담그면 옛 선비들이 맑은 물에 갓끈을 씻고 흐린 물에 발을 씻었듯 유

[그림 163] 청계산 물 맑은 계곡 (신선대)

유자적할 수 있다. 바람에 물푸레나무 가지가 흔들리며 노래 부르고, 물소리에 잎사귀 박자 맞춰 춤추듯 떠내려가니 여기서 시절을 잊고 시조나 한 곡조 읊으면 좋겠다 싶었다.

그렇게 물길 따라 거슬러 올라가면 산 정상쯤 물길은 끊기고 대신 샘이 솟는 곳에 다다른다. 바로 상적천 발원지다. 여기서 물이 시작되어 탄천과 합류하고 한강에 이른다. 탄천 발원지가 물푸레마을로 불렸던 것처럼, 여기도 물푸레나무가 집단으로 서식하고 있다.

[그림 164] 물푸레나무 집단 서식지 (상적천 발원지)

물푸레나무는 물 맑은 계곡이라면 어디든 쉽게 볼 수 있다. 물을 좋아하고 습한 토양에서 뿌리는 새로운 줄기를 곧장 잘 만들어 계곡에 금세 큰 나무가 여럿 자란다. 물푸레나무는 나무껍질에 흰점이 얼룩져 있는 것으로도 쉽게 알아볼 수 있다. 처음에는 가로 큰 무늬가 누가 흰색 물감으로 나무줄기에 발라놓은 줄 알았다. 한두 점 흰색 반점이 잿빛 바탕의 나무와 대비가 되어 독특한 얼룩무늬로 보인다.

나뭇잎 또한 아까시나무처럼 새의 깃 모양으로 작은 잎이 5장에서 7장까지 양쪽에 붙어난다. 모두 마주보기로 잎이 달리는데 여러 잎 중 가지 끝 잎이 가장 크다. 그리고 새로 자란 가지에서 꽃대가 나온다.

비슷한 잎을 가진 나무로 들메나무가 있다. 들메나무는 잎자루에 붙은 잎 크기 모두 같다. 그리고 작년 묵은 가지 끝에 꽃대가 나온다. 물푸레나무과에는 키가 큰 들메나무 말고도 쇠물푸레나무가 있다. 청계산에는 쇠물푸레나무를 물푸레나무보다 더 많이 볼 수 있다. 쇠물푸레나무는 잎이 작고 좁으며 대부분 작은 나무로 자라는 까닭에 작을 소(小)를 붙여 쇠물푸레나무라 부른다. 곤충 날개와 같이 뾰족하고 기다란 모양의 씨앗도 물푸레나무 씨앗 절반 크기다. 가을에는 나무 밑으로 씨앗이 수북하다.

[그림 165] 물푸레나무 줄기, 열매, 잎사귀

물푸레나무 가지를 잘라 물속에 휘저으면 푸른 물감이 풀어지듯 물이 푸른 색으로 변한다. 꼭 이른 봄에 가지를 잘라 껍질을 벗겨 내야 푸른 물이 나온다. 물푸레나무는 물을 푸르게 하는 나무라는 뜻으로 한자로도 수청목(水靑木)이라 한다. 옛날에는 물푸레나무로 물이 파랗게 변하면 붓을 적셔 화선지 위에 파란 하늘과 파랑새 깃을 그리고 옷감을 파랗게 물들기도 했다.

[물푸레나무] 학명 Fraxinus rhynchophylla

물푸레나뭇과의 낙엽 활엽 교목. 잎은 마주나고 우상 복엽이고, 작은 잎은 달걀 모양이고 톱니가 있으며 뒷면 맥 위에 털이 있다. 5월에 흰 꽃이 원추 화서로 풋가지 끝에 피고, 열매는 시과로 9월에 익는다. 나무껍질은 한약재로 쓴다. 산 중턱 아래의 습지에서 나는데 한국, 중국 등지에 분포한다.

그동안 보았던 나무들은 때죽나무, 쥐똥나무, 버즘나무, 말오줌나무 등 도저히 예쁜 이름이라고 할 수 없었다. 미학적인 관점이라곤 일 원도 없이 그저 마을 어귀에 굴러다니는 개똥 부르듯 나무도 함부로 불렀다. 이름을 너무 하찮게 지은 게 못내 아쉬웠던 터라, 물푸레나무라는 이름을 듣고 이름이 참 예쁘다고 생각했다.

이름이 예쁘니 나무도 예뻐진다. 숲속 멀리서 흰점이 있는 나무가 보이면 괜히 설레기까지 한다. 언젠가는 물푸레나무 길쭉길쭉한 하얀 꽃잎이 너무 탐스러워 꽃을 보는 내내 얼굴이 발그레해진 적도 있었다.

사실 몰라서 그렇지, 알고 보면 우리말로 지은 예쁜 나무 이름도 많다. 수수꽃다리 이름도 들으면 푸근하고, 히어리는 이국적이다. 남쪽 지방에서 자라는 다정스러울 만큼의 나무란 뜻의 다정큼나무는 듣기만 해도 다정다감함이 넘친다.

우리말의 풍부한 어휘와 뛰어난 묘사력은 나무뿐만 아니라 하늘에서 내리는 비를 이르는 말이 수십 가지 넘는다. 오래오래 내리는 궂은비나 싸라기처럼 포슬포슬 내리는 싸락비, 실처럼 가늘게 내리는 실비, 빗발이 보이도록 굵게 내리는 발비 등 자연을 묘사하는 우리말은 참으로 섬세하고 예술적이다.

물푸레나무는 단단하다. 내구성이 좋고 오래 쓰면 쓸수록 더 멋스럽게 느껴져 고급수종으로 취급받는다. 옛날에는 물푸레나무로 곤장을 만들었다. 나무가 튼튼한 데다가 탄성도 좋아 곤장을 때리면 볼기짝에 나무가 착착 감겨 살갗이 터지며 통증이 극심했다. 오죽했으면 임금이 죄인이라도 물푸레나무 대신 덜 아픈 버드나무로 때리라고 했다.

그러고 보니 매 맞는 것도 참 섬세하다. 곤장을 맞으면 사람 목숨이 왔다 갔다 할 정도로 고통이 극심하다는데, 버드나무로 맞으면 덜 아프고 물푸레나무로 맞으면 더 아픈 것을 느끼다니….

[그림 166] 숲길에 도열한 물푸레나무 (남한산성길)

가만 보니 물푸레나무 줄기 흰점이 예사롭지 않다. 사람을 모질게 패고 다니더니 어디서 한 대 얻어맞아 얼룩진 것 같기도 하고.

제48장

구상나무
정말 매바위에 있다니까요!

청계산 매바위로 오르는 길 중간에는 사람 人 모양의 바위가 있다. 커다란 바위가 사선으로 흘러내려 바위 어깨가 서로 맞대고 있는 자세가 영락없이 人 형상이다. 요 돌문 바위 밑을 지나가면 청계산의 정기를 듬뿍 받아 소원을 성취할수 있다고 한다. 예전에는 돌문 바위 밑으로 지나다녔는데, 효험도 별로 없어서인지 이제는 그냥 지나친다.

위쪽으로 조금만 걸어가면 매바위가 나온다. 바위에 서면 동쪽 하늘 밑으로 도시 전경을 시원하게 바라볼 수 있다. 여기가 예전에는 포수들이 기거하며 매를 이용해서 사냥했다. 전망이 좋은 높은 바위에서 시력이 좋은 매는 숲에서 뛰어다니는 토끼나 수풀에 숨은 꿩을 금세 찾아낼 수 있다. 달리 매의 눈이라고 하겠는가. 조류 중에서 시력이 가장 좋은 매는 새 중에서 가장 빠르다. 여기 바위 고봉에서 토끼를 잡기 위해 나는 순간 순식간에 급강하하며 토끼 목덜미를 낚아챈다.

나무를 알아가면서 덩달아 우리말의 어원도 공부하게 된다. 은근히 매와 관련된 말이 참 많은데, 우리 민족이 원래 유목민족이었나 싶어질 정도다. 먼저

[그림 167] 한겨울 매바위 비석 (청계산)

시치미는 매의 이름표로 시치미를 떼며 다른 사람 매를 내 것으로 우기기도 했다. 매섭다는 매가 사납다는 뜻이고 매몰차다는 매가 사냥감을 몰며 발로 찰 때 쓰는 표현이다. 매의 가슴 털을 매만지면 매끄러운 것도 매와 연관된 표현이다.

길을 걷다 보니 어느덧 매봉 정상에 서게 되었다. 서울 시내가 한눈에 내려다보여 손꼽히는 우수 조망지역이다. 매복은 서울 원터골에서 올라오는 등산객들로 늘 북적였다. 사람들은 비석을 정상에 올라왔다는 징표로 매봉이란 글자를 배경으로 사진 찍느라 바쁘다. 나도 처음에는 한두 컷 찍었지만, 이제는 시큰둥해진다. 대신 표지석 뒷면에 아로새겨진 유치환의 〈행복〉이란 시를 읽는다.

'내 아무것도 가진 것 없건마는 머리 위에 항시 푸른 하늘 우러렀으며 이렇듯 마음 행복되노라.'

시 전문은 2연으로 된 시로, 첫 문장만 바위에 새겼다. 나머지 시구는 학창 시절부터 외웠던 터라 중얼거리듯 읽는다.

'나중 죽어 서럽잖아 더욱 행복함은 하늘 푸른 고향의 그 등성이에 종시 묻히 어 누웠을 수 있음이라'

매봉 정상석에 새겨진 시만 읽는 게 아니다. 주위에 자란 구상나무도 찬찬히 감상한다. 우리나라에서만 자라는 구상나무는 한라산이나 지리산 등 높은 산꼭대기에서나 자란다. 그런데 청계산에 올라 구상나무를 감상할 수 있는 호강을 다 누리다니.

매봉 정상석만 사진 찍고 내려가는 사람에게 비석 뒷면에 시도 읽어보고, 옆

[그림 168] 구상나무 (매봉 정상)

에 구상나무도 구경해 보시라고 말하고 싶다. 구상나무를 혼자 보기에는 너무나 아깝다. 언젠가 눈발을 맞으며 눈꽃이 되어버린 구상나무를 연신 사진을 찍었더니 무슨 나무가 이리 자태가 곱냐며 옆에서 사진에 담아가는 등산객 몇 분이 있긴 했다. 마치 내 나무인 양 자랑스레 구상나무라고 했더니 힐끗 보기만 해서 무척 겸연쩍었다.

구상나무는 제주 방언 쿠살낭에서 비롯된 우리나라 토종나무로 영어 이름은 Korean Fir다. 쿠살이란 성게를 말하며 낭은 나무라는 뜻으로 구상나무 열매 가시가 성게 송곳처럼 돋아난 가시와 비슷해서 성게 나무로 불렀다.

한번은 산림전문가와 청계산 이야기를 하다가 매봉 정상에 구상나무 몇 그루가 자란다고 말했더니 믿어주질 않는다. 구상나무는 고산지대에 사는 나무로 한라산이나 지리산에서 자란다며 멸종 위기종이 청계산에 자랄 수는 없다는 것이다. 혹시 전나무 아니냐고 되물었다. 미치고 팔짝 뛸 노릇이다. 아무리 문외한이라지만 구상나무와 전나무를 못 알아볼까 싶어 야속했다. 옆에서 같이 매봉에 올랐던 팀장이 구상나무가 맞다고 거들어 주었지만, 전문가는 반신반의하던 표정이었다.

[구상나무] 학명 Abies koreana

소나뭇과의 상록 침엽 교목. 높이는 18m 정도이며, 6월에 짙은 자주색 꽃이 가지 꼭지에 핀다. 열매는 구과로 녹갈색이며 9~10월에 익는다. 가구 재료나 건축용재로 쓴다. 우리나라 특산종으로 산 중턱 이상의 높은 곳에서 자라는데 무등산, 덕유산, 지리산, 한라산 등지에 분포한다.

불현듯 소위 전문가로 부르는 사람에게 이와 유사하게 괄시받았던 적이 떠올랐다. 예전 야생조류연구회에서 활동할 때 철새도래지를 찾아 부산 을숙도에 간

적이 있다. 지금에야 을숙도생태공원으로 탐방로도 만들어 접근하기 좋아졌지만, 당시에는 노 젓는 배를 타고 을숙도에 가야 했다. 더구나 겨울 철새라 매서운 바닷바람을 맞으며 덜덜 떨면서 텔리스코프를 세워 두고 탐조하여야 했다.

강둑 위에서 머리 위를 날아가는 수십만 마리의 논병아리와 흰뺨검둥오리 모습은 커다란 검은 구름이 흡사 하늘을 덮치는 장관이었다. 그때 멀리 낙동강 하구에 있는 철새를 텔리스코프로 관찰하다가 노랑부리저어새와 눈이 딱 마주쳤다. 끝이 널따란 부리에 노란색을 띠고 머리를 두리번거리고 있었다. 그날 저녁 탐조보고서에 기록해서 제출했지만, 전문가들은 몇 마리밖에 날아오지 않는 그런 천연기념물을 내가 찾아낼 리 없다며 등재하지 않았다. 하지만 지금도 저 멀리 낙동강 건너편에서 나랑 눈이 마주친 노랑부리저어새를 잊지 않는다.

구상나무는 전나무속에 속하며, 줄기가 곧바르고 잎도 전나무와 비슷한 짧은 침엽이다. 열매도 원통처럼 생겨 아래로 처지지 않고 곧추선다. 다만, 구상나무 잎이 전나무잎보다 더 빽빽하고 부드럽다. 가지에 돌려나기로 돋아난 잎은 뒷면이 은청색을 띠고 있어 멀리서 보면 회백색이 보인다. 또 구상나무 열매의 비

[그림 169] 구상나무 열매 어릴 때와 성숙했을 때 (매봉)

[그림 170] 구상나무 (청계산)

늘 끝이 뒤로 젖혀져 있는 것이 다르다.

 전나무나 구상나무는 크리스마스 장식 트리로 많이 사용하는데, 특히 구상나무가 수형이 아담하고 천천히 자라 크리스마스트리로 인기다. 매봉 아래 정토사 경내에 있는 독일가문비나무도 크리스마스를 장식하는 나무였지만, 우리나라 구상나무가 유럽에 전해진 이후 구상나무에 크리스마스트리 자리를 내놓았다. 독일가문비나무는 구상나무와 비슷하지만, 워낙 빠르게 자라 50m까지 이르니 실내에 두기 힘들었다. 참고로 열매는 구상나무와 반대로 아래를 향해 열린다.

 갈수록 지구 온난화로 위기다. 그럴수록 침엽수는 점점 우리 땅에 설 자리를 잃는다. 특히 고산지대에 사는 구상나무가 더욱 그렇다. 구상나무가 잘 자라는 환경조건은 겨울에는 눈이 많고 여름에도 서늘한 곳이다. 기후변화가 심할수록 고산지역의 구상나무가 집단으로 고사한다고 한다. 이미 가장 큰 군락지였던 한라산 자생지가 대규모로 고사하기 시작했다고 한다. 국제자연보전연맹은 구상나무를 멸종위기종으로 지정하여 보호한다는데 너무 늦지 않았으면 한다.

제49장

옻나무

옻샘 약수터에서 옻나무 찾기

숲길을 걷다 보면 언젠가는 만날 수 있을 거로 생각했다. 그런 믿음을 마음속에 품고, 숲길을 걸으며 가끔 안쪽도 기웃거렸다. 잊지 않으면 볼 수 있겠지 생각하고, 그렇게 걸은 지 몇 년이 지났다. 하지만, 좀처럼 만날 수 없었다. 바로 옻나무다.

어릴 때 어른들은 아이들이 숲에 함부로 들어가는 것을 염려하여 산에 가면 옻오른다고 겁을 주었다. 옻나무를 만지면 피부가 빨갛게 붓고 심하게 가렵다. 옻나무를 조심하라 하는데, 정작 어떻게 생겼는지 가르쳐 주지 않았다. 아예 숲에 들어가지 말라는 얘기다.

옻나무에 대하여 미묘한 감정이 있다. 행여나 멋모르고 옻을 만질까 봐 걱정하는 마음보다 온전한 옻나무를 제대로 보고 싶다는 마음이 더 크다.

어릴 때 집에서 가내수공업으로 나전칠기를 만들었다. 지금은 인사동 전통상점에서 볼까 말까 하는 나전칠기는 소라껍데기로 목기를 장식하고, 옻칠한 공예품이다. 옛날 집 공방에는 소라나 전복 껍데기를 얇게 썰어 만든 자개가 가득했다. 작업 공정에 따라 옻칠 냄새가 집 곳곳에 물씬 배기도 했다. 나전칠기를 만드는 공정은 고도의 기술이 필요하고 많은 정성을 필요로 했다.

특히 자개를 용이나 학, 사슴 등 복잡한 도안을 따라 오려 내는 일은 매우 정교한 작업이었다. 다음 자개 무늬를 옻칠한 목제에 아교로 칠하고 인두로 지져서 붙인다. 그리고 자개면 위에 옻칠한 후 다시 사포로 갈아 내고, 또 옻칠하고 갈아 내길 여러 번을 하고 마지막으로 광을 내야만 나전칠기가 최종으로 완성된다.

어린 내가 도와줄 수 있는 건 옻칠한 보석함을 물 사포로 갈아 내는 일 정도다. 그러면 아버지는 다시 옻칠하고 말리는 고생스러운 일을 반복했다. 그렇게 여러 번 옻칠하고 광을 입히면 칠흑같이 어두운색에서 광택이 난다.

[옻나무]　학명 Rhus verniciflua STOKES

옻나뭇과에 속한 낙엽 교목. 높이는 7~10m고 잎은 여러 개의 작은 잎으로 된 깃 모양의 겹잎으로 어긋맞게 난다. 암수딴그루로, 5~6월에 녹황색 꽃이 피고, 열매는 10월에 노랗게 익는다. 나무에서 나오는 진은 옻이라고 하여 칠감으로 쓰이나, 독이 있어 몸에 닿으면 염증이 생긴다.

옻나무를 뜻하는 칠(漆)이란 글자가 물감이나 페인트로 칠한다는 그 칠의 어원이다. 원래 옻나무 수액은 맑지만, 공기에 접촉하면 산화하여 색이 검어진다. 칠흑이란 바로 옻칠이 내는 광택이 나는 검은색을 말한다. 영어로 옻나무는 페인트 종류인 라커나 바니시가 들어가 Lacquer Tree 또는 Varnish Tree로 쓴다.

옻나무는 히말라야산맥이 원산지로 중국을 거쳐 들어온 재배식물이라지만, 오랫동안 우리 곁에 있던 나무라 원산지 구분은 의미 없다. 시기적으로도 삼국 시대 고분이나 왕릉에서 옻칠한 유물이 자주 출토될 정도로 옻나무는 오래전부터 우리 곁에 있었다.

어릴 때부터 늘 검은 칠을 보고 향을 맡았던 옻이었지만, 정작 옻나무를 숲에서 보지 못했다. 누군가 옻나무를 보았다는 말을 듣고 산에 올라갔지만, 막상 가 보면 개옻나무였다.

[그림 171] 가을 물들기 전 개옻나무

숲에서 개옻나무는 쉽게 만난다. 개옻나무는 우리나라 산기슭이나 중턱에서 절로 자란다. 개옻나무도 옻나무와 모양이 비슷하고 만지면 옻도 오른다. 속담에 방귀가 잦으면 똥 싸기 쉽다는 말처럼 개옻나무를 계속 보다 보면 언젠가는 진짜 옻나무를 볼 수 있으리라 생각했다. 그래서 식물도감에서나 볼 수 있는 옻나무의 사진을 숲에서 개옻나무와 비교하며 언젠가 길에서 만나면 알아볼 수 있도록 애를 썼다.

먼저 숲길에서 자주 마주치는 개옻나무는 열매가 수북이 달리고 표면에 가시털이 촘촘하다. 반면, 옻나무는 열매에 털이 없고 광택이 난다. 이파리는 서로 비슷하지만, 옻나무 줄기는 녹색이고 개옻나무 줄기는 붉은색이다. 특이하게 잎과 잎 사이 가지에도 화살깃 모양으로 잎이 돋았다.

[그림 172] 옻나무 줄기와 잎사귀 (청계산)

확실한 차이는 개옻나무는 관목으로 3~5m의 중간키로 자라지만, 옻나무는 교목으로 10m 이상 훌쩍 크다. 숲에서 웃자란 개옻나무를 보며 혹시나 했지만, 옻나무는 아니었다.

옻나무 앞에 개라는 말이 붙은 것은 옻칠은 개옻나무에서 채취할 수 없어 별 쓸모가 없기 때문이다. 오로지 옻나무에서만 수액을 채취하여 옻칠로 쓸 수 있다. 그래서 옻나무를 참옻나무라고도 부른다. 하지만, 개옻나무나 옻나무를 모두 만지면 피부염을 일으키기에 조심해야 한다. 개옻나무 속명 Toxicodendron은 독성이 있는 나무란 뜻이다. 옻나무 유래도 만지면 피부에 염증이 나서 부풀어 오르기 때문에 오르다 어간이 옻으로 변해 옻+나무가 되었다.

어느 날은 언젠가 거센 폭풍우로 청계산 등산로에 아름드리 소나무가 여럿 넘어간 적이 있었다. 작업자들과 함께 길을 막고 있는 나무를 잘라 내며 고사목을 이용해 비탈면에 축대를 만들거나 숲길 가장자리에 통나무의자를 놓기도 했다. 명색이 산림욕장인데 되도록 방부목이나 합성수지 자재를 이용하지 않고 산에서 구한 자연 재료로 시설물을 만드니 친환경적이란 이름을 붙여 놔도 무방하다.

작업할 때 물통을 가져오지 않았지만, 작업 구간이 산 중턱 옻샘 약수터를 포함하여 오다가다 약수로 목을 축이곤 했다. 청계산은 이름 그대로 계곡뿐만 아니라 약수도 깨끗하고 물맛이 좋았다.

특히 옻샘 약수터는 인근 옻나무에서 약효가 우러나와 약효가 큰 샘물이라며 찾는 사람들 발길이 잦았다. 아예 약수터 터줏대감으로 매일 아침 약수터 가

[그림 173] 옻샘 약수터 (청계산)

는 숲길을 낙엽 하나 없이 깨끗하게 비질하는 사람이 있을 정도였다. 평상시처럼 약수터에서 바가지에 물을 따르고 있을 때, 불현듯 머리통을 세게 내리치는 생각이 떠올랐다.

옻샘 약수터가 달리 옻샘이겠는가! 옻나무 옆에 있는 약수터라서 옻샘 약수터가 아니었던가! 등잔 밑이 어둡다더니 옻샘 약수터를 오가며 옻나무를 생각하지 못했다. 옻나무 꽃말이 현명이라는 게 어째 그동안 허탕만 쳤던 나의 아둔함을 놀리는 것만 같다.

주변을 살펴보니 과연 개옻나무와 비슷하게 생긴 나무를 여럿 보았다. 잎 가지도 붉은색이 아니고 초록색이니 영락없이 옻나무라 짐작했다. 다만, 가을이라 그런지 다른 나무보다 짙게 붉은 잎사귀가 유난히 눈에 들어왔다. 그런데 가까이 다가가서 보니 잎 가장자리에 톱니가 있고 잎줄기에 옆 날개가 선명하다. 붉나무였다.

가을에 잎이 붉어지는 나무는 많지만, 그중 붉나무는 아름답게 붉게 물든다고 하여 붉나무다. 천금을 주어야 구할 수 있는 나무라는 뜻으로 천금목(千金木)으로도 불렀다. 단풍을 감상할 수 있는 값어치보다는 붉나무에 생기는 오배자란 진딧물 집이 한약재로 비싸기 때문이다. 그리고 가을에 수수처럼 익는 열매에 생기는 하얀 가루는 짠맛이 나서 소금 대용으로 썼다. 그래서 염부자라 한다.

기껏 옻샘 약수터 옻나무는커녕 붉나무만 보았다. 숲에서 옻나무를 도통 볼 수 없기에 자료를 찾아보았다.

[그림 174] 붉나무꽃과 잎 열매

개옻나무는 우리나라에 자생하던 토종식물이라 숲에서 쉽게 볼 수 있지만, 옻나무는 중국에서 들어온 재배식물이라 마을 근처에서 사람이 심어 가꾼다고 했다. 즉 산에서는 개옻나무나 붉나무가 있고, 옻나무는 마을 근처에 재배한다. 산에서 기를 쓰고 찾아도 옻나무를 볼 수 없는 이유였다.

그리고 시간이 흘러 어느 날 청계산에서 국사봉 방면으로 하산할 때였다. 하오고개 내려오느라 다리에 힘이 풀려 터덜터덜 걸으며 한국학중앙연구원에 다다를 때쯤 옻나무와 딱 마주쳤다.

쭉쭉 자라는 멋진 폼새가 작은 야자나무 같았다. 아! 옻나무야, 이제야 너를 보는구나. 얼싸안고 보듬으려는 것 간신히 참았다.

[그림 175] 낙엽 교목 옻나무 줄기 (국사봉)

인
릉
산

제50장
흰말채나무
너희들을 지켜줄게

인릉산은 대표적인 흙산이다. 시추주상도를 살펴봐도 풍화암은 다른 지질과 달리 깊은 곳에 있다. 덕분에 걷기 푹신하다. 이런 산에 재미나게 생긴 바위가 있다. 그냥 지나쳐도 됐지만, 흙산에 바위는 귀한 구경거리다. 직접 이름을 지었다. 석길 바위와 공깃돌 바위다.

석길 바위는 위에서 내려다보면 바위가 세 갈래로 쪼개져 세 길이 나온다고 하여 석길 바위로 지었다. 공깃돌 바위는 선녀들이 하늘에서 가지고 놀다가 땅으로 떨어뜨린 것같이 둥근 바위 다섯 개가 옹기종기 모여 있길래 그리 지었다. 물론 지금은 아무도 모르지만, 언젠가 북한산의 도깨비 바위나 족두리 바위, 식빵바위 등 별별 이름도 사람들이 다 기억하듯 인릉산 바위도 이름을 가질 것이다.

물론 인릉산에도 이름난 바위가 있다. 인릉산과 범바위산 사이에 있는 범바위다. 범바위산은 이름과 달리 바위는 찾아볼 수 없는 야트막한 봉우리고, 인릉산 방면으로 몇십 분을 가야 널찍한 범바위를 볼 수 있다. 그런데 호랑이를 닮아서 범바위로 불렀을 텐데, 암만 보아도 그저 나지막하게 깔린 바위일 뿐, 도저히 범 같지 않다.

城 남쪽에 사는 나무

어쩌면 산 아래 바위를 올려다보면 호랑이 모습이 나오겠다 싶어 바위 아래 비탈길을 내려갔다. 소싯적 북한산 인수봉도 오른 터지만, 벼랑을 기다시피 내려가야 했다. 바위 아래 어느 방향으로 보아도 어째 바위 모양이 범을 닮지 않았다. 불현듯 이매동에서 매화나무를 찾으려 했던 일이 생각났다. 어쩌면 매바위처럼 범바위가 그저 호랑이가 살았던 바위라서 그리 이름을 지었는가 생각했다.

[그림 176] 인릉산 범바위산

비록 바위에서 범의 모습을 보진 못했지만, 북쪽으로 구룡산과 대모산이 푸른 하늘 아래 푸르게 보였다. 시야가 뻥 뚫려 북한산도 보였다. 과연 호랑이가 바위 위에 앉아 사방을 호령할 듯싶었다. 다시 바위 위를 무심코 바라보니 작은 나무 두 그루가 보였다. 한 모금 흙도 없는 바위에 오누이라도 되는 마냥 하나는 작고 다른 하나는 더 작은 나무가 하늘을 바라보며 자라났다.

올라가서 보니 붉은 나뭇가지가 보였다. 잎은 타원형이고 마주나고 있었다.

흰말채나무다. 공원에서나 자주 보았지, 산에서 그것도 바위 위에서 보게 될 줄 몰랐다. 사실 말채나무는 우리나라 산기슭에서 자생하는 높이 10m의 큰 키 나무다. 인릉산은 주변에 군부대가 자리를 잡아 개발이 덜 되어 식생이 잘 보존되어, 우리나라 중부지방에서 잘 자란다는 수종은 인릉산에서 거의 다 있다. 쪽동백나무, 때죽나무, 층층나무, 서어나무 등등. 그중 말채나무도 있다.

[그림 177] 흰말채나무 잎과 열매

말채나무는 나뭇가지가 가늘고 잘 휘어지면서 질기기도 하여 말 채찍질할 때 쓰여 말채찍 나무라고 불렸다. 흰말채나무는 말채나무보다 키가 작은 관목이다. 서로 크기가 사뭇 달라 다른 종 같지만, 키가 크든 작든 모두 같은 층층나무속 나무다.

흰말채나무 원산지는 우리나라 북한지역과 중국 동북지역, 몽골 등지다. 추운 곳에서도 잘 자라니 정원을 조경할 때 꽃도 예쁘고 열매도 예쁜 흰말채나무를 많이 심는다. 더구나 겨울철에 꽃과 잎이 지고 쓸쓸한 공간에도 나뭇가지가 붉은색으로 선명하니 붉은 가지로도 겨울 조경으로 맞춤이다. 영어 이름이 Midwinter Fire라는 것도 겨울 정원에 화염이 피어나는 것 같다고 붙은 이름이다.

흰말채나무 가지는 여름에는 나무껍질이 푸른빛을 띠고 있다가 가을부터 붉게 변한다. 하얀 열매는 늦게까지 남아 새의 먹이가 되고 풍성한 가지는 새가 둥지를 트는 데 적당하다. 이런 이유로 흰말채나무가 생태조경으로 많이 쓰인다.

[흰말채나무] 학명 Cornus alba L.

층층나뭇과 낙엽 활엽의 아교목. 높이는 4~5m며, 잎은 마주나고 넓은 달걀 모양으로 뒷면에 흰 털이 있다. 여름에 흰 꽃이 취산화서로 피고 타원형 열매는 가을에 하얗게 익는다. 높은 산에 나는데 한국, 일본, 사할린, 중국, 몽골, 아무르, 시베리아 등지에 분포한다.

범바위에서 붉게 물든 흰말채나무 두 그루를 보니 호랑이를 피해 달아난 오누이 이야기가 떠오른다. 마침 두 나무가 오누이처럼 사이좋게 마주 자라 마치 바위에서 하늘을 향해 기도하는 것 같다.

떡 하나 주면 안 잡아먹는다고 약속해 놓고 떡을 다 먹고 엄마도 잡아먹은 호랑이를 피해 오누이는 높은 산까지 달아났다. 막다른 바위 꼭대기에서 오누이는 눈물을 흘리며 하늘을 향해 기도했다.

> '저희를 살려 주시거든 금 동아줄을 내려 주시고, 그렇지 않으면 썩은 동아줄을 내려 주세요!'

하늘이 무척 가엾이 여겨 금 동아줄을 내려보냈고 오누이는 호랑이를 피해 하늘로 올라갈 수 있었다. 호랑이도 같이 기도했지만, 마음씨 나쁜 호랑이에게는 썩은 동아줄이 내려와 호랑이는 줄이 끊어지면서 땅으로 떨어져 죽고 말았다. 그때 호랑이가 떨어진 곳이 수수밭이고 호랑이 피가 배어 수수 뿌리는 붉게 변했다.

해님 달님 동화에서 썩은 동아줄을 잡다가 떨어져 죽은 호랑이 핏물이 흥건히 적셔진 것은 수수 뿌리가 아니라 흰말채나무가 아니었을까! 그런 생각이 들만큼 흰말채나무의 가지는 붉디붉다.

그런데, 붉은 줄기 나무를 왜 흰말채나무라고 부를까? 겨울에 더 선명한 붉은 나뭇가지를 보면서 항상 의아했다. 눈이 내린 날 붉은 가지는 더욱더 인상적이다. 하얀 설경을 배경으로 붉은 가지가 더욱 붉어 흰색과 대비된다. 왜 붉은말채나무가 아니고 흰말채나무란 말인가! 은행식물원에서 노랑말채나무를 보고 난 후 이런 의문은 더욱 커졌다. 노랑말채나무는 줄기가 노란색이라서 노랑말채나무다. 얼마나 분명한가! 더구나 흰말채나무는 옛날에 붉은 나무줄기 때문에 홍서목이라고 불렀다.

식물학자 린네가 말채나무를 분류하면서 열매를 기준으로 삼았다. 말채나무 열매는 검지만, 흰말채나무 열매는 흰색이라서 희다는 뜻의 **alba**라는 단어를 넣

[그림 178] 노랑말채나무와 흰말채나무

城 남쪽에 사는 나무

[그림 179] 흰말채나무 꽃말 '당신을 보호해 드리겠습니다.'

어 학명을 Cornus alba L.로 했다. 이것을 다시 번역하면서 홍서목을 버리고 흰말채나무라고 고쳐 불렀다.

한동안 어처구니없다고 생각했지만, 가을날 하얗게 알알이 열린 열매를 보니 어쩌면 흰말채나무라고 지을 만도 하다고 생각하게 되었다. 열매가 하얀 구슬처럼 주렁주렁 매달린 모습이 붉은 가지만큼 무척 인상적이었다. 그리고 구슬이 하나둘 떨어져 어떨 때 두 알만 남았을 때는 정말 흰말채나무가 나를 지켜보았다는 듯 서로 두 눈빛을 교환하기도 했다. 흰말채나무의 꽃말은 '당신을 보호해 드리겠습니다.' 그처럼 흰말채나무는 내게 속삭이는 것 같다.

'당신이 나를 지켜본 것처럼 나도 당신을 보고 있었답니다.'

불현듯 범바위에 대한 그럴듯한 이야기가 떠올랐다. 바위에 자란 흰말채나무는 원래 줄기가 흰색이었다. 하지만, 두 오누이가 호랑이게 잡아먹히기 전 산신께 간절히 기도하며 동아줄을 내리게 했다. 대신 욕심 많은 호랑이는 썩은 동아줄을 내려줘 바위에서 호랑이가 떨어져 죽게 했다. 그 후 흰말채나무는 호랑이가 떨어져 피로 붉게 물들고 이후 가지는 붉은색이 되었다고 한다. 그리고 마을 사람들은 그 바위 이름을 범바위로 부르고 바위 위에 자라난 두 그루의 흰말채나무를 오누이 나무라고 부르게 되었다고 한다.

말을 지어놓고 보니 정말 그럴듯하다. 더구나 흰말채나무가 자라는 지방은 백두산과 아무르, 시베리아 지방을 포함하는데, 거기에는 호랑이 서식지로도 유명하다.

제51장

귀룽나무

용보다는 구름이 더 낫지

　인릉산에서 북쪽을 내려다보면 좌측에 구룡산이 우측으로 대모산이 솟았다.
지리적으로 보면 백두대간과 한남정맥을 거쳐 청계산에 갈라져 나온 산줄기가
인릉산까지 뻗치고 한강 이전 대모산과 구룡산을 마지막으로 끊어지는 모양새
다. 그 구룡산과 대모산 사이에 왕릉이 자리를 잡고 있다. 헌인릉이다.

[그림 180] 인릉산에서 바라본 구룡산(左)과 대모산(右)

헌인릉은 조선 3대 임금 태종의 능인 헌릉과 제23대 임금인 순조의 인릉을 합쳐서 헌인릉이라 한다. 수백 년의 세월을 두고 조상과 자손의 능이 나란히 조성된 셈이지만, 인릉산 명칭은 헌릉이 아니라 인릉에서 연유하였다. 태종과 순조의 묘가 나란히 있다면 당연히 조선의 기틀을 다진 태종의 덕을 기려서 산 이름을 정하는 것이 예법일 텐데 헌릉산이 아닌 인릉산으로 불리는 것이 의아하다.

대모산 이름도 애초 할미산이었다. 산 능선 모양이 할머니의 구부러진 등과 같다고 하여 붙여졌다. 그러다 태종의 묘를 할미산 기슭에 조성하면서 명색이 왕의 묘소인데, 산 이름이 좀 촌스러워 보였는지 한자로 대모산(大母山)으로 고쳐 부르게 되었다. 대모산 같은 야산에 잘 자라는 할미꽃도 한자로 부르면 노고초다. 하지만 정감이 있는 것은 우리말 할미꽃이다. 줄기가 꼬부라지고 꽃이 피면 머리가 하얗게 센 모습 때문에, 할미꽃을 모르고 보아도 이 꽃이 할미꽃이 아닌가 떠오를 정도로 단박에 알아볼 수 있다.

대모산 왼편으로 구룡산이 보인다. 인릉산 정상에서 대모산과 구룡산을 보니 아담하게 솟아오른 것이 영락없이 푸근한 두 젖가슴이다. 과연 헌인릉은 엄마의 품에 편히 잠든 모습이다. 이런 명당이 또 어디 있을까 싶다.

구룡산은 말 그대로 아홉 마리의 용이 하늘로 승천하여 붙여진 이름이다. 원래는 열 마리 용이 승천했다. 용이 하늘로 올라갈 때 그 모습에 어떤 여인이 소리 지르자 용 한 마리가 떨어져 죽고 아홉 마리만 하늘로 올라갔다고 한다. 떨어져 죽은 용은 물이 되어 구불구불 흐르는 양재천이 되었다.

인릉산에서 정상이 훤히 내려다보이는 야트막한 구룡산에 용이 아홉 마리나 살 리 없다. 그렇다고 산줄기가 용처럼 굽이굽이 요동치지 않고 한번 솟고 내리막으로 단순하다. 산의 기세를 보아하니 용은커녕 구렁이 한 마리가 기어가는 것 같다. 그러잖아도 인근 주민들은 구룡산을 구렁봉으로 부른다. 구렁이란 말도 땅이 움푹 팬 구렁텅이에서 나온 것인데, 다른 지역 야트막한 봉오리 중 구룡산이라 부르는 산들은 거의 예전에는 구렁산이라 불렸다.

우리나라 산 중 유독 구룡산이 많은 이유는 부처님이 태어나셨을 때, 땅에서는 연꽃이 올라와 부처님 발을 떠받치고 하늘에서는 아홉 마리 용이 내려와 부처님 몸을 씻어 주었다는 설화 때문이다.

그러고 보니 인릉산에서 구룡산을 내려다볼 때 구룡나무로 불리던 귀룽나무에서 바라본 것도 우연치곤 기막히다.

물론 귀룽나무는 우리나라 산이나 계곡 어디에든 흔하게 자란다. 야트막한 산기슭에서 깊은 산골짜기에서 흔하게 자라기 때문에 어느 산이든 귀룽나무는 쉽게 볼 수 있다.

[귀룽나무] 학명 Prunus padus L.

장미과에 속한 낙엽 교목. 활엽수이며 키는 10~15m 정도이고, 어린 가지를 꺾으면 냄새가 난다. 잎은 끝이 뾰족하며 가장자리에 잔 톱니가 있다. 봄에 흰 꽃이 피고, 여름에 버찌 모양의 열매가 까맣게 익는다. 열매와 어린잎은 식용되고 작은 가지는 약재로 쓰인다.

일단 나무는 20m까지 자라는 키가 큰 나무며 숲에서 겨울을 끝내고 다른 나무들이 슬슬 봄맞이할까 싶을 때, 이미 귀룽나무는 잎이 돋아나 숲을 연한 초록빛으로 물든다. 그래서 귀룽나무는 숲에서 나무 중 가장 부지런하다. 봄에 난 어린잎은 비록 비릿한 냄새가 나기도 하지만, 알싸한 맛이 있어 나물로 무쳐 먹는다.

귀룽나무는 기다란 잔가지가 많다. 게다가 나뭇가지를 길게 늘어뜨리고 있어 바람이 불 때마다 물결치듯 일렁이는 게 흡사 버드나무와 닮았다. 바람에 잔가

[그림 181] 이른 봄 귀룽나무는 세상을 녹색과 갈색으로 나눈다.

지가 이리저리 흔들리다가 마구 감겨버려, 실타래가 엉켜 있는 것처럼 보인다는 표현을 많이 한다.

봄에 제일 먼저 새순이 돋는 것뿐만 아니라 나뭇가지에 하얀 꽃을 풍성하게 핀 것으로도 귀룽나무를 알 수 있다. 꽃은 봄볕이 완연해진 4월 새 가지 끝에 긴 꽃대가 자라며 하얀 꽃이 하나씩 밑에서부터 차례로 피어난다. 같은 장미과 찔레나무꽃처럼 하얀 귀룽나무꽃은 한 뼘씩 되는 이삭에 다발로 피어난다. 그것이 5월의 아까시나무꽃처럼 나무를 뒤덮는다. 하얀 꽃이 나무를 덮으면 마치 뭉게구름과 같다. 그래서 귀룽나무 어원이 구름나무라는 말도 있다. 실제 북한에서는 귀룽나무를 구름나무라고 부른다.

귀룽나무꽃에는 살짝 고소하고 달콤한 꿀 냄새가 난다. 멀리서 흰 꽃으로 뒤덮인 귀룽나무를 보면 마치 달콤한 솜사탕과 같다.

6월에는 버찌처럼 동그랗게 생긴 열매가 검은색으로 익어 간다. 봄에 귀룽나무가 벌과 나비에게 달콤한 꿀을 선물했다면, 여름에는 가지마다 알알이 맺힌 열매가 새들을 배부르게 한다. 또, 나뭇가지가 뒤얽혀 있는 곳에 새들은 천적을 피해 안전하게 숨을 수 있다. 그래서 새들이 떼로 몰려있는 나무라는 뜻으로 영어로 European bird cherry로 부른다.

귀룽나무 이름은 구룡목에서 왔다. 나무줄기와 가지가 아홉 마리 용들이 용틀임하는 것 같아서 구룡나무로 불렸다. 그런데 내게는 구렁이도 아닌, 그냥 실타래가 한데 엉킨 모습이다. 다른 사람은 제멋대로 날리는 나뭇가지가 아홉 마리 용이 날아다니는 것처럼 보이는가 보다. 우리나라 특산 나무인 귀룽나무는 사람들이 오랫동안 보아온 터라 이름에 대한 어원은 많다. 누구는 귀룽나무 줄기 무늬가 거북 등딱지 같고 줄기는 비비 꼰 것이 아홉 마리 용과 같아 구룡목이라 했다. 그래도 여러 이야기 중 하얀 꽃이 피면 마치 하얀 구름과 같다고 구름나무라 부른 것이 제일 그럴듯하다.

늦은 봄 안개가 낀 날 인룽산에 꼭 올라가야겠다. 그리고 안개가 귀룽나무 하

[그림 182] 귀룽나무 잎과 꽃 그리고 열매

[그림 183] 귀룽나무 산책로

얀 꽃을 에워싸는 것을 볼 것이다. 안개가 하얀 꽃무리 속으로 흐른다면, 순백의 꽃은 하얀 안개에 녹아버려 귀룽나무는 처량한 나목이 되겠지. 어쩌면 사방에 안개 따라 꽃송이가 흐르고 나는 귀룽나무꽃 안에 빠져 흠뻑 젖을 수도 있겠다. 그러면 귀룽나무는 안개나무인가? 아니면 구름나무인가? 그리고 꽃이 안개에 떠다니는 것인지, 아니면 나뭇가지에 안개가 걸린 것인가?

나는 꿈속을 거닐 듯, 안개가 모두 걷히기 전까지 귀룽나무 골짜기에서 너울너울 흩날리는 뒷자락을 잡고자 헤맬 것이다.

귀룽나무 꽃말은 상념. 헝클어진 나뭇가지를 보니 마음속 깊이 담았던 생각들이 떠올라 머리만 복잡하다. 정녕 잊을 수 없었나 보다.

제52장
아까시나무
고마워! 가시나무야!

인릉산은 마을과 산 사이 완충지대로 밭이 군데군데 있다. 다른 산은 공원이나 녹지대가 띠를 이루어 경계를 이루고 있다.

어느 한갓진 농촌 마을의 풍경처럼 산 지형이 완만해지면 빽빽한 나무가 드문드문하고 여기저기 밭농사를 짓느라 밭두렁이 바둑판처럼 북돋아졌다. 밭두렁이 이어진 흙길 끝에는 집 한두 채 있고 포장도로로 연결된다. 이곳에 이르러서야 나무는 볼 수 없고 대신 전봇대가 하늘과 땅을 잇는다. 자연과 사람의 모호한 경계에서 자라는 나무가 아까시나무다. 오뉴월 되면 아까시나무 꽃냄새 맡을 수 있는 곳에서 숲이 시작되었고, 하산할 때도 아까시나무꽃 향기가 맡아지면 산행이 끝나가고 있음을 알게 된다. 사실 예전에는 산 중턱에도 아까시나무를 볼 수 있었지만, 요즘은 숲에서 아까시나무 보기가 점차 어려워졌다.

내 기억 속에 5월이 다가오면 성남 어느 곳에서나 아까시나무에서 불어오는 꽃향기가 그렇게 진할 수가 없었다. 비염으로 둔해진 내 후각으로도 아까시나무꽃 향은 멀리서 잔잔한 봄바람에 밀려와도 맡을 수 있었다. 그럴진대 나무 바로 곁을 지나면 꽃향기가 진동한다고나 할까? 그날은 진한 꽃향기에 취해 왠지

[그림 184] 아까시나무꽃과 잎사귀

모르게 발그레 웃음만 나오고, 왠지 소풍 가는 날만 같아 괜스레 설렌다.

사실 옛날 산이 헐벗을 때나 아까시나무를 심었지, 요즘은 일부러 심지 않는다. 원래 우리나라에 자생하지 않았고, 일제 강점기에 들여온 나무라는 것과 나무 번식력이 왕성하여 다른 나무에 해를 끼친다고 생각하기 때문이다. 그나마 우리나라 벌꿀 생산량의 70%가 아까시나무꽃에서 따온 꿀이라 주요 밀원식물로 인식하지만, 산림청에서 밀원식물로 백합나무나 쉬나무가 꿀 생산량이 더 높다고 권장하여 아까시나무는 숲에서 소위 말하는 좋은 수종으로 대체된다.

그러나 이는 어디까지나 경제성이나 효용성에서 바라보는 편견일 뿐, 아까시나무는 여느 나무와 같이 고마운 나무다. 나무가 내어 줄 수 있는 모든 혜택을 우리 땅에 주었다. 다른 나무가 잘 자라지 못하는 메마르고 척박한 산지에 뿌리를 내려 흙이 빗물에 쓸려 가지 않게 했고, 푸른 잎사귀가 녹음을 선사하며 더러운 공기는 걸러 대기를 맑게 해 주었다. 콩과 식물이라 뿌리혹박테리아가 있어 대기 중의 질소를 토양으로 고정하여 말 그대로 천연 비료 역할을 하며 땅을 비옥하게 한다. 이런 기름진 땅에 다시 옛 우리 수종인 신갈나무, 상수리나무, 떡갈나무가 들어오고 숲은 다양한 나무로 자연성을 회복하며 푸르러졌다.

아까시나무에 대한 오해 중 첫 번째는 나무 번식력이 커서 다른 나무의 성장을 방해하고 숲을 독차지한다는 것이다. 하지만, 그전에 우리 산은 전쟁과 화마로 불타고 그나마 살아남은 나무마저 땔감으로 베는 바람에 메아리도 없는 민둥산이었다. 그 척박한 땅에 아까시나무가 먼저 비집고 들어가 사방용 지피식물로서 숲을 푸르게 바꾸었을 뿐이다. 일본이 우리 전통적인 숲 생태계를 망치려 했다지만, 정작 광복 후 우리 산을 녹화사업 할 때 아까시나무를 더 많이 심었다. 아까시나무가 황폐한 산지에 토양을 보존해 주고 지력을 유지해 준 덕분에 우리 고유의 수종뿐만 아니라 다양한 나무가 산에서 자랄 수 있었다.

[그림 185] 인릉산 기슭 아까시나무 군락

[그림 186] 아까시나무꽃과 열매, 잎사귀

　산이 헐벗을 때는 아쉬워하며 그렇게 아까시나무를 찾더니 이제 산이 푸르고 다른 나무가 산에서 살 만해지자 수형이 좋지 않다는 둥 쓰임새도 적다는 둥 뿌리 번식이 강해 주변 나무에 해가 된다는 둥 별별 구실로 배척한다. 아까시나무처럼 토사구팽당하는 신세가 어디 있을까 싶다.

　인간의 마음에 가시 돋친 게 자기보다 더 날카롭다는 걸 아는 듯 아까시나무는 이제 자기 소임은 모두 끝났다며 숲에서 자취를 감추고 있다. 그렇지 않아도 아까시나무는 수명이 짧다. 뿌리가 잘 자라고 빨리 뻗지만, 대신 뿌리 내림이 깊지 않다. 이런 이유로 수십 년 자란 아까시나무는 자람이 나빠지다가 여름에 거센 태풍이나 폭우를 맞으면 뿌리째 뽑혀 넘어간다. 그리고 그 자리에는 아까시나무 대신 건강한 참나뭇과 활엽수가 대신 자라난다. 햇빛을 좋아하는 아까시나무는 숲에 나무가 우거지면서 점점 설 자리가 없어진다. 나무 그늘에서는 자랄 수 없기 때문이다. 굳이 베지 않아도 된다.

　오히려 점점 보기 힘들어지는 아까시나무가 고향의 향수를 자극하는 고향의 나무가 되었다. 유년 시절은 유난히 아까시나무와 추억이 많다. 어린 시절 초여름의 따사로운 햇살 한가운데 인근 야산에 오르면 아까시나무의 가시를 피하여 꽃을 따곤 했다. 하얀 포도송이처럼 주렁주렁 달린 꽃을 입속에 넣고 부드득 잎줄기를 잡아당기면 달콤한 꿀 향기가 진한 꽃잎에 입안은 터질 듯했다. 꽃을 따먹고 남은 가느다란 잎줄기로 친구들 손바닥을 찰싹 때리는 장난도 쳤다. 그때 가시 돋친 나뭇가지는 어린 피부가 닿을까 조심스럽다. 어릴 때는 당연히 가시가 많은 나무라는 뜻으로 '아! 가시야!'라고 외친 말이 나무 이름 그대로 아카시아가 된 줄 알았다. 해마다 봄이 지나갈 무렵 코끝을 스치는 달콤한 꽃향기가 어린 시절 추억을 일깨우는 나무가 되는 것은 정말 아이러니하다.

[아까시나무] 학명 Robinia pseudoacacia L.

콩과에 속한 낙엽 교목. 높이는 20m가량이고, 턱잎이 변한 가시가 있다. 잎은 타원형으로 가장자리가 밋밋하다. 5~6월에 향기가 진한 흰 꽃이 핀다. 열매는 평평한 협과로 5~10개의 종자가 들어 있다. 토양의 침식을 막거나 목재용으로 재배된다. 북아메리카가 원산지이다.

아까시나무는 미국이 고향이다. 우리나라에 1891년 처음 들어왔다. 인천공원에서 자라난 묘목 한 그루가 우리나라 방방곡곡 퍼지며 자라났다. 아까시나무는 영어로 아카시아가 아니라는 뜻에서 False Acasia라고 쓴다. 진짜 아카시아는 아프리카 열대지방에서 자라며 꽃이 노란색이다. 하지만, 우리나라는 False를 빼고 그냥 아카시아로 불렀다. 그러다가 열대지방에서 자라는 진짜 아카시아와 온대지방에서 자라는 아카시아가 서로 혼동되어 흰 꽃이 피는 아카시아를 아까시나무로 고쳐 부르게 되었다. 대신 아카시아는 콩과에 속하는 아카시아속 나무를 통틀어 두루두루 부르는 말이 되었다.

아까시나무꽃은 총상꽃차례로 하얗게 무더기로 피어나고 일년생가지의 잎겨드랑이에서 나온다. 잎은 깃꼴 겹잎으로 회화나무 잎과 비슷하게 생겼다. 멀리서 보면 언뜻 회화나무를 닮았다. 다만 아까시나무는 줄기에 가시가 있다. 뾰족한 가시는 턱잎이 변해서 만들어졌다. 그래서 중국에서는 가시가 달린 회화나무라는 뜻으로 자괴라고 부른다. 또는 서양에서 들어온 회화나무란 뜻으로 양괴라고 한다. 일본에서도 아까시나무는 가시 회화나무라는 뜻으로 침괴라고 부른다.

늦가을 숲에 들어가니 각기 서로 다른 나무들이 서로 햇빛을 먼저 받겠다며 하늘도 쭉쭉 자라났다. 그늘진 나무 밑으로는 진달래, 노린재나무, 쪽동백 등이 자랐다. 보였다. 숲 가장자리로 밀려난 아까시나무도 덩달아 하늘로 곧게 뻗었다. 하지만, 뿌리가 얕게 자라는 나무인지라 높이 자란 모습이 더 위태롭다. 바람 부니 가지마다 바짝 익은 열매 꼬투리들이 금방이라도 터질 듯이 요란하다. 아까시나무는 크면 어릴 때 잔가지마다 뾰족한 가시들이 더 이상 나지 않는다. 어차피 숲에서 떠밀려 사라지는데 더는 자신을 보호할 가시가 필요 없다고 생각했는지도 모르겠다.

아까시나무 꽃말은 '아름다운 우정과 청순한 사랑'. 아까시나무 꽃내음을 맡을 때마다 왠지 처음 손을 잡고 남산에 올라갔을 때 〈과수원 길〉 노랫말처럼 하얀 꽃 이파리가 눈송이처럼 날리며 향긋한 꽃 냄새가 실바람 타고 솔솔 풍긴다.

청순한 사랑은 그것이 실연으로 끝나야 완성된다. 물러설 때를 아는 아까시나무처럼.

제53장
굴참나무
역경에도 굴하지 않는

    청계산과 인릉산 사이 대왕저수지는 숲속의 물 보금자리처럼 아늑하다. 저수
지 옆 도로를 지나가면서 저수지 수면으로 바람에 일렁이는 잔물결과 여유롭
게 한들거리는 버드나무가 그렇게 한 폭의 그림처럼 보일 수 없다. 바람이 불지

[그림 187] 대왕저수지 너머 굴참나무 군락지

않을 때는 잔잔한 수면 위로 햇살이 부서지며 반짝반짝한다. 백미는 물가에 버드나무가 듬성듬성 자라고 물안개가 가득 피어나는 경관이다. 새소리 소곤대며 버드나무 가지 한들한들 흔들린다면 남루한 보트라도 한 척 물가 옆에 묶여 있다면 노 젓는 파문 따라 한 바퀴 돌고 싶은 마음이 든다.

그래서 나는 저수지라 부르지 않고 호수라 부른다. 물론 저수지가 물을 저장해 놓은 시설이고, 호수는 자연 활동으로 땅이 움푹 파인 데에 빗물이 고여 만들어진 것임을 안다. 그렇다고 푸른 숲에 둘러싸여 파란 물결을 내비치고 그 깊은 정취가 내 마음속에 들어오는데 이를 내 마음의 호수라 부르지 내 마음의 저수지라 부르고 싶지 않다. 호수를 보고 숲의 녹음이나 하늘, 물결 모두 파랗다고 하는 이유를 과연 알겠다.

대왕저수지는 1950년대 상적동 일대 농업지에 물을 대기 위해 청계산에서 내려오는 물줄기를 막아 만들었다. 이름은 탄천에 합류하는 대왕천에서 유래되었다. 대왕천 이름은 큰 물줄기라는 뜻에서 원래 대왕천(大王川)이었다. 지금은 대왕천(大旺川)으로 바뀌었다. 일제 식민지 통치 기간 우리나라 사람 이름을 일본식으로 바꾼 것처럼 우리 땅 이름도 개명되었다. 민족의 얼과 정서가 담겨 있는 지명은 조선이 일제에 식민지로 순응하는 데 방해되기 때문이다. 그때 大王이 大旺으로 바뀐 후 지금까지 그대로다.

대왕 음운은 같지만, 뜻은 천지 차이다. 우리 민족의 정기를 꺾기 위해 왕(王)자는 일본 천황을 상징하는 일(日) 자와 왕(王) 자를 합친 왕(旺)이란 글자로 바뀌었다. 크다는 의미의 대(大) 자와 한(韓) 자 또한 일제강점기에 산과 하천 지명에서 사라졌다.

우리 토종식물에도 일제의 잔재는 남아있다. 일제강점기 일본 학자 나카이가 한반도에서 자라는 특산식물을 국제에 알리면서 자기 이름을 넣었다. 한반도

특산식물 중 학명에 나카이가 들어간 종만 해도 무려 327종이다. 독도에서 자라는 고유종 섬기린초도 나카이가 세계에 알리면서 다케시마가 들어간 Sedum takesimense Nakai로 지었다. 학명은 국제규약에 따라 한번 정해지면 바꿀 수도 없다. 그래서 섬기린초는 독도가 아닌 다케시마로 불린다.

농업용 저수지로 쓰이던 대왕저수지는 도시화로 농지가 사라지자 쓸모없게 되었다. 대신 주변 빼어난 자연환경을 이용하여 수변공원으로 조성하기로 했다. 공원답게 수천 그루 상록수와 활엽수를 새로 심는다. 애초 그 자리에 있던 버드나무를 비롯한 굴참나무 등은 다른 지역으로 옮겨간다. 사실 버드나무나 아까시나무, 굴참나무는 이식하는 것보다 차라리 다른 수종을 새로 사서 심는 편이 훨씬 저렴하다. 그렇다고 생태공원을 조성한다고 표방하면서 오랫동안 그 자리를 지켜왔던 나무들을 베는 것도 이치에 맞지 않는다.

그렇다고 그냥 놔두기에는 공원에 굴참나무나 아까시나무가 있다는 이야기를 들어 보지 못했다. 대신 저수지 기슭 다른 굴참나무 군락지로 옮겨가는 것으로 타협되었지만, 여기서 터줏대감 노릇하던 굴참나무에 안쓰러움이 밀려든다.

일제강점기 일본인들은 굴참나무는 보는 있는 족족 나무껍질을 벗겨 냈다. 굴참나무 껍질은 나무를 보호하는 조직인 코르크가 두꺼워 군수물자로 코르크를 다량으로 채취해 갔다. 우리 산하에 굴참나무가 많이 자생하였는데 그 시기를 거치면서 굴참나무는 참나무과 중 드문드문 있게 되었다.

일제가 눈독을 들이며 싹쓸이할 정도로 껍질이 두꺼운 굴참나무는 쓰임새가 많았다. 특히 강원도 산골 마을에서는 굴피집 지붕을 덮는 재료로 많이 사용하였다. 굴참나무 껍질은 집의 따뜻하게 하고 비가 올 때는 빗물을 막아 주면서 바람도 통한다.

굴참나무 어원도 나무껍질에 깊은 골이 지는 참나무라고 하여 골참나무라고

[그림 188] 굴참나무 껍질 두꺼운 코르크층

부르다가 굴참나무로 음운이 변했다. 다른 이야기로 참나무 중 도토리가 가장 굵게 영근다고 하여 굵은참나무에서 굴참나무로 변했다고 한다. 옛 문헌에서 굴참나무는 한글로 '굴근도토리'라고 썼다. 또 도토리 크기를 과장해서 밤처럼 굵다고 하여 밤 '율(栗)'이 열리는 율참나무라고 부르다가 굴참나무가 되었다고도 한다.

굴참나무는 두꺼운 껍질 덕에 건조하고 추운 지방에서 잘 자란다. 그래서 성남을 기준으로 남부지방으로 갈수록 참나무 중 상수리나무가 많고 북부지방으로 갈수록 굴참나무가 많다. 또한 두꺼운 껍질은 나무가 추위를 잘 견디게 할 수 있을 뿐만 아니라 불에도 잘 타지 않아 산불이 나도 불이 쉽게 번지지 못하게 한다. 강원도 산불이 자주 발생하는 것은 굴참나무 같은 참나무보다 송진 같은 휘발성이 강한 소나무가 더 많기 때문이다.

산속 도토리가 구황작물 노릇을 톡톡히 하는 이유는 농사를 망칠 정도로 가뭄이 심한 해에 굴참나무에서 많은 도토리가 열리기 때문이다. 가뭄으로 먹을 것이 귀할 때는 굴참나무 한가득 열리는 도토리가 귀중한 식량이 되었다. 나무 입장에서야 가뭄이 들어 씨앗이 뿌리를 내리기 열악한 환경이 되었으니, 종자를 더 많이 생산해야 종족 유지가 가능했다. 그래서 참나무 학명에는 계절에 따라 도토리 맺히는 양이 변한다는 variabilis과 도토리가 굶주림을 면하게 해 주어 착하다는 Quercus란 글자가 같이 있다.

[굴참나무] 학명 Quercus variabilis

참나뭇과에 속한 낙엽 교목. 활엽수이며 높이는 25m 정도이고 지름은 1m 정도다. 타원형의 잎이 어긋나고, 수꽃이삭은 새 가지 아랫부분에 달리며 암꽃이삭은 잎겨드랑이에 달린다. 5월에 누른 갈색의 꽃이 피며, 상수리 비슷한 길둥근 열매는 이듬해 10월에 익는다. 나무는 숯으로 만들고 열매는 식용되며, 나무껍질은 코르크의 원료로 쓰인다.

굴참나무는 대왕저수지 뒤로 병풍처럼 드리운 청계산과 이웃한 응달산 정상 부근에 군락지로 모여 있다. 대왕저수지에서 옛골을 지나 청계산 원터골 들머리에는 수령이 이백 년 넘은 굴참나무가 있다. 청계산 주봉인 관악산 난곡지구로 가면 고려 강감찬 장군이 낙성대 근처를 지나다가 꽂은 지팡이가 자랐다는 굴참나무도 있다. 수령이 천년을 넘는다.

난곡지구는 청계천 판자촌이 철거되면서 대부분 사람이 성남으로 이주하고 한 무리의 사람이 건너와 이룬 마을이다. 관악산 기슭까지 떠밀려온 사람들은 삶이 고달파도, 마을 굴참나무만큼은 귀하게 여기며 지켜 왔다. 꽃말처럼 사람들은 번영했고, 숱한 전쟁과 참화 속에도 살아남은 굴참나무는 나라의 천연기념물로 지정되었다.

제54장
수수꽃다리
죽은 땅에서 키워낸 향기

인릉산과 대왕저수지 사이에는 2차선 청계산로가 있어 서로 갈라있지만, 대왕저수지에 습지 자원을 이용한 생태 체험장과 환경교육 공간이 조성되면 한 묶음으로 생태공원이 된다.

대왕저수지 앞에는 신구대학교 식물원이 널따랗게 자리를 잡고 있어 식물원과 저수지 공원이 연계하여 서로 시너지 효과를 일으킬 수 있다. 식물원의 수목 풍경과 조화를 이루기 위해 저수지에는 소나무와 스트로브잣나무 등 상록교목과 계수나무를 비롯한 느티나무, 대왕참나무, 매화나무, 목련, 복자기 등 낙엽교목 수천 그루를 심는다. 키 작은 나무도 심는다. 사철나무와 회양목 등 상록 종류와 박태기나무를 군식으로 심는다. 물가 근처라 갈대나 붓꽃 같은 지피식물도 빠질 수 없다. 수십만 본을 심을 예정이다.

신구대학교식물원은 옛골에서 인릉산 방면 산행하는 길에 있어 종종 들렀다. 식물원 안에는 커다랗고 둥근 외관의 온실이 랜드마크인데, 안에는 굴거리나무, 돈나무, 먼나무, 후박나무, 동백나무 등과 같은 남부 도서지역 식물들을 사시사철 관람할 수 있다.

부지가 워낙 넓다 보니 식물원 안에는 서양정원과 계절초화원, 허브원과 습지 생태원 및 곤충생태관 등 다양한 테마 공간이 있다. 넓은 정원에는 옛 정취를 느낄 수 있도록 담장과 장독대, 우물을 설치했다. 한쪽으로 봉숭아, 접시꽃, 과꽃 등 야생화를 심고 인릉산 기슭에는 은행나무를 비롯하여 느티나무, 벚나무, 소나무, 메타세쿼이아, 가래나무, 회화나무, 잣나무, 자작나무, 귀룽나무 등 많은 나무를 심었다. 가을에는 길 따라 옆에 피어난 국화과 가을꽃들을 감상할 수 있다. 늦가을에 피어난 국화 종류로는 구절초와 쑥부쟁이, 개미취, 감국, 산국이 늦가을의 정취를 풍기고 있었다.

한번은 녹지공원과 과장과 함께 식물원을 방문한 적이 있다. 시민을 대상으로 식물관리 방법을 가르치는 성남 가드너 사업에 대한 운영을 지도 점검하기 위함이었다. 우리 방문에 식물원 원장이 직접 나와서 가드너 활동을 주제로 이

[그림 189] 신구대학교 식물원 전경

런저런 이야기를 나누었다.

이야기 화제는 금세 다른 나무 이야기로 옮겨 가는가 싶더니, 라일락으로 초점이 모였다. 신구대학교 식물원이 가장 역점을 두어 가꾸는 나무가 라일락이었다. 마침 과장도 개인 임야에 라일락을 여러 품종대로 시험 삼아 심었다고 하여 온통 라일락 이야기뿐이었다. 특히 식물원에서는 대표적인 라일락인 수수꽃다리가 생장이 빠르고 환경 스트레스에 크게 받지 않으면서 꽃과 향기가 아름다워 시민들에게 널리 보급한다고 했다.

사실 라일락 이야기에 나도 귀가 쫑긋했다. 집 앞 마당에 제일 먼저 심은 나무가 라일락이었다. 엘리엇의 〈황무지〉에서 가장 잔인한 달 죽은 땅에서 키워 낸 생명이 라일락이듯, 집 마당에 연보라색 라일락꽃에서 짙은 향기가 물씬 풍겨오면 봄이 완연히 왔다고 느낀다. 향수를 뿌리지 않아도 라일락꽃 아래를 지

[그림 190] 수수꽃다리꽃

나가면 꽃향기가 옷에 스며든다. 라일락 향기는 장미와 더불어 재스민, 은방울꽃과 함께 꽃 향수로 유명하다.

라일락은 이집트 푸른 나일강(Nile River)처럼 페르시아어로 푸른색이라는 nilak에서 왔다. 프랑스에서는 여전히 리라(lilas)로 부른다. 우리 꽃 수수꽃다리는 수수 알처럼 꽃이 풍성하게 열린다고 해서 붙은 이름이다. 두 나무를 비교하면 라일락은 잎 끝머리가 길고 폭에 비해 긴 편인데, 수수꽃다리 잎은 길이와 폭이 비슷하고 잎끝이 짧다. 크기도 라일락이 제법 크게 자란다. 수수꽃다리는 2~3m 크기고 아담하니 정원에 심기 좋다. 꽃이 예쁘게 모여 피고 향기는 은은하게 멀리 퍼져 외국에서는 수수꽃다리 품종을 개량한 나무가 더 인기다. 따지고 보면 외국에서 들여온 라일락은 우리나라 자생종 수수꽃다리 계통이다. 그래서 이름을 서양수수꽃다리라 부른다.

우리 꽃이 해외로 널리 알려진 이유는 일제 식민지 죽음의 땅에서 해방 후 미군정 시절 식물학자가 수수꽃다리속 한 종류인 우리 토종식물 털개회나무의 종자를 가져다가 관상용으로 개량하면서 널리 퍼뜨렸기 때문이다. 이름은 식물학자가 한국에 있을 때 그를 도와주던 김씨 성의 여비서 덕분에 미스킴라일락이라 하였다. 그나마 '김'이라는 글자 때문에 라일락 품종이 우리나라 것인 줄 안다.

[수수꽃다리] 학명 Syringa oblata var. dilatata (Nakai) Rehder

물푸레나뭇과에 속한 낙엽 관목. 높이 2~3m 정도로 자라며, 잎은 난형으로 마주난다. 4~5월에 연한 자주색 꽃이 피며 9월에 열매가 익는다. 관상용이고 석회암 지대에 자라는데 우리나라의 평남, 함북, 황해도 등지에 분포한다.

우리나라 토종식물이 외국으로 유출돼 크게 인기를 얻고 다시 우리가 로열티 내가며 역수입하고 있는 현실에서 신구대학교식물원은 수수꽃다리 종류 라일락을 수집하고 연구하고 있다니 다행스럽다. 식물원에는 라일락 종류만 해도 300여 종 넘으며, 이 꽃들을 모아 우리나라 최초의 라일락 화원을 개원했다.

신구대학교식물원은 국립수목원으로부터 산림생명 자원관리기관으로 지정되고 수수꽃다리 식물유전자원을 연구한다. 그리고 매년 라일락을 알리고 더불어 식물 문화를 전파하는 라일락 축제를 개최한다. 신구대학교 식물원은 라일락을 위한 라일락 식물원이다.

교수와 과장이 나누는 라일락에 관한 이야기는 한층 깊어졌다. 문외한인 나는 귀동냥으로 듣는다. 수수꽃다리과 식물 안에 라일락을 포함하여 수수꽃다리, 정향나무, 섬회개나무, 버들개회나무가 있다. 이중 미스킴라일락처럼 외국산 개량품종과 구별하기 위해 우리나라 라일락을 토종라일락이라고 부른다.

[그림 191] 라일락 품종 (신구대학교 식물원 자료)

토종라일락은 크게 수수꽃다리와 정향나무로 나눌 수 있다. 수수꽃다리는 추운 곳에서 자라는 나무로 북한에서 서식하며, 꽃 모양이 정(丁) 자를 닮은 정향나무는 남한에서 서식한다. 정향나무는 털개회나라로도 불리며, 미스김라일락은 정향나무의 개량종이다.

관련 전문가들이 한자리에 있다 보니 이야기는 갈수록 심도 있게 이어졌다. 라일락 품종 중에 시링가 빌로사 꽃향기도 제일 좋다고 했다. 꽃개회나무 중 하그니 향기도 빠질 수 없다고 했다. 열거하는 품종이 많아질수록 머리가 지끈거린다. 라일락 학명 시링가에서 파생되는 라틴어로 된 품종만 해도 수십 종이 넘는다.

[그림 192] 수수꽃다리꽃

식물원장은 여러 라일락을 보여 주면 시민들이 라일락을 통해서 식물을 알고 사랑하는 문화가 퍼진다고 했지만, 웬걸 이제 몇 가지 들었을 뿐인데 벌써 라일락에 대한 흥미를 잃었다. 마치 내일 식물분류학 기말고사를 앞둔 수험생

느낌이었다. 아예 집 앞에 심은 나무가 라일락인지 수수꽃다리인지 헛갈렸지만, 굳이 알고 싶지 않을 정도였다. 알면 사랑하게 될까? 모르는 것도 사랑이다. 오히려 앎이 사랑을 방해한다. 인간은 지식의 나무에서 열매를 따 먹은 죄로 에덴에서 추방되지 않았나!

몇 년 전 뉴스를 접했다. 꼭지는 '우리나라 최고령 라일락, 죽었다!'였다. 그 라일락은 1899년 우리나라 최초 철도인 경인선 인천역에 기념식수로 심은 것이라 한다. 우리나라에서 가장 오래되고 굵은 라일락이었지만, 아무도 그 존재를 몰라 오랫동안 방치되었다고 한다. 결국 역사 담벼락에 부러진 채 죽고 말았다.

어떨 때는 모르는 것도 죄다. 우리 수수꽃다리를 그저 외국에서 들여온 라일락으로 아는 것처럼.

제55장
소나무
이제 너의 손을 놓아줄게

남한산성에서 출발하여 성남누비길 7개 구간 산봉우리를 모두 돌고 마지막 인릉산으로 하산할 때, 여태 숲길에서 만났던 나무들이 그저 클라이맥스로 치닫기 전 전개 역할일 뿐이라고 말하는 나무가 있다. 숲길에서 만나는 다양한 나무를 보고 감탄을 연신 남발하다가 숲길이 끝나갈 때쯤 대단원의 마침표를 찍는 나무가 바로 금강소나무다.

짙푸른 솔잎을 이고 위엄 있게 자라는 인릉산 금강소나무는 태백산맥 산줄기에서 갓 옮겨온 듯 수십 미터 높게 자라 자태가 늠름하다. 나무줄기에서 붉은 금빛을 강렬하게 내뿜고 있으니 마침 해 질 무렵이라면 그 황홀함에 발길을 멈추고 아름다움을 감상하게 된다. 높은 산 능선 아슬아슬한 바위에 굴곡지며 자라나는 소나무만 보다가 야트막한 산 끄트머리에 곧게 자라는 소나무는 퍽 인상적이다.

몇 년 전 산림청이 우리나라 사람들이 가장 좋아하는 나무에 대하여 통계조사를 하였다. 절반에 가까운 사람들이 소나무라 답했다. 요즘 아파트 단지마다 품격을 높인다며 소나무로 조경하지만, 예부터도 우리의 소나무에 대한 사랑은 무척 각별했다.

옛날에 아기가 태어나면 대문에 금줄을 치고 솔가지를 숯과 함께 매달았다. 솔잎 뾰족한 침을 잡귀들이 싫어하여 부정한 것이 대문을 넘지 못했고, 또 항상 푸르른 솔가지처럼 건강하게 자라라는 의미다. 커서는 소나무 숲을 거닐고 소나무로 만든 목제 도구를 쓰다가 죽어서는 소나무로 짠 관에 들어간다. 흙이 되어서도 묘지 주위에 소나무를 둥글게 심어 이승이 안 보이게 했다. 이것을 도래솔이라 하며 죽은 후에 이런저런 걱정 때문에 저승으로 가지 못할까 봐 소나무로 가렸다.

[그림 193] 소나무 그늘 여름, 겨울

우리나라 숲에서 소나무가 참나무와 무리와 함께 차지하는 비율이 60%를 넘는다. 두 나무 모두 사람에게 친숙하여 참나무는 진짜 좋은 나무라는 뜻에서 참나무라 부르고, 소나무는 나무 중에서 우두머리라는 뜻으로 솔이라고 불렀다. 솔은 수리에서 온 말로 으뜸이라는 뜻이다. 한자로 거느릴 솔(率)로 쓰니 뭇나무들을 거느리는 우두머리 나무라는 뜻이다. 소나무는 한자로 송(松) 자를 쓰기도 한다. 나무 목(木)에 귀공자 공(公)이 합쳐진 글자로 나무 중 으뜸이고 다른 나무들을 거느릴 공자의 위엄을 갖는 나무가 소나무다.

나무가 주는 이로움이란 무엇인가! 숲에서 자주 마주치는 참나무는 너무 흔하다 보니 잡목이라 부르며 집 마당에 들여놓거나 따로 심지 않는다. 꽃이 예쁘기를 하나 도토리가 맛있기를 하나 그렇다고 나무 수형이 근사하지도 못하다. 그저 아궁이에 불을 땔 장작으로 요긴하며, 가뭄이 들 때 수북하게 떨군 도토리 주워 굶주린 배를 채우기만 하면 될 뿐이었다,

[소나무] 학명 Pinus koraiensis Siebold & Zucc

소나뭇과에 속한 상록 침엽 교목. 껍질은 검붉은 비늘 모양이고, 잎은 침엽이며 두 갈래가 한데 묶이어 나서 2년 만에 떨어진다. 꽃은 단성화가 자웅 동주로 5월에 피고, 열매는 다음 해 가을에 맺으며 달걀 모양이다. 나무는 건축재, 침목 등 다양한 용도로 쓰이고 송진은 약용으로 쓰인다.

반면 소나무는 옛 선비들에게 비바람과 눈보라 속에서도 푸르름을 잊지 않는다고 하여 절개의 표상으로 삼았다. 또한 십장생의 하나로 가문이 번창하고 집안사람들이 모두 만수무강하기를 기원하며 마당 안에 두고 감상했다. 간혹 소나무를 목재로 사용한 경우라도 궁궐을 짓는 데 썼다. 이런 소나무를 일반 백성은 함부로 베지 못했다. 강력한 금송 정책 때문에, 땔감으로 소나무를 자르거나 초근목피로 소나무 껍질을 벗겨 내면 관아에 끌려가 곤장을 맞기 일쑤였다. 더 나아가 배고픈 백성이 산에 들어가 솔잎까지 따먹을 지경에 이르렀을 때는 소나무가 자라는 숲은 아예 들어가지 못하게 하는 금산을 시행했다. 얼마나 가혹했던지 다산 정약용 선생은 〈승발송〉이란 시에서 소나무로 말미암아 관리가 가혹한 정치를 펼쳐 백성의 고통이 극심했으며, 이에 스님이 어린 소나무를 보

면 족족 뽑아 죽였다는 이야기가 있다.

예전 헐벗은 산에 소나무는 많았다. 참나무는 땅이 비옥하고 물기가 있는 환경에서 잘 자란다. 반면 소나무는 척박하고 메마른 땅에서도 잘 자란다. 예전에 소나무가 참나무보다 많았다는 뜻은 그만큼 우리 숲은 황폐해지고 민둥산이었다는 뜻이다. 이후 사람들은 숲에 대해 소중함을 깨닫고 산에 나무를 심고 가꾸기 시작했다. 산에 소나무만 듬성듬성 있던 맨 흙바닥에 풀이 자라더니 키 작은 관목도 하나둘 자라기 시작했다. 시간은 더 흘러 바람에 여러 씨가 날아오고 새들은 어디서 열매를 물어오더니 숲에는 온갖 나무가 무럭무럭 자라기 시작했다.

[그림 194] 솔방울의 일생

소나무는 점점 불편해지기 시작했다. 소나무는 햇빛을 좋아하고 양지에서 자랄 수 있는 양수인데 점점 다른 나무들이 키가 크게 자라 햇빛을 가릴 것을 생각하니 불안하지 않을 수 없다. 게다가 소나무는 오래 사는 대신 천천히 자라는데, 주변 다른 나무들은 쑥쑥 자라고 잎사귀도 햇빛을 다 차지할 욕심에 넓고 무성하다. 소나무는 뿌리나 잎에서 천연 제초제라는 갈로탄닌을 분비하며 주변 나무들을 죽이며 저항도 한다. 하지만, 소나무는 거칠고 산성화된 땅을 알칼리성으로 비옥하게 바꿔 주며 다양한 나무들이 무럭무럭 잘 자랄 수 있게 해 준다.

산이 점점 푸를수록 이제 소나무와 참나무는 함께 자랄 수 없게 되었다. 참나무는 소나무 그늘에서도 잘 자랄 수 있지만, 소나무는 참나무 그늘에서는 자랄 수가 없다. 참나무가 가을에 낙엽을 떨구면 땅에 차곡차곡 쌓이고 솔방울은 흙을 접하지도 못하고 싹도 틔우지 못한 채 말라비틀어진다. 설령 싹이 움터도 햇볕이 아주 많이 필요한 어린 소나무에 잎사귀가 크고 무성한 참나무는 무서운 천적이다. 소나무가 무성하던 숲은 세월이 흐르면서 점점 참나무만 남는다. 이런 현상은 자연스러운 숲의 변화 과정이다. 참나무숲도 점점 서어나무, 전나무, 가문비나무, 단풍나무같이 더욱 그늘진 자리에서 잘 자라는 나무로 바뀌어 갈 것이다.

[그림 195] 소나무 군락지 (이수봉)

참나무와의 경쟁에서 밀려난 소나무는 산꼭대기 능선에 바람이 거세고 돌과 바위로 척박한 땅에만 살아남았다. 청계산 이수봉부터 고봉이 연결되는 산릉선이 아름드리 소나무가 숲을 이룬다. 하지만 산 아래 치고 올라오는 참나무 때문에 소나무를 보호하기 위하여 청계산 소나무 관리사업을 매년 추진하고 있다. 소나무가 잘 성장할 수 있도록 묵은 가지나 잘 자라지 않는 것을 가지치기하지만, 소나무 옆에서 햇빛을 가리는 키 큰 나무를 과감하게 쳐낸다. 많은 예산을 써가며 소나무를 지켜 내는 것이겠지만, 산에서 자라는 소나무는 이제 한낱 사람들 눈에 보기 좋게 가꾸는 조경수가 돼버렸다.

앞으로도 소나무의 운명은 더욱 암울하다. 지구 온난화에 따라 침엽수는 점점 줄어들고 활엽수가 무성해질 것이며 더구나 고온에 따라 재선충뿐만 아니라 솔잎혹파리나 송충이 등 병해충의 창궐로 소나무 또한 일본에서처럼 사라질 수목인 운명이다. 더구나 소나무에서 나오는 송진은 불에 쉽게 타는 기름으로 소나무 숲에 산불이 자주 일어난다.

[그림 196] 소나무 군락지 (이수봉 능선)

[그림 197] 폭우에 쓰러진 낙랑장송 (인릉산)

'보굿'이란 우리말이 있다. 오래되고 굵은 소나무 줄기에 비늘 모양으로 덮여 있는 겉껍질을 말한다. 보굿이 낯설어지듯 솔방울도, 송진도, 솔잎이란 단어도 귀에 익지 않을 것이다.

올여름 기록적인 강우를 기록했을 때 인릉산 금강소나무를 만나러 숲속에 들어갔다. 굵은 빗줄기와 거센 바람에 금강소나무는 기어코 뿌리째 뽑히고 굵은 줄기는 댕강 부러져 보기에도 고통스러웠다. 늠름한 자태를 자랑하던 모습은 온데간데없었다. 서서히 떠나갈 줄 알았지, 이렇게 속절없이 허망하게 떠날 줄 몰랐다. 그 빈자리가 너무 컸다.

이제 어렴풋한 기억 속에서나마 소나무를 회상하는 일만 남아있겠다. 안녕! 이제 너를 놓아줘야겠다. 매우 그립겠지. 그래도 어쩔 수 없는 노릇이다. 헤어질 때 헤어질 수 있는 것도 자연의 이치다.

제56장
회양목
나는 난쟁이가 아니에요

인릉산 자락 아래 세 마을이 옹기종기 모여 있다. 신촌, 심곡, 오야. 법정동은 셋을 합쳐 신촌동으로 부른다. 심곡동은 인릉산 밑 깊은 골짜기가 되므로 심곡으로 부르고, 오야는 이곳에 오동나무가 많았다고 하여 유래하였다. 신촌은 백여 년 전 을축년 대홍수 때 삼전도가 침수된 후에 이곳에 수재민들이 이사하여 새로 만든 마을이란 뜻이다. 지역에서 새로 생긴 마을에는 으레 신촌이라는 이름이 붙는다. 순우리말 새터, 새말이라는 이름도 마찬가지다.

요즘은 신촌지구에 개발붐이 불어와서 예전 논밭이었던 곳 곳곳에 주택을 한창 짓고 있다. 완공된 주택에는 한결같이 조경수로 사철나무나 쥐똥나무, 회양목을 심지만, 단연 회양목을 많이 심는다. 회양목은 울타리처럼 집과 거리 안과 밖의 경계 역할을 한다. 새로 건물 지을 때 건축법에 따른 녹지율을 확보하기 위해서라도 회양목을 많이 심는다. 크기는 작아도 엄연히 녹지 조경수고, 값도 저렴하다. 게다가 처음 땅에 삽질 한 번 하고 구덩이에 심기만 하면, 날이 건조하든 춥든 사람 손이 따로 가지 않아도 꿋꿋하게 잘 살아간다.

사실 회양목에는 별 정감이 가지 않았다. 계절마다 다른 꽃을 피워 내는 나무가 많이 있건만, 왠지 건축업자의 얄팍한 장사 잇속 때문에 집 화단이나 거리에 회양목만 채워지는 것이 아닌가 싶었다. 물론 그런 의구심을 내비치면 사람들은 한사코 손사래를 치며, 회양목이 상록수라 사시사철 초록색을 유지하고, 공해나 추위에도 강해 유지관리가 쉽고, 또 모양내기 위하여 나뭇가지를 많이 전정해도 건강하게 잘 자라기 때문에 심는 거라고 한다. 그리고 예로부터 회양목은 고급 나무로 귀하게 취급받았다는 말도 덧붙인다.

회양목은 강원도 금강산 회양 부근에서 발견된 나무라고 해서 회양목이라 부른다. 그전에는 황색 버드나무라는 뜻으로 황양목(黃楊木)이라 불렀다. 우리나라가 원산지라서 우리 땅 어느 곳이라도 잘 자라고 학명에 koreana가 들어간다. 특히 경북, 충북, 황해도 지역 등 석회암 지대에서 잘 자라서 석회석 지표식

[그림 198] 석축 사이목으로 심어놓은 회양목

물로도 불린다.

주변 화단에서 흔하게 보는 회양목은 모두 키가 작다. 전정을 자주 해서 그런 이유도 있지만, 자체가 아주 더디게 자라는 나무다. 줄기가 손목 두께 정도 되려면 수십 년은 족히 걸린다. 우리나라에서 가장 크고 오래된 회양목은 여주 영릉의 회양목인데 그 나무조차 줄기 둘레는 고작 팔목 두께에 불과하다. 수령 300년 된 천연기념물로 지정된 나무임에도 그렇다.

[회양목]　학명 Buxus koreana Nakai ex Chung & al.

회양목과에 속한 상록 활엽 관목. 산지의 석회암 지대에서 자란다. 높이는 7m에 달한다. 작은 가지는 녹색이고 네모지며 털이 있다. 잎은 마주 달리고 두꺼우며 타원형이고 끝이 둥글거나 오목하다. 엷은 황색 꽃이 4~5월에 피고 암수꽃이 몇 개씩 모여 달리며 중앙에 암꽃이 있다. 열매는 타원형이고 끝에 딱딱하게 된 암술머리가 있으며 6~7월에 갈색으로 익는다.

느리게 자라는 대신 나무 재질은 매우 조밀하고 치밀하다. 한번 만들면 평생 간직하게 되는 도장으로 회양목이 쓰이는 이유다. 예로부터 회양목은 도장나무라고 불리며, 관인이나 인장, 낙관 등 여러 번 사용해도 닳지 않는 단단한 물품을 만들 때 사용되었다. 그만큼 나무는 지금과 달리 귀한 나무였다. 예전 회양목으로 만든 얼레빗도 여인에게는 매우 값진 물건이었는데, 시집올 때 가져와서 저승 갈 때 가져간다는 말이 있을 정도로 내구성이 오래간다.

회양목은 꽃이 핀다. 나무로서 당연하다. 다만, 너무 주변에 많다 보니까 회양목을 나무로써 대하지 않아 느끼지 못했을 뿐이다. 3월부터 노르께한 연두색 꽃을 피워 낸다. 너무 작은 꽃이고 꽃 색도 잎과 비슷한 초록빛이라 볼품없어 보이지만, 이래 봬도 이른 봄에는 아까시나무가 꽃 피기 전까지는 벌들에게 중요한 밀원식물이다. 앙증맞게 작은 꽃이라도 그 어떤 꽃보다 향기롭고 꿀이 많아 벌들이 가장 사랑한다.

[그림 199] 회양목에 핀 꽃과 열매

꽃이 피면 당연히 열매도 맺는다. 열매껍질은 세 갈래로 나뉜다. 녹색이었던 열매가 익으면서 갈색으로 변하고 갈라진 모양이 꼭 부엉이를 닮았다. 그래서 회양목을 부엉이나무라고 부른다. 열매가 9월쯤 익으면 껍질이 벌어지면서 씨방의 씨를 퍼뜨린다.

사계절 푸를 것 같은 회양목도 가을에는 붉게 물든다. 그러고 보니 회양목에 정말 무관심했다. 회양목도 단풍이 들다니. 아닌 게 아니라 회양목 본래 이름은 잎이 황색인 버드나무라는 뜻의 황양목이었다. 늘 푸를 것은 초록빛 도톰한 잎도 찬 바람이 불면 적갈색으로 변한다. 키도 작고 느리게 자라 나무가 꽃이 피고 열매를 맺고 단풍이 드는 줄 모른다.

이런 습성 때문에 황양액윤년이란 말까지 나왔다. 다른 나무가 잘 자랄 때 회양목은 윤년에 액운을 만나 키가 줄어든다는 뜻으로 일을 느려터지게 할 때 빗

[그림 200] 숲속에서 풍성하게 자라난 회양목

대는 말이다. 회양목 자라는 것을 보니 속에 울화가 치밀 만도 하다.

한 번은 뉴스에서 방탄소년단의 노래 〈크리스마스 러브〉 중 노랫말을 해외 팬들이 그 뜻을 해석하기 어렵다는 기사를 본 적이 있다. 워낙 우리나라 말이 의성어나 의태어가 발달하고 어감도 글자에 따라 미묘하게 다르기 때문이다. '흰 눈처럼 소복소복 넌 내 하루에 내려와'에서 소복 소복을 falling falling으로 번역했다는데, 그 뜻이 온전하게 전달될 리 없다. 그 기사를 읽고 난 한겨울 회양목이 떠올랐다. 함박눈이 내릴 때 회양목에 눈송이가 소복소복 쌓인 모습이 눈에 그려졌기 때문이다. 수북수북도 아닌 소복소복. 키 작은 나무에 눈이 쌓이면 어울리는 표현이었다.

어느 날 뜻밖의 장소에서 회양목과 맞부딪치게 되었다. 한여름 수정구 신흥역 인근 건물 앞 화단, 커다란 나무 그늘에서 햇살을 피하고 있을 때다. 머리를 올려다보니, 맙소사! 회양목이었다. 회양목 나뭇가지 아래에 내가 앉아 쉬게 될 줄이야. 사실 국가생물종지식정보에서 회양목 높이는 7m로 기재되었다. 가뜩이나 더디 자라는데 매년 가지치기하며 화단 울타리로 만드는 통에 회양목이 온전하게 자라지 못했을 뿐이다. 나무가 원래 키가 무릎을 넘어가지 못하고 눈이 내리면 장독대처럼 소복소복 쌓아지는가 오해했었다.

그리고 회양목이 거목으로 자란 이곳은 1973년에 도시가 새로 생겼을 때 가장 큰 번화가였다. 종합시장에는 많은 사람이 모여 장을 봤고, 젊은 사람들도 이곳에 모여 웃고 울고 그랬다. 1981년에 중앙극장이 개관되었을 때는 여기가 바로 핫 플레이스였다.

회양목이 심긴 화단의 건축물이 성남시가 생겨난 해 건축허가를 받아 이듬해 준공되었다. 햇수로 따지면 회양목 나이가 족히 반백 살이 넘었다. 그러고 보니 한 도시의 탄생을 기리며 심은 기념식수가 바로 회양목이렷다. 난쟁이 회양목이 키가 커진 것처럼, 도시도 크게 성장했다. 건물 앞 단대천은 복개되어 지하철이 다니며 분당, 판교, 위례와 연결한다. 중앙로 주변 작은 단층집들은 산성대로 고층아파트로 재개발되었다.

보이는가! 이 거대한 회양목 굵은 줄기와 넓게 퍼진 가지를! 회양목은 더 이상 난쟁이나무가 아니다. 그리고 상상이나 했을까? 서울 변두리 위성단지가 이렇게 번영한 첨단도시가 되었을 줄.

[그림 201] 1973년생 회양목

제57장
능소화
어느 담장 아래서

짙은 검은색 머리카락을 뒤로 묶은 아이가 눈에 띄었다. 벤치 등 기대는 곳에 걸터앉아 다리를 번갈아 뻗치고 있었다. 무슨 기분 좋은 일이 있는 듯 하늘을 보며 흥얼거린다. 이름을 물어보았다.

"소화"

"예쁜 이름이구나. 하얀 꽃이란 뜻이야?"

"아니. 흴 소(素) 자를 쓰지 않아. 하늘 소(霄) 자를 쓰지."

"하늘 꽃?"

"아니. 하늘보다 예쁜 꽃"

당돌하다. 하지만, 물끄러미 쳐다보는 눈에서 맞장구라도 치고 싶었다. 검은 눈망울에서 속눈썹이 꽃 수술처럼 길게 자랐다.

"그럼 성은?"

"여자."

다시 또 빤히 쳐다본다. 내가 무슨 말을 할지 기다리는 짓궂은 눈빛이었다.

"그래? 몰랐어."

까르르 웃는다. 어린아이 웃음보다 더 크고 깨끗한 소리였다. 그는 재미있다는 듯 다시 말을 이었다.

"성은 능이야."

"응. 그러면 성이 능 씨고 이름은 소화면 능소화?"

그는 고개를 한번 까닥이곤 나를 한번 설핏 쳐다보고 고개 돌려 하늘을 향한다. 같이 시선을 하늘로 옮겼지만, 청명한 하늘에 저절로 눈살이 찌푸려졌다. 정말 청명한 하늘이다.

"능소화가 정말 네 이름이야?"

능 씨 성이 있던가? 속으로 생각해 보고, 꽃 이름을 가만 떠올리며 그의 옆모

[그림 202] 비 오는 날 능소화

습을 슬쩍 바라본다.

본 이름을 가르쳐 주기 싫었는가 싶었다. 그런데 딱히 진짜 이름을 되묻고 싶지 않았다. 소화. 얼마나 아름다운 이름인가! 습작 시로 끼적이던 시절, 원고지에 써 내려간 시 제목이 '소화'였다. 소화는 강촌으로 떠나는 경춘선 플랫폼에서 밤새 우두커니 서 있던 여인 이름이었다. 소화 앞에 딱히 성이 붙지 않아도 좋다고 생각했다. 능이란 성씨가 우리나라에는 없으니, 그가 그저 그리 불리고 싶다는 말로 이해했다.

며칠 후 교보문고에 들렀다. 서가 앞쪽 한국소설 부분에서 책 제목이 눈에 띄었다. 능소화로 시작되었다. 제목은 《능소화, 4백 년 전에 부친 편지》였다. 한겨레 문학상을 수상한 조두진 작가가 쓴 책이다. 서가에 기대어 책장을 몇 장 넘기다 보니 한 구절이 인상 깊었다. 몇 번을 읊조렸다.

'꽃 귀한 여름날 그 크고 붉은 꽃을 보시거든 저인 줄 알고 달려와 주세요. 저는 붉고 큰 꽃이 되어 당신을 기다릴 것입니다. 처음 당신이 우리 집 담 너머에 핀 소화를 보고 저를 알아보셨듯, 이제 제 무덤에 핀 능소화를 보고 저인 줄 알아 주세요.'

1998년 경북 안동의 무덤에서 한 남자의 미라와 함께 발견된 편지가 이 소설의 모티브라고 했다. 400년도 넘은 '원이 엄마의 편지'라는 연서는 내셔널지오그래픽에 소개되기도 했다. 애절한 한글 편지의 슬픈 사연을 듣고 나니 더 뭉클하다.

　　'당신을 여의고는 아무리 해도 나는 살 수가 없어요. 빨리 당신께 가고 싶어요.
　　어서 나를 데려가 주세요.'

　　비슷한 노래 가사가 생각났다. 소리바다에서 음악을 검색하여 귀에 이어폰을 꽂는다. 음악이 잔잔하다. 글루미 선데이는 언제 들어도 우울하다. 400년 전 조선시대 한 여인의 흐느낌과 동유럽 어느 도시의 여인 울부짖음이 이토록 같다니. 괜히 들었다 싶었다.

[그림 203] 양반나무로 불린 능소화

城 남쪽에 사는 나무

붉은 벽돌로 쌓은 담벼락을 걷는다. 요즘은 적벽돌로 지은 집이 흔하지 않다. 그런 낮은 집들은 금세 허물고 다세대로 짓는다. 담벼락에는 아래는 담쟁이가 잎사귀를 파랗게 펼치며 손바닥을 흔들고 있다. 능숙하게 담을 타고 넘어갈 기세다. 하지만, 담쟁이는 자기 이름 낙석처럼 담장 아래 빌붙기만 할 뿐이다. 담장 위를 보니 능소화가 고고하게 하늘로 뻗어 있다.

> **[능소화]** 학명 Campsis grandifolia (Thunb.) K.Schum.
>
> 능소화과에 속한 낙엽 활엽 덩굴나무. 잎은 마주나며, 여름에 깔때기 모양의 주황색 꽃이 핀다. 10월에 열매가 익고, 둘로 갈라진다. 중국 원산으로 중부 이남에 분포하며 관상용으로 기른다.

능소화를 바라본다. 꽃은 주황색에 노란빛이 많이 들어간 붉은빛이다. 뒤로 새파란 하늘이 보이니 다섯 개 꽃잎이 화려하면서도 정갈하다. 능소화는 여러 이름이 있다. 능소화가 6월과 8월 사이에 피기 시작하므로 꽃이 피면 장마가 시작된다고 하여 비꽃으로 부른다. 꽃이 질 때는 동백꽃처럼 꽃잎이 통째로 떨어져서 순결을 끝까지 지키는 처녀꽃이라고도 한다. 또, 능소화가 덩굴식물로 등나무처럼 담장이나 다른 나무를 타고 올라간다고 하여 황금색 꽃이 피는 등나무라는 의미의 금등화로 부른다.

옛날에도 능소화는 양반꽃으로 불렸다. 양반집 담장을 따라 거침없이 줄기를 뻗고 하늘로 오른다. 능소화의 능(凌)은 업신여긴다는 뜻이 있다. 하늘을 업신여길 정도로 도도한 꽃. 일반 백성은 능소화가 어여뻐도 자기 집 마당에 심지를 못했다. 양반가의 귀에 알려지기라도 하면 관아에 끌려가 곤장을 맞는다고 했다. 양반집 담장 밖에서도 능소화와 눈을 마주치지 못한다. 희한하게 지체 높은 분은 괜찮은데, 일반 백성이 꽃을 보면 꽃가루에 날카로운 가시가 있어서 눈병이 난다고 한다. 사람 마음 씀씀이가 참 얄궂다.

하지만, 능소화는 슬프다. 구중심처 임금을 기다리던 소화라는 이름의 궁인이 기다림 끝에 죽어버린 이야기를 간직하고 있다.

그런데 어느 날, 내가 줄곧 다니던 길에서 무참한 일이 벌어지고 말았다. 수십 년간 다녔던 담장을 여름이 되면 노랗고 붉은 꽃으로 온통 장식했던 능소화가 무참하게 잘려 나갔다. 매년 여름이 되면 능소화를 볼 수 있다는 기쁨과 기다림이 있던 담장이었다. 그런 마을의 자랑이었던 능소화 수십 그루를 잔인하게 싹둑싹둑 잘랐다. 덕분에 어여쁜 초록 담장 정체가 콘크리트 기초에 선 방음벽이라는 것이 탄로 났다.

[그림 204] 능소화 벌채 전·후 담벽 모습

능소화가 자란 곳에는 대신 남천이 자라났다. 참소가 있었다고 한다. 능소화 꽃가루에 갈고리 모양이라 눈에 들어가면 쉽게 나오지 않아 자칫 실명한다며 길가 높게 자라난 능소화는 베어 달라는 글이 올라왔다고 한다. 그런 비방은 비단 이곳뿐만 아니라 각지에서 줄을 이어 학교나 주택 담장에 자라난 능소화가 잘리는 수모를 당했다. 하지만, 전자현미경으로 살펴봐도 능소화가 실명을 가져온다는 것은 괴담이라는 것이 예부터 알려진 사실이다. 더구나 능소화는 꽃가루가 바람에 날리지 않고 나비나 꿀벌이 제 몸에 꽃가루를 묻혀 번식하는 충매화다. 그런 헛소문에 속아 관에서 무참하게 능소화를 잘라 냈으니 참으로 애달프고 애달프다.

그런 억울함 때문에, 소화가 꿈에 나타났나 보다. 그렇게 아련한 모습을 하고 있었던 것도 잘려 버린 제 몸에 한을 품고, 그런 운명을 만든 하늘을 가소롭게 보았나 보다.

능소화의 꽃말은 여인의 기다림과 명예, 그리고 그리움이라고 한다. 누군가를 기다리고 누군가를 그리워하는 마음…. 그리고 그런 마음을 지켜갈 줄 아는 명예. 간밤에 소화가 별말 없이 앉아 있었어도 능히 소화가 그런 줄은 나도 안다.

글을 마치며

나무를 전공하지 않았지만, 나무를 좋아하여 내 나름 나무를 안다고 자부할 때였다. 어느 날, 나무에 대한 전공자와 비전공자가 나란히 숲길을 걷게 되었다. 잎이 모두 진 겨울 산, 한 그루 나무 앞에 멈춰서서 그동안 들었던 풍월이 많다는 걸 뽐내고 싶어 들은 대로 읊어 댔다.

"나무줄기만 봐서는 가로로 무늬가 난 기문으로 보아 벚나무처럼 보인단 말이에요. 그런데 줄기가 울퉁불퉁하고 가지가 빽빽하게 자라니 벚나무는 아닌 것 같고, 같은 과에 속하는 나무 같은데…"

아마추어는 한껏 자세를 낮췄지만, 봄에 잎만 돋아나는 것이나 겨울에 수피 무늬 갖고도 이름을 알 수 있다는 우쭐대는 마음이 드러났다.

"벚나무 맞아요. 왕벚나무네. 나무가 줄기 혹병에 걸려 혹처럼 튀어나왔어! 위에 잔가지가 빗자루처럼 자란 게 도깨비집병에 걸린 거고"

15-0 (Fifteen Love)

잠시 무안했다. 벚나무가 병에 걸리니 줄기 껍질 무늬가 희한하게 생겼다. 잠시 묵묵히 걷다가 은사시나무처럼 마름모무늬가 촘촘하게 박힌 나무를 보았다. 벚나무처럼 가로무늬도 보였지만, 너무 불규칙적이었다. 방금 당했던 수모를 만회하려 아마추어가 다시 공을 날렸다.

"나무 무늬가 다이아몬드처럼 생겼네요. 나무 고유의 줄기 무늬로 봐서는 은사시나무 같기도 하고, 산속에 이런 나무도 자라네요."

잎사귀만 몇 개 붙어있다면 '나무가 사시나무 떨듯 떠네요.'라는 농담도 하고 싶었다. 프로가 날 한번 보더니 심드렁하게 말한다.

"이것도 벚나무잖아요. 줄기가 추위에 튼 거예요. 나무도 동해를 입으면 피부가 튼 것처럼 껍질이 마름모꼴로 갈라지고 그래요."

30-0 (Thirty Love)

그저 입을 다물고 묵묵히 걷는 게 상책이었다. 이수봉 능선은 아름드리 소나무가 열을 지어 자라났다. 망경대까지 줄을 이어 소나무가 우람하게 자란 광경은 언제나 와도 멋진 모습이다. 특히 겨울 산자락 참나무가 모두 벌거벗었을 때는 상록수 진가가 드러난다. 우람한 소나무 굵은 가지에는 솔방울이 올망졸망 많이도 달렸다. 가볍게 회심의 공을 프로에게 다시 날렸다.

"역시 산 정상에서 적송이 비바람에도 불구하고 튼실하게 자랐네요. 나무가 기골이 장대하니 솔방울도 참 많이도 열렸어요!"

앞장서서 가던 전문가는 뒤돌아 위를 쳐다보곤 투덜거리듯 말했다.

"나무가 다 죽어가잖아요! 죽기 전에 씨앗을 많이 퍼뜨리려고 그러는 거예요. 그리고 소나무라고 바위 꼭대기에서 비바람 맞으며 자라고 싶겠어요? 이제 참나무가 못 오는 그런 거친 곳이 아니면 살 데가 없으니까 그렇지."

40-0 (Forty Love)

나는 불쾌해진 얼굴로 더는 허튼소리는 내뱉지 않고 그의 뒤를 졸졸 따라갔다. 프로가 숲길에서 잠시 벗어나더니 한 나무 앞에서 나를 불러 세운다. 그러면서 청계산에 이런 나무도 군락을 이루고 있다며 내게 알아보겠냐고 물어왔다. 프로가 아주 강한 공을 날렸다.

내가 아무 말도 못 하고 머뭇거리니 참빗살나무라고 했다. 가을에 손톱만 한 크기의 열매가 붉은 꾸러미 모양으로 맺혀야 비로소 알아볼 수 있는 참빗살나무를 한겨울 나목인 상태로 알아맞혀 보라니 도저히 상대가 안 되었다.

Game Over!

오기라고 해야 할까! 문득 전공을 조경이나 산림으로 하지 않길 잘했다고 생각한다. 만약 생물 분류학부터 재료학, 토양학, 지형학을 배우면서 나무에 다가갔다면, 지금처럼 나무를 찾아다니며 등걸을 찬찬히 어루만지지 않았을 것이다. 그저 고단한 직업이라는 굴레에서 언젠가 나무에서 벗어날 수 있길 바랐을 것이다.

테니스 경기에서 0점을 왜 '러브'라고 부를까? 그것은 테니스 경기를 하는 사람은 테니스 게임에서 이기려는 사람이 아니고 테니스를 즐기는 사람이기 때문이다. 그저 0점으로 점수를 내지 못해도 테니스를 사랑하는 마음은 변함이 없다. 그것이 사랑을 뜻하는 아모르(Amor)에서 온 아마추어(Amateur)의 마음이다.

강신재의 단편소설 《젊은 느티나무》에서 숙희가 느티나무를 끌어안으며, 이제 사랑할 수 있다고 외친 것은 비단 현규만을 머릿속에 떠올리며 쏟아 낸 말은 아닐 것이다. 날로 커 가는 사랑을 느티나무가 담담히 받아 내며 숙희의 감정을 어루만져 준다.

"아아, 나는 그를 더 사랑하여도 되는 것이었다!"

참고 문헌

경기농림진흥재단, 역사가 살아있는 남한산성, 북코리아, 2008.

김현길, 상수리나무와 함께한 시간, 한길사, 2021.

김훈, 남한산성, 학고재, 2007.

나무신문, 우리나라 산림과학 뿌리, 2023.

능소화(4백년 전에 부친 편지), 조두진, 위즈덤하우스, 2006.

다비드 르 부르통, 걷기예찬, ㈜현대문학, 2002.

모리모토 가네히사 외, 산림치유, 전나무숲, 2009.

박상진, 우리 나무의 세계 1~2, 김영사, 2011.

박상진, 우리문화재 나무 답사, 왕의 서재, 2009.

산림청, 산림시책, 2017.

산림청, 숲길의 조성 · 관리 기본계획, 2012.

서울열린데이터 광장, 자치구별 가로수, 2023.

성남이십년사편찬위원회, 성남이십년사, 1991.

성남문화원, 내 고장 성남, 한누리미디어, 2011.

성남시사편찬위원회, 성남의 역사와 문화, 홍익문화사, 2015.

성남문화원, 성남향토문화총서(4) 대왕 마을지, 2004.

성남문화원, 성남향토문화총서(5) 복정 · 태평 마을지, 2005.

성남문화원, 성남향토문화총서(6) 금광 · 단대 · 상대원 마을지, 2006.

성남문화원, 판교마을의 생활 문화지도, 2004.

성남시, 맹산 생태근린공원 조성계획, 2015.

성남시, 성남시 숲길 실태조사 및 조성계획, 2015.

성남시, 성남의 새, 2017.

성남시, 찾아보는 식물도감, 2016.

성남시, 성남시 등산로 실태조사, 2008.

성남시, 청계산 산림휴양공간 및 숲탐방로 실시계획, 2010.

성남시사편찬위원회, 성남시사(1) 자연과 민속, 2004.

숲과 자연휴양, 수문출판사, 1998.

숲과 문화 연구회, 숲과 휴양, 1994.

윤주복, 겨울나무 쉽게 찾기, 진선출판사, 2014.

윤주복, 나무 쉽게 찾기, 진선출판사, 2015.

윤주복, 우리나라 나무, 진선출판사, 2016.

이광렬, 신기하고 특이한 식물이야기, 오늘, 1989.

조선일보, [만물상] 파란만장 성남, 2021.

조세희, 난장이가 쏘아올린 작은 공, 이성과힘, 2000.

차윤정, 전승훈, 신갈나무 투쟁기, 지성사, 2009.

城 남쪽에
사는 나무
우리 처음 만났을 때

초판인쇄 2023년 09월 15일
초판발행 2023년 09월 15일

지은이 이기행
펴낸이 채종준
펴낸곳 한국학술정보(주)
주 소 경기도 파주시 회동길 230(문발동)
전 화 031-908-3181(대표)
팩 스 031-908-3189
홈페이지 http://ebook.kstudy.com
E-mail 출판사업부 publish@kstudy.com
등 록 제일산-115호(2000. 6. 19)

ISBN 979-11-6983-684-5 03810